दस प्रतिनिधि कहानियाँ

नासिरा शर्मा

किताबघर प्रकाशन
नयी दिल्ली

दस प्रतिनिधि कहानियाँ सीरीज़

10 प्रतिनिधि कहानियाँ

नासिरा शर्मा

ISBN—81-7016-623-3

प्रकाशक
किताबघर प्रकाशन
4855-56/24, अंसारी रोड, दरियागंज
नयी दिल्ली-110002

संस्करण
2013

आवरण
रवि शर्मा

मूल्य
दो सौ रुपये

मुद्रक
बी०के० ऑफसेट
नवीन शाहदरा, दिल्ली-110032

DUS PRATINIDHI KAHANIYAN (Hindi)
by Nasera Sharma
Price : Rs. 200.00

पाठकों के लिए एक चयन

'अहसास' से उपजी पीड़ा को मैं इंसान की व्यक्तिगत पूँजी समझती हूँ, मगर हालात की मार से मिली व्यथा को कई इंसानों के कर्मों का फल मानती हूँ। और यही सामूहिक व्यथा कभी-कभी परिवार के दायरे को तोड़ती पूरे देश का नासूर बन जाती है। ऐसे 'हालात' जो बड़े पैमाने पर असंख्य लोगों के लिए परेशानी का कारण बनते हैं, अधिकतर सियासी होते हैं, जिनमें अकसर प्राकृतिक अभिव्यक्ति भी शामिल हो जाती है, जैसे सूखा, बाढ़, तूफ़ान, भूकंप आदि। सियासत केवल राजकाज में अपना दख़ल नहीं रखती है बल्कि उसका हस्तक्षेप काफ़ी हद तक धर्म में भी अपनी जड़ें जमा चुका है। ये कहानियाँ इन्हीं दो स्थितियों में पिसते इंसान की संवेदना पर आधारित हैं, जो आम इंसान की ज़िंदगियों को तहस-नहस करने या उनके मन-मस्तिष्क में ज़हर घोलने का काम अंजाम देती हैं और इंसान सब कुछ समझने के बाद भी उससे अकेला निपट नहीं पाता है और भावनात्मक टूटन का शिकार बनता चला जाता है। कभी-कभी वह जीवन-भर की कमाई गँवा बैठता है और अपना जीवन फिर शून्य से शुरू करता है, क्योंकि उसके अंदर की जिजीविषा उसे दम तोड़ने नहीं देती है।

इन दो स्थितियों से अलग हटकर जो कहानी इस संग्रह में 'जोड़ा' के नाम से शामिल हुई है, उसकी ज़मीन अलग है। उसकी विषयवस्तु इंसान की उस आदिम इच्छा की ओर संकेत करती है, जिसकी अभिव्यक्ति दुनिया की बढ़ती आबादी है। कभी-कभी औरत-मर्द के रिश्ते के बीच यह अभिव्यक्ति जज़्बात के उन सूक्ष्म तारों को छूती है, जिसे हम 'चाहत' कह सकते हैं। यह चाहत कभी 'प्रेम' होता है तो कभी रचनात्मक ऊर्जा का भावनात्मक मिलन, जो मात्र 'इंसानी जज़्बा' होता है, जिसमें सौंदर्यबोध, आकर्षण और किसी भाव को एक साथ जीने की तमन्ना होती है। इसलिए 'जोड़ा' कहानी एक तरफ़ 'कशीदाकारी', 'मिस्टर ब्राउनी', 'तीसरा मोर्चा' तथा 'आमोख़्ता' से अलग है तो दूसरी तरफ़ 'बावली', 'दूसरा ताजमहल', 'अपनी कोख' तथा 'पाँचवाँ बेटा' से जुदा। इस संग्रह की कहानी 'चार बहनें शीशमहल की' में इन दोनों तरह के अनुभवों का समावेश है, जिसमें व्यक्ति और समाज, दोनों उन चार मासूम लड़कियों के भाग्य का फ़ैसला करते हैं।

कुछ साहित्यकारों का विचार है कि रचनाकार अपने सृजन के सच को स्वयं

जान लेता है कि उसकी अमुक रचना किस स्तर की बनी है और उसके समापन पर उसे किस हद तक संतोष-भरे सुख की प्राप्ति हुई है। यह बात अपनी जगह सच है, मगर अनुभव इससे आगे भी कुछ कहता है। जैसे अच्छी रचनाएँ आपको निजी तौर पर सृजन का सुख-संतोष तो देती हैं, मगर इस बात का क़तई अनुमान नहीं लगने देतीं कि उनकी उस कृति का स्वागत पाठकगण कैसे करेंगे ? क्या उनकी इस कहानी को पसंद किया जाएगा या फिर बिना अपनी छाप छोड़े केवल पढ़कर भुला दिया जाएगा ? 'दूसरा ताजमहल', 'जोड़ा', 'पाँचवाँ बेटा' आदि के संग मेरा अनुभव कुछ ऐसा ही रहा। मेरे अंदर के 'सामाजिक आलोचक' ने इन कृतियों का कोई पैमाना यह सोचकर तय नहीं किया कि हर बार आप अच्छा ही लिखें, यह कोई ज़रूरी तो नहीं है ? यह भी विश्वास करना कि जो लेखक सोचे वही रचना का सच हो, यह भी क़तई ज़रूरी नहीं है। इस तरह से मेरी ये सारी कहानियाँ पाठकों द्वारा समय-समय पर सराही गईं, जिन्होंने न केवल लेखक और पाठक के बीच संवाद स्थापित किया, बल्कि साहित्य-प्रेमियों के बीच वार्तालाप के सेतु का भी निर्माण किया।

कुछ पाठक अपनी पसंदीदा कहानियों को इस संग्रह में न देखकर निराश होंगे, मगर वे कहानियाँ ख़ासी लंबी थीं, जिनको शामिल करने का अर्थ था, इन कहानियों को छोड़ना। उस स्थिति में भी कुछ पाठकों को इन कहानियों की कमी खलती। बहरहाल मैं केवल इतना कहूँगी कि लेखक के लिए तय करना बहुत मुश्किल होता है कि उसकी प्रतिनिधि कहानियाँ कौन-सी हैं ? यह अकसर आलोचक और कभी-कभी साहित्य से सरोकार रखने वाले अन्य लोग जाने-अनजाने तय कर देते हैं और कुछ रचनाओं के नाम लेखक के साथ ऐसे जोड़ दिए जाते हैं कि स्वयं लेखक के इनकार के बावजूद वे उसकी पहचान का दावा करते हैं। जब रचनाएँ अनेक हों, पाठकगण असंख्य हों तो पसंद का दायरा भी विस्तार पाता है, इसलिए मैंने अपने पाठकों को सामने रखते हुए इन कहानियों का चयन किया है, जो उन्हें पसंद आईं और जिनका सृजन कर मुझे आत्मसंतोष मिला, साथ ही मेरा 'लेखकीय' मिज़ाज भी इनमें यहाँ-वहाँ झलकता है।

—नासिरा शर्मा

डी-37/754, छत्तरपुर पहाड़ी
नई दिल्ली

क्रम

जोड़ा

पिछले कई दिनों से उसके बदन का मौसम बदल रहा है। त्वचा मुलायम हो गई है और चेहरे पर कुछ ऐसा निखार आया है जिसमें बुलावा छुपा हुआ है। आँखें फूल-पत्तियों, हवा-बादलों पर से गुज़रती हुई जाने किसे ढूँढ़ रही हैं। मन बहका-बहका-सा अपने ही तन का चक्कर काट रहा है। याद करने की कोशिश करता है कि उसने आख़िरी बार इश्क़बाज़ी कब की थी? याद नहीं आता। मगर वैसा ही अनुभव फिर दोहराने का मन कर रहा है। मगर किसके साथ? फूलों से भरे इस अहसास का भागीदार उसे कहाँ मिलेगा? यह धीरे-धीरे बढ़ता बुख़ार फौरी किसी स्पर्श से एकाएक उतारा नहीं जा सकता है, बल्कि उसके मन-आँगन में जो उत्सव उतर आया है, उसको वह भरपूर तरीक़े से मनाना चाहता है, ताकि जब वह इस तपिश से मुक्ति पाए तो उसका वजूद ऐसी आज़ादी से लबरेज़ हो उठे कि वह फिर मासूम बन जाए और ताज़ादम हो इस बूढ़ी दुनिया को दोहराने का हौसला पा सके। मगर ऐसा साथी कहाँ मिलेगा?

अगले मास उसके चित्रों की प्रदर्शनी होनेवाली है। पिछले कई महीनों से वह उसकी तैयारी में लगा है। विचारों की जुनूनी कैफ़ियत में रंगों से खेलना उसे अजीब उत्तेजना से भर देता है। कल्पना कहीं रुकती नहीं, इच्छा कहीं ठहरती नहीं। आख़िर इन सादे-सफ़ेद कैनवासों पर वह रंगों की कौन-सी इबारत उभारना चाहता है? इस बेक़रारी में वह पिछले दो वर्षों से मैदान, पहाड़ की ख़ाक़ छान रहा है। ब्रश चलाते-चलाते उसका शाना थक गया है। नाक ने ट्यूब और तारपीन तेल के अलावा किसी भी अन्य सुगंध को स्वीकार करना छोड़ दिया था। उसको एक ही सनक चढ़ गई थी कि इस बार वह नया प्रयोग करेगा, अपने अंदर की दुनिया खोलेगा, रंगों का नया मिश्रण बनाएगा जो इससे पहले उसने अपनी कला में नहीं किया है। रंगों से इनसानी कहानी कहना, ठहरे हुए दृश्य में समय की हरकत को दिखाना उसके लिए मुश्किल काम नहीं था। मगर वह इस बार इन सारे सोपानों से गुज़रकर एक ऐसे जहान की खोज करना चाहता था जो किसी भूलभुलैया की तरह देखनेवालों को उसके कैनवास में भटका दे। वह काफ़ी हद तक अपनी इस इच्छायुक्त परीक्षा में कामयाब हुआ है और तभी सृजन की पूर्णता के संतोष ने उसके बदन का मौसम बदल डाला है। अब उसे जोड़े की तलाश है। किसी परिंदे की तरह जो एक ऋतु भर के लिए घोंसला दुरुस्त करता है, फिर उसकी याददाश्त मौसम के साथ बदल जाती है।

"हलो!" उसके ख़यालात फ़ोन की घंटी से बिखर जाते हैं। चोंगा उठाता है। दूसरी

तरफ़वाला उत्साह से भरा उसकी पेंटिंग्स देखना चाहता है। उसके अंदर एक तीखा उत्तर उभरता है; मगर फौरन ही वह अपने को सहज बना आहिस्ता से जवाब देता है, "इस बार नहीं···मैं आपको बता चुका हूँ कि···नहीं, ऐसा कुछ नहीं है। बस कुछ···अच्छा···पंद्रह को ज़रूर आइएगा। कार्ड पहुँच जाएगा।"

वह सिगरेट सुलगाकर कश लेता है। मन-ही-मन हँसता है कि फ़ोन करनेवाला शायद पुरानी घटना भूल चुका है, जब उसकी कई पेंटिंग्स की नक़ल वह शहर के उभरते आर्टिस्ट से बनवाकर उसपर नक़ल का आरोप लगवा चुका है। यह आरोप 'अफ़वाह' के रूप में धुएँ के बादल की तरह फैला ज़रूर था, मगर जब उस आर्टिस्ट के विदेश जाने की चयन समिति में उसका नाम भी था तो वह कमज़ोर दिलवाला चित्रकार उसके पास आकर सबकुछ उगल गया था। पहले उसे सदमा लगा, फिर क्रोध आया, फिर हँसी कि आख़िर इस स्तर की ईर्ष्या और षड्यंत्र कला और कलाकार को कहाँ ले जाकर छोड़ेंगे? क्या आज का निर्णय कला के संसार में केवल महत्त्वपूर्ण रह गया है, जो चतुरता और फूहड़पन से उसे साबित करने की नादान हरकत स्वयं हुनरमंद करने लगा है? क्या सृजन का सुख उन्हें नहीं चाहिए? केवल शोहरत···और वह भी किस क़ीमत पर?

कार्ड छपकर दोपहर तक आ गए थे। उसने नामों की लिस्ट निकाल लिफ़ाफ़ों पर पते लिखना शुरू कर दिया। लिखते-लिखते उसका दिमाग़ भटक गया। जेहन में पिछली ज़िंदगी का एक दृश्य अटक गया। इस दृश्य को याद कर-करके उसने अपने को कितना बिखेरा था। मगर वक़्त अब ठहरा लगता है, जिसमें वह घटना अटकी लगती है। एक ट्रेन हादसे में एक साथ उसका परिवार ख़त्म हो गया। उसकी माँ, जवान पत्नी, पिता, छोटे बहन-भाई···। इस अकेले घर में कितना भटका था! यादों की दुनिया में डूबकर वह भूल चुका था कि उसकी अपनी भी एक ज़िंदगी है, जिसको उसे जीना है और फिर एक लंबी बीमारी और उदासी के गर्त से उसे डॉक्टरों ने निकाला था। धीरे-धीरे करके उसके अकेलेपन ने उसको सँभाला था। रिश्तों के सुख से वह वंचित हो उठा था। उसका शरीर हर तरह के स्पंदन से मुक्त हो एक वीरान मैदान की तरह बंजर हो उठा था। उसे किसी तरह का आवेग, उत्साह और पीड़ा प्रभावित नहीं कर पाती थी। मानो उस हादसे ने उसके अंदर की दुनिया पर पूरा क़ब्ज़ा कर लिया हो और मौत का अंतिम दृश्य किसी बड़ी हिमशिला की तरह उसपर जम गया हो। उसी हिमशिला को समय ने पिघलाया था।

प्रदर्शनी शुरू हो गई थी। भीड़, इंटरव्यू, प्रशंसा, आलोचना और अंदर की दुनिया के बंद दरवाज़ों का धीरे-धीरे खुलना उसे सहज बना रहा था। शाम को अपने मित्र द्वारा दी गई कॉकटेल पार्टी में उसकी मुलाक़ात एक विदेशी पेंटर से हुई, जिसकी बातें और विचार उसे अलग लगे। एक सहज आकर्षण उसने अपने अंदर महसूस किया। शायद इसलिए कि अपनी पेंटिंग दिखाने का उसका आग्रह था, जिसमें उसे एक अलग देश की प्रकृति

और संवेदनाओं को देखने का मौक़ा मिलनेवाला था। वायदा करके वह विदा हुआ कि परसों वह ठीक समय पर उसके बँगले पर पहुँच जाएगा। घर लौटकर उसे उस पेंटर का ध्यान कई बार आया। विशेषकर उसकी बातें और पेंटिंग्स पर उसकी टिप्पणियाँ, जो अपनी तरह से उसकी सोच को खोल रही थीं। वह पिछले बीस वर्ष से ब्रश चला रही थी और भारत इसलिए आई थी ताकि वह अपने ब्रश को नया रंग दे, एक अलग तरह की अभिव्यक्ति कैनवास पर उभारे। इस कोशिश में वह दक्षिण भारत के सारे मंदिर देख चुकी थी, राजस्थान का सौंदर्य आँक चुकी थी, मध्यप्रदेश और कश्मीर घूम आई थी। उसकी यह भटकन कहीं पर उसे अपनी-सी लगी थी। जैसे वह उसी का साया हो। उससे बात करके लगा था कि वह ज़िंदगी को एक नए कोण से देखने की जुस्तुजू में भटक रही है। यह व्याकुलता अजीब ख़ूबसूरती से उसके अंदर से फूट रही थी।

सुबह अख़बार में कई लेख उसकी नई पेंटिंग्स पर थे। प्रशंसा थी, मगर ऐसा कुछ नहीं था जिससे उसे आगे के पड़ाव का रास्ता दिखता। उसने अख़बार किनारे रखे और सिगरेट निकालकर सुलगाई। मन में सवाल उभरा, यह सुस्त-बेकार दिन कैसे काटा जाए? नया कुछ बनाने का मन नहीं। आख़िर वह भी इनसान है, कंप्यूटर नहीं, जो एक ही तरह से डाटा फीड करता जाए। खिड़की खोलकर खड़ा हुआ। सड़क पर चहल-पहल थी। थोड़ी देर उसमें गुम रहा, फिर तैयार होकर लंबी ड्राइव पर जाने के लिए निकल पड़ा। मन में कई बार विचार उठता है कि आख़िर अब उसे घर बसा लेना चाहिएँ। इस तरह ज़िंदगी तन्हा कब तक चलेगी। बात करने के लिए भी तो कोई हो, जो बहुत मामूली ज़रूरतों के बारे में उसकी चिंता करे। कला और चिंतन, सियासत और समाज के गूढ़ प्रश्नों से हरदम जूझा नहीं जा सकता है। आज उसके मन में ब्याह की इच्छा उभरी है, यदि यह बात डॉक्टर को पता चले तो वह ख़ुश होकर एक जुमला कहता कि अब आप बिलकुल नॉर्मल हो चुके हैं। आपको मेरी दवा की ज़रूरत नहीं रह गई है।

दूसरे दिन शाम को अपनी छोटी-सी पेंटिंग को उपहार के रूप में देने के लिए वह अपने साथ ले गया। उसे उम्मीद थी कि आज की शाम बहुत अच्छी गुज़रनेवाली है। वहाँ उसे कुछ और नया सुनने और देखने को मिलेगा। विशेषकर अपने ही देश को वह एक विदेशी की नज़र से समझने की कोशिश करेगा। रंगों का चुनाव, ऋतुओं का प्रभाव और लोगों के चेहरे के भाव को लेकर वह किस भारतीय आर्टिस्ट को कैसे देखती है, इसपर बड़ी अच्छी बातचीत हो सकती है। यही सब सोचकर वह उसके बँगले पर पहुँचा। हरी घास पर फूलों की क्यारियाँ खिली हुई थीं। उसने घंटी बजाई। नौकर ने दरवाज़ा खोला और उसका कार्ड लेकर उसे अंदर कमरे में बैठाया। अंदर घुसते ही उसे पियानो की मंद आवाज़ सुनाई पड़ी। सोफ़े पर बैठकर उसने कमरे पर उचटती नज़र डाली।

तभी आवाज़ आई, "हैलो! वेलकम!" उसने आगे बढ़कर हाथ मिलाया और सामनेवाले सोफ़े पर बैठ गई।

"कैसी हैं?"

शिष्टता से पूछा सवाल सुन वह हँस पड़ी। चाय की ट्रे आ गई थी। उसने बिना किसी औपचारिकता के दो प्याली चाय बनाई और धीरे-से गुनगुनाते-से स्वर में कहा, "जब मैं पियानो बजाती हूँ तो अपने बचपन में लौट जाती हूँ।"

"अच्छा!" उसने हलके-से घूँट भरा।

"आपकी तरह मेरा ब्रश बहुत सधा हुआ नहीं है, तो भी मुझे अच्छा लगेगा कि आप मेरा काम देखें!"

चाय ख़त्म हो गई। प्याली मेज़ पर रख उसने अपनी पेंटिंग का उपहार उसे भेंट किया और उसके साथ उसके स्टूडियो में गया जहाँ रंग, कैनवास, किताबें और कुशन बिखरे पड़े थे। वह एक-एक पेंटिंग अलग निकालकर सामने दीवार से टिकाती हुई बोली, "यह घर मेरा नहीं है, तो भी इस कमरे को मैंने अपना बना लिया है। ये सारी पेंटिंग्स मैंने यहीं बैठकर बनाई थीं, जब भारत आई थी। फिर घूमने में लग गई और काम अधूरा रह गया। मगर मुझे यह कमरा हमेशा याद रहेगा। मैंने यहाँ रहकर अपनी गुज़री ज़िंदगी को एक पाठक की तरह पढ़ा। इस पाठ में पाठक की आलोचनात्मक दृष्टि ने मेरी कोताही, नाकामी, आकांक्षा और उपलब्धि को छाँटा और मुझे लगा, मैं अपने को दोहरा रही हूँ, जो मेरी कला के लिए हानिकारक है। मुझे कुछ ऐसा करना है जो पहले किसी ने नहीं किया हो और···" वह मुसकरा पड़ी।

"ऐसा ही मैंने सोचा था।" हँसकर उसने कहा और हाथ बढ़ाकर उसका हाथ थाम लिया। उसे महसूस हुआ कि कोई उसकी तरह सोच रहा है। उसकी तन्हाई बँटती-सी लगी।

"मेरे हाथ बहुत छोटे हैं। इनको मैं माहिर बनाना चाहती हूँ आपके ब्रश की तरह और हर बड़े फनकार की तरह मैं अमर होना चाहती हूँ!" वह हँसी। उसकी आँखों का सपना उसके चेहरे के भाव में घुल गया।

"हर क़ीमती चीज़ छोटी होती है···दिल को देखो, जो इतने बड़े शरीर को संचालित करता है।" उसकी आवाज़ में कंपन था—भावना का और बदलते मौसम का। दिल चाहा कि उन हाथों को दबाए, किसी फूल की नाजुक पंखुड़ी की तरह और···मगर फिर अपने ऊपर क़ाबू पा उसने उन हाथों पर अपनी पकड़ ढीली कर दी।

"यहीं बैठते हैं।" वह बोली। मोंढ़ों पर से फैला सामान हटाया और धीरे-से बोली, "मेरे देश में मेरा कोई इंतज़ार नहीं कर रहा है। दरअसल मैं 'अवैध संतान' हूँ। मगर मेरी कला की दुनिया को मेरी नई पेंटिंग्स का इंतज़ार है।"

सादे कमरे में कैनवास की सफ़ेदी पर ज़िंदगी के रंग उभरे हुए थे। उन्हीं में उसकी आँखें उलझ गईं। नाक में एक बेहद मुलायम-सी ख़ुशबू भर गई। वह पास बैठी थी। उसके अंदर की ख़ूबसूरती उसे लुभा रही थी। उसने पास बैठी उस औरत को एक मर्द

की नज़र से पहली बार देखा। उसे वह औरत आकर्षक लगी। उसके कटावदार होंठ और गालों की उभरी हड्डी पर कमानदार भौंहें और जिज्ञासा से भरी आँखें एक अजीब-सा संतोष उसे दे रही थीं। मन किया कि उसे चूम ले।

तभी वह मुड़ी और उसने रैक से एक भारी पुस्तक खींच ली तथा उसको खोलकर उसके सामने रखा। संसार की मास्टर पीस पेंटिंग्स के बारे में किसी कला समीक्षक की वह पुस्तक थी। पुस्तक देखने के क्रम में शैंपू की गंध से भरी उसके बालों की लट चेहरे पर झुक आई थी। उसने हाथ बढ़ाकर उसे हटाया। इस कोशिश में उसकी उँगलियाँ गालों से छू गईं और एक तपती हुई सिहरन उसके अंदर फैल गई। इस पुरवाई से वह सँभल भी नहीं पाया था कि उसकी आँखें उसके चेहरे पर टिक गईं। उनमें स्वागत का उत्सव था या उसके अंदर फैले उत्सव का उल्लास था, जिसने हाथ बढ़ाकर उसके चेहरे को दोनों हाथों से थामा। उसने कोई प्रतिवाद नहीं किया। दोनों की गरम साँसें एक-दूसरे के चेहरों को सहला रही थीं। एक इच्छा बेक़ाबू होकर दोनों के सीनों में एक साथ पंख फड़फड़ा रही थी। जैसे कहना चाह रही हो कि ऐ औरत! मुझे तुम्हारी ज़रूरत है; या ऐ मर्द! मैं तुम्हारे बिना अधूरी हूँ।

तभी फ़ोन की घंटी बज उठी। दोनों के दिल जैसे ठहर गए। बाढ़ का पानी उतरने लगा। वह उठी और हलके से मुसकराती हुई फ़ोन उठाने लगी। उसके चेहरे पर भी एक जवाबी मुसकान की लहर दौड़ी। दोनों सँभल चुके थे। यह सँभलना शायद वह समझदारी थी कि अगला क़दम क्या होना चाहिए। जो होने जा रहा था वह बुरा क्या था? एक-दूसरे को चाहना, एक-दूसरे को पाना—यही तो औरत-मर्द के रिश्ते की सबसे ख़ूबसूरत माँग है।

फ़ोन पर बात ख़त्म कर वह मुड़ी और उसके क़रीब आकर खड़ी हो गई। दोनों खुली किताब पर छपी तसवीरें देखते रहे या फिर किसी नतीजे पर पहुँचने के लिए एक-दूसरे को तौलते रहे। पन्ने एक के बाद एक कम होते गए और जब किताब बंद हुई तो उसने उसकी कमर में हाथ डाला और अपने ज़ानू की तरफ़ खींचा। वह किसी बच्ची की तरह उसकी गोद में बैठ गई। पहले वे हाथ मिले जो ब्रश पकड़ते थे, फिर होंठ···और फिर वे आँखें बंद हो गईं जो रंगों का चयन करती हुई दृश्य देखतीं, आकृति उभारती हैं। उसके बदन का मौसम भरपूर बहार में बदलने लगा। उसे महसूस हुआ, मोगरे की अधखिली कलियाँ उसके चारों तरफ़ बिखरी हैं। उनकी गंध उसके नथनों से होती हुई उसके दिमाग़ में भरने लगी है और पुराने अनुभव में एक नया अध्याय जोड़ने का उनका उत्साह उसके सारे बदन में फैल रहा है। दोनों के बीच केवल बदन की चाहत भर नहीं थी बल्कि उनकी कला, सोच और उनका अपना अकेलापन भी था, जो आकर्षण बन एक-दूसरे में पैवस्त होने के लिए बेचैन था। यह पल भी दायमी नहीं बन पाए और घर की बेल किसी ने बजाई। एक गहरे नशे में डूबते हुए जैसे दोनों होश में आए; मगर कई पल लगे अपने को सहज बनाने में।···कोई पड़ोसी था जो नौकर को पूछने आया था। पार्ट टाइम नौकर काम ख़त्म कर जा चुका था, यह उसके जवाब

से उसे पता चला। उसने घड़ी देखी, आठ बज रहे थे।

"सॉरी···" वह कमरे में दाख़िल हुई। फिर उसका हाथ पकड़ उसे ड्राइंगरूम में लाई और खाने की मेज़ के पास रखे फ्रिज़ को खोल बोली, "क्या पीना पसंद करोगे? ह्विस्की, वाइन या चिल्ड बियर?"

"रेड वाइन।" उसका हलका-सा जवाब था। दरअसल वह इस समय शराब पीकर अपने उस मौसम में किसी प्रकार की मिलावट कर उस सहजता को खोना नहीं चाहता था जो बड़े नेचुरल अंदाज़ में किसी स्रोत की तरह उसके अंदर फूटी थी।

उसने क्रिस्टल के दो गिलास मेज़ पर रखे। रेड वाइन की बोतल उठाई। तभी एक साथ कई बिल्लियाँ 'म्याऊँ-म्याऊँ' करती हुई कमरे में दाख़िल हो उसके पैरों के इर्दगिर्द जमा हो गईं। उसने बोतल मेज़ पर रख दी और दुलार में भरकर एक बिल्ली उठाई, उसकी नाक से अपनी नाक रगड़ी, फिर उसके चेहरे को प्यार कर उसकी तरफ़ मुड़ी।

"एक मिनट···इनका यह खाने का समय है।" कहते हुए उसने फ्रिज़ खोला और अंदर से मछली से भरा बर्तन निकाला। नन्ही-नन्ही उबली मछलियाँ थीं। उसने एक-एक मछली बिल्लियों की तरफ़ बढ़ाई। वे अजीब तरह की आवाज़ें निकालकर उसकी तरफ़ लपकीं। उनकी बेचैनी पर वह वात्सल्य से भर हँस पड़ी। उसकी बचकाना अदा पर वह भी मुसकराया और हाथ बढ़ाकर सुनहरी धारीवाली बिल्ली को थपकना चाहा।

"प्लीज़, डोंट टच। खाना खाते हुए ये बड़ी खूँखार हो उठती हैं।" उसने एक सफ़ेद बड़ी प्लेट पर मछलियों का बर्तन उलटा, जिसमें पहले से पका चावल पड़ा था।

"जब लौटोगी तो इन्हें साथ ले जाओगी?" पूछकर वह हँसा।

"ओह नो···! जब मैं अकेली होती हूँ तो इनसे खेलकर मेरा समय अच्छा कटता है···सामनेवाले मेजर रवि वर्मा हैं न, ये उनकी बिल्ली के बच्चे हैं जो डिनर मेरे यहाँ करते हैं और लंच उनके घर में।" वह किसी बच्ची की तरह लग रही थी। उसको अब वह और भी आकर्षक लगने लगी थी। दोनों की आँखें मिलीं। दोनों में ख़ुशी भरी चमक थी। होंठों पर ज़िंदगी से भरपूर मुस्कान, जो रिश्तों को जोड़ने की घोषणा थी।

"शैंपेन खोलूँ?"

"फिर कभी।"

"मैं अकेले कभी नहीं पीती हूँ।" उसने पेग भरे और एक को उठाकर उसकी तरफ़ बढ़ाया।

"थैंक्स।" ख़ूबसूरत क्रिस्टल प्याले में रेड वाइन नाच रही थी। उसने धीरे-से पेग उठाकर कहा, "चियर्स।"

"चियर्स!" उसने पेग टकराया और घूँट भरा। उसके घुँघराले बाल माथे पर बिखर आए थे, जिनको उसने बड़ी अदा से झटका।

"फूल बहुत ख़ूबसूरत हैं।" उसने गुलदान में लगे फूलों को देखते हुए घूँट भरना चाहा, मगर नथनों में एक बू ने घुसकर जैसे उसपर रोक लगा दी। वह सँभला।

"मेरे गार्डेन के हैं।" उसने भुने काजू का प्याला साइड टेबल पर रखा।

"नाइस।" उसने इतना कहकर घूँट भरा। फिर प्याले को बीच से थामकर उसने इस तरह घुमाया जैसे लाल फूल की टहनी को घुमा रहा हो। एकाएक उसे अपने प्याले पर उँगलियों का निशान नज़र आया, जो शायद वाइन भरी होने के कारण पहले नज़र नहीं आया था। उसने घबराकर आधा भरा प्याला साइड टेबल पर रख दिया और कमरे के कोने में मछलियाँ खाती बिल्लियों को देखा जो अब अपना मुँह-हाथ साफ़ कर रही थीं। उसके बदन में सिहरन-सी दौड़ी। ख़याल आया कि उसने बिना हाथ धोए ये प्याले पकड़े थे। नथनों में घुसी कुछ देर पहले की वह बारीक़ लहर-सी बू अब पूरी तरह मुरदा मछली की गंध में बदल गई थी।

"जाम भरा हो तो पीने का सुख अलग होता है।" यह कहकर वह उठी और बोतल से पहले उसने उसका जाम भरा, फिर अपना। फिर वह बड़े दिलकश अंदाज़ से मुसकराई और हाथ बढ़ाकर उसके हाथों को पकड़ा।

हथेलियों पर गरम दबाव पड़ा, मगर पहले की तरह करंट नहीं लगा। उसे महसूस हुआ जैसे भरी बहार में लू चलने लगी हो। ठंडी मस्त हवा ठहर गई हो और खिले फूल मुरझाने लगे हों। उसके बदन का मौसम एकाएक पतझड़ की तरफ़ बढ़ने लगा था। वह भयभीत-सा हो उठा।

'नहीं, हरगिज़ नहीं। मैं इस वसंत को बर्बाद नहीं होने दूँगा···मुझे यह मौसम चाहिए। बहुत अरसे बाद मेरे बदन में फूल खिले हैं···सुगंध के बादलों ने मुझे घेरा है···'

"वाट्स रांग? क्या हुआ?" जवाव न पाकर वह चौंक पड़ी थी। उसके हाथों की पकड़ ढीली हो गई। आँखों का ठहराव देख उसने अपने हाथ समेट लिए और हलकी-सी घबराहट में उसने अपना पेग उठाया तथा खिसियाई हँसी के साथ बड़े-बड़े घूँट भरे। अपने माथे पर आए बाल समेटने लगी।

"कुछ ख़ास नहीं।" उसने मुसकराने की कोशिश की और भरा जाम उठाया, ताकि घूँट भर सके। मगर वह होंठों तक उसे ले जाकर वापस ले आया। उसका दिल व दिमाग़ जिस नफ़ासत की तलाश कर रहा था, उसके खो जाने का दुःख उसे सालने लगा था। मन किया कि लौट जाए। अब वह नाजुक अहसास की घाटी से निकल आया था। उसकी भावुकता को गहरा धक्का लगा था। बात ज़रा-सी थी कि मुहब्बत की इस घाटी में मौत के साए की पदचाप नहीं सुनना चाहता था। उस धब्बे ने उसकी संवेदनाओं के तार को काटकर रख दिया था। उसका सारा उत्साह सुन्न पड़ गया था। अब वह चाहे भी तो अपने को भुलावा नहीं दे सकता है। आख़िर वह मर्द है और मर्द का बदन अपनी अभिव्यक्ति में चाहकर भी बेईमानी नहीं बरत पाता। वह उदासी की तरफ़ बढ़ने लगा।

उसके चेहरे की बदलती कैफ़ियत कैसे छुप सकती थी। वह थोड़ी देर खड़ी उसे देखती रही, फिर मुड़कर उसने रिकॉर्ड प्लेयर ऑन किया। कमरे में रूमानी धुन बल

खाने लगी, जो उसे सहज बनाने की जगह थकाने लगी। उसने हाथ में पकड़ा वाइन का प्याला मेज़ पर रखा, जिसमें लाल शराब नाच रही थी।

"मुझे याद ही नहीं रहा कि एक ज़रूरी एपॉइंटमेंट था।" उसने एकाएक घड़ी देख शर्मिंदगी के अंदाज़ में कहा और उठ गया। "मैं इजाज़त चाहूँगा···आ'यम सॉरी।"

"तो आप जाएँगे?" उसके चेहरे पर पहले आश्चर्य, फिर दुःख और अंत में अपमान की तमतमाहट फैल गई।

"हो सके तो मुझे माफ़ करना।" उसके दिल में भी कुछ टूटा और चेहरे पर एक शर्मिंदगी-भरी बेबसी फैल गई।

वह बिना हाथ मिलाए भागना चाहता था। जो बचा हुआ वसंत उसके अंदर मौजूद था, उसे खोना नहीं चाहता था। इसलिए जब वह अलविदाई 'किस' की आशा ले आगे बढ़ी तो वह बिना चुंबन लिए घर से बाहर निकल आया। कार का दरवाज़ा खोलकर जब उसने 'बाय' में हाथ हिलाकर 'गुड नाइट' कहा तो उसकी हैरतज़दा आँखों में आँसू के सितारे चमक उठे थे, जो पूछ रहे थे कि मेरी ख़ता क्या है? उसने तेज़ी से गाड़ी मोड़ी और बिना उसकी तरफ़ देखे वह सड़क पर तेज़ी से बढ़ा। उसे डर था कि दोबारा आँखें मिलते ही उसकी चमकीली आँखों के ठहरे सितारे टपक जाएँगे, जो वह सहन नहीं कर पाएगा। उसके मन में कसक उठी थी, जो इस बात का शिद्दत से अहसास दिला रही थी कि रंगों की दुनिया के बीच वह भी तन्हा है। मेरी तरह बिलकुल तन्हा।

शहर के ख़ामोश इलाक़े की तरफ़ उसने कार मोड़ी और ख़ाली सड़कों को नापने लगा। उसे पछतावा था, दुःख था एक औरत को इस तरह आहत, अकेला छोड़ने पर। मगर वह भी मजबूर था। उसे तलाश थी ऐसी साथी की, जो उसके कोमल एहसास को तितली के पंख की तरह मुलायम स्पर्श से जगा दे···हलके, बेआवाज़। उसे सिर्फ़ बदन की चाहत नहीं थी बल्कि उसकी ज़रूरत एक ऐसे अनुभव की थी जो उसकी रूह पर छाई थकान को उतार दे। उसे फिर ताज़ादम बनाकर ज़िंदगी की पेशानी पर पड़ी सिलवटों को पोंछ दे। मगर उस घाटी में उतरने से पहले उसकी ज़रा-सी लापरवाही ने उसे सचेत कर दिया कि वह उसकी पूरक नहीं बन सकती है। आख़िर क्यों? क्यों उसे शंकित कर दिया कि वह एक संवेदनशील प्रेमिका नहीं बन सकती है?···उस घड़ी उसने जीवन के उत्सव में मौत को क्यों छू लिया था; जबकि बहता पानी, खिलते फूल, चहचहाती चिड़ियाँ, घुमड़ते बादल और नाचती मछलियाँ बदन के उस मौसम की साक्षी थीं। यही अहसास उसे शंकित कर गया कि वह एक अच्छी चित्रकार के बावजूद उसके बिस्तर की साथी नहीं बन सकती है···! अच्छा हुआ, यह सब पहले घट गया, वरना यह भेद अंत में खुलता तो वह जाने कितना आहत और तृषित लौटता।

मन पर छाया गुबार कुछ कम हुआ। कार की गति धीमी पड़ी। उसने एक सिगरेट सुलगाई और कार को घर की तरफ़ मोड़ा। उसके अंदर गंभीर सहजता फैलने लगी थी। दृश्य ज़्यादा साफ़ नज़र आने लगे थे। अक़्ल ने दिल पर क़ाबू पा लिया था। बदन का उत्साह शांत हो गया था। उत्सव भरे उल्लास का अब कहीं नाम व निशान नहीं

रह गया था। उसने कार पार्क की और ख़ाली घर का दरवाज़ा खोला। एक वीरानी घर की दीवारों से उठकर उसके बदन में दाख़िल हो गई, जैसे कह रही हो कि पतझड़ का मौसम क्या बुरा था जो भरी बहार में किसी का दिल दुखा आए? यह गुनाह अपने सिर लेना बहुत ज़रूरी था क्या?

उसने आगे बढ़कर थके हुए अंदाज़ से खिड़की के पट खोले। सामने सन्नाटी सड़क के दोनों ओर बिजली के खंभों की क़तारें दिन भर की घटनाओं की ख़ामोश साक्षी बनकर खड़ी थीं। पीली मलगिजी रोशनी के बीच एक धुँधलाया-सा चेहरा नज़रों के सामने इस तरह उभरा जैसे पानी गिरने से रंग फैल जाएँ। उसने पलकें झपकाईं और खिड़की से हटकर अपने स्टूडियो की तरफ़ बढ़ा। सफ़ेद कैनवास पर रंगों की फैलती लकीरें देख उसे अपने अंदर के मौसम के बदल जाने का अफ़सोस हुआ। उसने एक लंबी-गहरी साँस भरी। ब्रश तेज़ी से चलाते हुए उसके दिल व दिमाग़ में सूखे पत्तों की चरमराहट से स्वर फूटा—'अब फिर वह इच्छा वसंत लेकर कब उसके शरीर में जागती है, पता नहीं, और यह भी क्या पता कि उस लौटती बहार में उसको अपना जोड़ा मिल ही जाए!'

बावली

मैं अपने को हमेशा से दूसरों में बाँटती आई हूँ, ठीक बावली के पानी की तरह। जिस किसी को प्यास लगी, मेरे वजूद की सीढ़ियाँ उतरता सीधा नीचे चला आया और अपना ख़ाली बर्तन भरकर ले गया। मैं कुआँ तो थी नहीं जो किसी को रस्सी और डोल डालने की ज़हमत उठानी पड़ती, मैं तो एक बावली थी—पानी से भरी बावली, जिसके पानी को कोई भी अपने चुल्लुओं में भरकर अपने सूखे गले को तर कर सकता था।

मेरे वजूद की दीवारों पर बेशुमार ताक बने हुए थे, जिनमें विभिन्न कबूतरों ने बसेरा कर रखा था। ताकों के बड़े-बड़े दरों में गर्मी से तपती दोपहर से थके परिंदे मेरे ठंडे वजूद में आकर पनाह लेते थे। कितने···? बेशुमार आए। अपना दुःख मेरे वजूद की बावली में डालकर मेरे दिल के दालानों में बैठने लगे और मैं सबकुछ भूलकर उनमें अपने को बाँटती रही। कभी ख़याल ही नहीं आया कि मेरा, सिर्फ़ मेरा, मेरा अपना एकदम निजी भी कुछ हो सकता है। मैं तो उनमें प्यास के रिश्ते के नाम पर बँटती रही। मैं संबंध का धागा जोड़ बैठती और पीनेवाला मुझे पानी से भरी बावली से अधिक कुछ नहीं समझता था। जहाँ आराम किया जा सकता था, दिल हल्का किया जा सकता था, प्यास बुझायी जा सकती थी, मगर आख़िरी साँस तक साथ नहीं दिया जा सकता था।

इस हक़ीक़त से गैं आगाह कब थी कि मुझे अकेले, तनहा आसमान के नीचे ज़मीन के सीने में धँसे हुए जीना है। इस कड़वे सच की हक़ीकत से मैं बेख़बर थी और इसी अनजानेपन में, मुसाफ़िरों से सच्चे दिल से जुड़ती रही, यह क्या कह दिया मैंने उनको? वे मुसाफ़िर कब थे। कबूतरों की तरह मेरे वजूद के ताकों में बसेरा लनेवाले गुटरगूँ-गुटरगूँ की गर्म आवाज़ निकालनेवाले वे सब, दरहक़ीक़त मुसाफ़िर नहीं, बल्कि मेरे अपने थे। उनसे मेरा प्यास या पानी का नहीं, बल्कि प्यार और ख़ून का रिश्ता था। सच पूछे तो वह सब मेरी ज़िंदगी, मेरी रूह, मेरे अहसास थे। फिर वे सब पंख फैलाकर किस आसमान की तरफ़ उड़ गए? किस तरफ़?

रात का आख़िरी पहर ढल रहा है। मेरी आँखों से नींद कोसों दूर है। बुलाने से भी वह नहीं आती है। दिन-रात, हर पल मैं तनहा हूँ। तनहाई ही शायद मेरी साथी बन गई है। तनहाई से बातें करना और यादों के क़ाफ़िले में घिर जाना ही अब मेरा हिस्सा है। बचपन में जब सहेलियाँ खेल-खेल में मुझे चिढ़ाती थीं—'सलमा-सितारा पैसे में बारह', तब रोती हुई मैं अम्मा के पास पहुँचती तो वह सीने से लगाकर मुझे पुचकारतीं,

'मेरी बेटी सलमा है ही हज़ारों में एक, चाँद-सितारों से भी ज़्यादा हसीन!' फूफी कहती, 'जब सूरज जैसा दूल्हा मेरी चाँद-जैसी बन्नो को ब्याहने आएगा तो यह सब कलमुँहइयाँ जलकर कोयला हो जाएँगी!' यह सब सुनकर उसकी आँखों से लुढ़कते मोती एकाएक थम जाते और अम्मा की गोद से कूदकर फिर वह लड़कियों के घेरे में शामिल हो जाती पट्टा पारने—

अक्कड़-बक्कड़ बम्बे बौ
अस्सी-नब्बे पूरे सौ
सौ में लगा तागा
चोर निकलकर भागा
राजा की बेटी सोती थी
फूलों की मार पड़ती थी
रेल झमझमा चलती थी
आलू, भाँटा, सेम, धम!

नीम के पुराने पेड़ के नीचे हँसी के फ़व्वारों के बीच वह दोनों हाथों से आँखें बंद करके तने से टिक जाती, 'कूकी' की तेज़ पुकार के साथ सहेलियों को ढूँढ़ने भागती···कैसे थे वह दिन, गम पल-भर में दूर हो जाता था मगर आज ज़िंदगी की रेल झमाझम करती किस स्टेशन पर छोड़ गई है? वह तो राजकुमारी की तरह सोयी भी न थी मगर हाँ, खुली आँखों के बावजूद फूलों की जगह ज़माने की मार ज़रूर खायी थी और अपनों की आवाज़ पर उन्हें ढूँढ़ रही थी।

सलमा की आँखों से सावन-भादों बरसने लगा। खालिद जाग न जाए इस खौफ़ से वह होंठों को दाँतों से दबाये सिसकियों का गला घूँटती आहिस्ता-से बिस्तर से उठी और दबे पाँव कमरे से बाहर निकल आई। बाथरूम का दरवाज़ा बंद करके उसी पर सिर टिकाकर बुरी तरह से फूट पड़ी। जब रो चुकी तो ठंडे पानी से मुँह धोया और बड़ी देर तक आईने में अपने चेहरे को देखती रही।

'सबकी तरह ही तो हूँ मैं, उसी ख़ुदाई साँचे में ढली हुई फिर मेरा दिल आम इंसानों की तरह क्यों नहीं है? दिमाग़ भी जाने कहाँ-कहाँ की सोचता है, आख़िर क्यों?'

कभी-कभी यह दिल भी कितना ज़ालिम हो जाता है और कैसा-कैसा उकसाता है कि सलमा, कब तक अपने को ख़ुशक़िस्मत समझती रहोगी? दिमाग़ उससे भी एक हाथ आगे बढ़कर कहता है, 'सलमा! एक बार, सिर्फ़ एक बार तजुर्बे की ख़ातिर, हर रिश्ते की बागडोर अपनी तरफ़ से छोड़कर देखो तो—फिर तुम्हें अंदाज़ा होगा कि सोना कितना खरा है। बिना कसौटी पर कसे पीतल भी सोना ही लगता है।'

दिल व दिमाग़ के उधेड़बुन में फँसी वह बाथरूम से बाहर निकली और ड्राइंगरूम की तरफ़ बढ़ी। बिना ज़रूरत उसने मेज़ और आतिशदान पर रखी चीज़ें ठीक करनी शुरू कर दीं। फिर उससे फ़ुर्सत पाकर वह सोफ़े की तरफ़ बढ़ी और गरारे के पायँचे समेटकर उस पर बैठ गई। आँखें बंद करके उसने एक लंबी साँस खींची—इस घर को,

रात को भी मैं तन्हा ही जीती हूँ। अगर हक़ीकत को तलाश भी कर लूँ तो भी क्या मिलेगा? सबकुछ समझ में तो आ रहा है मगर···समझौते के लिए दिल व दिमाग़ का यह इनकार उसे और बेकरार करता है। मगर करार अब है कहाँ?

बचपन छत की तलाश में गुज़रा और आज छत है तो पैर के नीचे से ज़मीन ग़ायब हो रही है। लगता है, आज फिर ज़िंदगी के चौराहे पर दोबारा लौट आई हूँ—अपने साथ बेशुमार सवालों के घेरे से घिरी हुई। क्या फिर खुशी और ख़ुलूश की तलाश में मैं चले हुए रास्तों पर लौट जाऊँ? हक़ीक़त से फ़रार भरा समझौता करके अपने को एक ग़लतफ़हमी का शिकार हो जाने दूँ या फिर एक आख़िरी तजुर्बा इस चौराहे से चौथे रास्ते पर चलने को करूँ? जो एकदम नया है···उस पर चलकर देखूँ—सिर्फ़ अपने लिए जीकर देखूँ—बिना किसी उन्स, बिना किसी लगाव, बिना किसी रिश्ते के इकरार के—सिर्फ़ सलमा के लिए—दान-बलिदान की हद सिर्फ़ सलमा के घेरे तक रखके देखूँ—अपने वजूद के लिए साँस लेकर देखूँ—देखूँ यह तजुर्बा कैसा रहता है?

"सलमा···!" खालिद की आवाज़ से वह चौंक पड़ी। सामने बिखरे बालों और लाल आँखों के साथ खालिद खड़ा था। सफ़ेद मलमल का कुर्ता, जिसके कंधे और गले पर बनी महीन पत्तियों की लैस उसने अपने हाथों से बनायी थी, मगर पत्तियों के बीच वह फूल खिलाना भूल गई थी। फूल उसके ख़याल से रिश्ते के बीच उस खिले अहसास का नाम होता है, जिसकी खुशबू दो धड़कते दिलों को हमेशा महसूस होती रहती है।

"क्या बात है? आज फिर नींद नहीं आ रही है क्या?" सलमा के बालों पर हाथ फेरता हुआ वह बोला।

"बस, यूँ ही···" सलमा ने गर्दन थोड़ी-सी पीछे करके मियाँ के चेहरे को ताका।

"मुझे जगाया क्यों नहीं?" खालिद ने पूछा।

"क्या करती जगाकर? आप तो स्वयं जाग गए?" सलमा खड़ी हुई कंधे से फिसलते दुपट्टे को ठीक करती हुई बोली।

"फिर भी···" खालिद ने कहा।

"यह तो रोज़ का किस्सा है कहाँ तक आप जागेंगे?" सलमा ने अपने कंधे पर रखे खालिद के हाथ पर अपना हाथ रखते हुए कहा।

"हम शबबेदारी का इलाज क्या है?"

"मुझे पता नहीं? चलिए। आप चलकर सोयें। सुबह ऑफ़िस जाना होगा।" सलमा ने क़दम आगे बढ़ाते हुए कहा।

"तुम मेरे जाने के बाद सो लेती हो क्या?" खालिद ने कमरे से निकलते हुए कहा।

"नहीं। घर में बहुत काम होता है।" सलमा ने आहिस्ता से कहा।

"बीमार पड़ गईं तो ख़्वाहमख़ाह परेशानी होगी।" खालिद ने पलंग पर बैठते हुए कहा।

"मेरी सख़्त जान को कुछ नहीं होगा।" कहकर सलमा ने लाइट बुझा दी और

लेट गई। कमरे में अँधेरा होते ही खालिद की साँसें मंद गति से चलने लगीं। पल-भर बाद ही उसके ख़र्राटे कमरे में गूँजने लगे। घड़ी के हरे रंग अँधेरे में चमक रहे थे। उन्हीं पर टिकी सलमा की नज़रें ज़िंदगी का हिसाब माँग रही थीं।

अम्मा आपने मुझे दिया ही क्या है? बज्जो की आवाज़ से अम्मा का चेहरा धुआँ-धुआँ हो गया और छोटे बहन-भाइयों का मुँह उतर गया।

बज्जो शादी के बाद से हमेशा अम्मा को ताने देकर कुछ-न-कुछ नया लेकर ही टलती थी। उसकी इस बात को भैया ख़ूब समझते थे मगर अम्मा की मजबूर आँखें उन्हें ख़ामोश कर देती थीं कि चार दिन के लिए लड़की पैर उठाकर मायके आती है। हँसी-ख़ुशी वापस भी जाए। कौन-सा रोज़-रोज़ दरवाज़े पर खड़ी रहती है।

अपिया की शादी में बचा-खुचा रुपया ख़र्च हो गया। मगर अम्मा को इत्मिनान था कि यह एक बहुत बड़ी ज़िम्मेदारी से सुबुकदोश हो गईं। अपिया के पैग़ाम ही नहीं आते थे, उनकी तेज़मिज़ाजी की चिमिगुइयाँ ख़ानदान-भर में होती थीं। अम्मा के लाख मना करने पर भी वह हर आने-जानेवाले से भिड़ जाती थीं। चौथी की रस्म के बाद उन्होंने अम्मा से शिकवा किया था कि उन्हें बज्जो से कम दहेज क्यों दिया गया? इस शिकवे में उनके शौहर जमील भी शामिल थे। छोटे भाई-बहनों को जो चिढ़ बज्जो की शादी के बाद पैदा हुई थी, वह नफ़रत की शक्ल में जमील भाई और अपिया के इस रुख को देखकर मन में बैठ गई थी। बड़े बहनोई नईम भाई कम-से-कम बज्जो के कुछ माँगने या ले जाने के वक़्त बेचैन होकर कहते तो थे कि अरे! यह क्या तकल्लुफ़ है—हर बार लड़की के आने पर दहेज थोड़ा दिया जाता है।

अम्मा ने अपिया से सिर्फ़ इतना कहा था कि नज़मा और सलमा को देने के लिए तो एक छदाम भी मेरे पास नहीं बचा है। अम्मा की आस अपिया से भी बज्जो की तरह टूट गई। जब भी अपिया आती, घर का कोई पुराना क़ीमती सामान बिकता था, जिससे जमील भाई की ख़ातिर होती थी। बीस-पच्चीस दिनों बाद जब वे जातीं तो छः मास के लिए घर की माली हालत की चूलें हिला जाती थीं। चुँधेरी की रोटी और चटनी खाते वक़्त सईद भाई अम्मा से पूछते थे, "क्या शादी के बाद लड़कियाँ इतनी बदल जाती हैं?"

अम्मा समझाती कि वे दोनों अपने घर में खुश रहें, यही हमारी ख़ुशी है। इस ग़रीबी में जितना हो सकता है, बहनों के साथ कर देने में कुछ हर्ज़ नहीं। उलटा लड़कियों की साख ससुराल में जमी रहती है। मियाँ भी दबता है कि लड़की के घरवाले ऐरे-ग़ैरे नत्थू-खैरे नहीं हैं। हम तीनों बहन-भाई सिर हिला देते थे। जैसे अम्मा की बात में छुपी हक़ीकत को समझ गए हों।

मैं सबसे छोटी थी इसलिए स्कूल नहीं जाती थी क्योंकि नज़मा आपा की पढ़ाई मुझसे ज़्यादा ज़रूरी थी। सईद भाई को जब नौकरी मिलेगी तो नज़मा की शादी और

मेरी पढ़ाई शुरू होगी। मकान गिरवी रखकर काम चल रहा था।

नज़मा आपा की शादी तय हो गई। सईद भाई को नौकरी मिले कई मास गुज़र गए थे। अम्मा का अरमान था कि आनेवाली जुलाई से मेरा नाम स्कूल में लिखा जाए। नज़मा आपा अपने घर चली गई।

सईद भाई का ट्रक के नीचे आकर इंतकाल हो गया। मेरा स्कूल में नाम और अम्मा के अरमान सबकुछ दुखों के पहाड़ के नीचे दब गए। मैं उस वक़्त दस साल की थी। अम्मा को मेरी फ़िक्र खाए जाती थी। हरदम मेरे लिए परेशान रहती थीं। अम्मा की कमर टूट गई। कमाई का सहारा भी जाता रहा। घर की तीन दीवारें फुसफुसी निकल गई थीं। अब केवल एक दीवार बची थी, जिस पर छत टिकी हुई थी और वह दीवार थी स्वयं अम्मा, जिनके साये में मैं साँस ले रही थी। अपनी कोख से पैदा की अपनी औलादों से उनका दिल जितना भी दुखा हो मगर ज़बान से कभी शिकवे का एक क़लमा भी नहीं निकला।

एकाएक दरवाज़े की घंटी बजी। सलमा चौंक उठी, "सुबह हो गई?" बिस्तर से उठकर उसने तकिये के नीचे से अपना दुपट्टा निकालकर कंधों पर डाला। दरवाज़ा खोलकर दूध की बोतलें उठायीं और किचन में आकर चाय का पानी चढ़ाया।

"रात तुम सोयी थीं?" खालिद ने सलमा के हाथों से चाय की प्याली लेते हुए खुमार-भरी आवाज़ से पूछा।

"चाय पीजिए, ठंडी हो रही है।" कहकर उसने अख़बार खालिद के सामने रखा और किचन की तरफ़ बढ़ गई।

ऑफ़िस जाते हुए खालिद ने सलमा से कहा, "अम्मा परसों आ रही हैं। सामान वगैरह की ज़रूरत हो तो बताना।"

"अच्छा!" सलमा ने लंच का पैकेट ब्रीफकेस में रखते हुए कहा।

"आज मैं जल्दी ऑफ़िस से लौटूँगा।" कहकर खालिद दरवाज़े से बाहर चला गया।

सफ़ाई करनेवाली आ गई थी। सलमा ने घर का काम सँभाला। खालिद जल्दी आएँगे। शाम की चाय के साथ क्या नाश्ता बनाया जाए, इस सोच में डूबी बिस्तर की शिकनें बराबर कर रही थी।

शाम को जब खालिद आए तो सलमा किसी रिसाले में डूबी हुई थी। चाय के साथ गर्म समोसे और हलवा था। तारीफ़ों के पुल बाँध चुकने के बाद खालिद ने सलमा से कहा, "इधर आओ!" सलमा खालिद के पास सोफ़े पर जाकर बैठ गई।

"तुम्हारा ग़म मुझसे छुपा नहीं है सलमा!" खालिद ने सलमा की कमान-जैसी भौंहों पर उँगली फेरते हुए कहा। सलमा ख़ामोश रही। सिर्फ़ बोलती आँखें खालिद पर

जम गई।

"मैंने तुमसे पूछकर हाँ की थी···तुम्हारा भी इसरार कितना शदीद था···भूल गईं?" खालिद ने सलमा की ठोड़ी ऊपर उठाते हुए कहा।

"नहीं, भूली कहाँ हूँ?" सलमा ने भारी आवाज़ से कहा।

"अम्मा का इसरार, उनका इकलौता बेटा हूँ, तुम मेरी इकलौती मोहब्बत हो, मगर···।" खालिद की आवाज़ भर्रा गई थी।

"अम्मा और आपके अरमानों की तरह मेरे दिल में भी अरमान हैं कि मेरी गोद भरे···मेरे तन से न सही, किसी और के तन से आपके वजूद को मैं अपने आगोश में लेकर प्यार कर सकूँ। इससे बढ़कर कौन-सा लम्हा होगा मेरे लिए सुख का?" सलमा ने आहिस्ता से कहा।

"फिर यह उदासी···यह ग़मगीन चेहरा···मुझे भी अंदर से डगमगा देते हैं कि मैं अम्मा से 'न' कह दूँ!" खालिद ने जज़्बाती लहजे में कहा।

" 'न' कहने की भला क्या ज़रूरत है? शादी के सात साल गुज़र गए। मेरी गोद न भरी। इसमें अम्मा का क्या कुसूर कि वह अपने पोते को खिलाने का अरमान न निकाल सकें। सुहेला बड़ी प्यारी लड़की है। मैं खुद देखकर पसन्द कर चुकी हूँ। आप यूँ परेशान न हों।" सलमा ने खालिद की पेशानी पर अपना मुलायम हाथ फेरा।

"मुझे सहारा दो सलमा, मैं बहुत परेशान हूँ।" कहकर खालिद ने अपना सिर सलमा के कंधे पर रख दिया। सलमा ने उमड़ते आँसुओं का बड़ा-सा घूँट भरा और खालिद का सिर अपनी गोद में छुपा लिया।

खालिद खाने के बाद गहरी नींद में डूब गए। पास में लेटी हुई सलमा की आँखों में नींद कहाँ? इस घर में सिर्फ़ उसकी तन्हा साँसें बसी हुई हैं और कल एक और साँस, एक और चूड़ियों की झंकार, अलगनी पर फैले कपड़ों में एक और जम्पर और ब्लाउज़ का इज़ाफा। या ख़ुदा! सलमा की आँखों ने बरसना शुरू कर दिया। सात साल का लंबा अरसा गुज़र गया। बच्चे का मुँह देखने के लिए अम्मा हर रोज़ बेचैन होती थीं। खालिद पहले अम्मा की बात पर गुस्सा हो जाते थे, फिर चिढ़ने लगे, फिर ख़ामोश··· और कुछ दिन बाद उनके ख़यालात भी बदल गए थे। जब मोहब्बत का गुरूर टूटता है तो फिर उसमें रह क्या जाता है? यही सोचकर सलमा ने अम्मा की हाँ-में-हाँ मिलानी शुरू कर दी। सास बहू के इस बर्ताव से खुश भी हुई और दुखी भी। खालिद को आख़िर एक दिन सलमा ने राज़ी कर ही लिया। लड़की भी जाकर देख आई। सबकुछ ठीक हो गया—दिन, तारीख़, वक़्त। अम्मा बेटे को दूसरा सेहरा बाँधने परसों पहुँच रही हैं। उनके आने के बाद दुल्हन के लिए ख़रीदारी होगी।

इसी घर में अम्मा ने उसको किस तरह से खुशआमदीद कहा था। इतनी ख़ूबसूरत बहू पाकर सबकी बाछें खिली हुई थीं। दहेज न लाने का भी किसी को कोई मलाल न था। माह-भर तो उसे मसहरी से किसी ने उतरने ही नहीं दिया था। बस सजा-सँवारकर मोहल्लेवालों और ख़ानदानवालों की नुमाइश के लिए उसे बिठा दिया जाता था। वह

समय पंख लगाकर उड़ गया और अब उसके साथ ज़िंदगी ने ऐसा मज़ाक क्यों किया? हर बात में उसके साथ खुदा ने कंजूसी क्यों बरती है?

"किसकी बकरी कौन डाले घास?" खाला ने बहुत उकताये हुए लहजे से कहा। उन्हें अम्मा और मेरा वहाँ जाकर रहना बहुत खल रहा था। गिरवी रखे मकान का दाम न चुका सकने के कारण हमारा मकान छिन गया था। अम्मा और ग्यारह साल की मैं··· कहाँ जाते हम दोनों। अम्मा भी ख़ूब समझ रही थीं बहन के तेवर को, मगर करतीं भी क्या वह? सिर छुपाने को जगह तो चाहिए थी।

"बाजी, यह ज़ेवर रख लें। सलमा के लिए उठाकर रखे थे।" कहकर अम्मा ने चाँदी और सोने की बहुत मामूली चीज़ें ख़ाला को थमा दीं।

"हर चीज़ में तो आग लगी है निगोड़ी, यूँ सोना लेने को जाओ तो बाबा के मोल देंगे, मगर पुराना बेचने के गर्ज़ से जाओ तो ठीकरे की भी क़ीमत नहीं लगायेंगे।" कहकर ख़ाला ने ज़ेवर रख लिए थे।

ख़ाला विधवा थीं और पैसेवाली थीं। मगर उन्होंने जिस आदमी से दूसरा निकाह किया था वह हमारे रिश्तेदार थे। यानी अब्बा की चचाज़ाद बहन के लड़के, जो मेरे भाई लगते थे। मगर उम्र में वह नाना के सिन के थे। यह निकाह भी चोरी-छिपे हुआ था। ख़ाला का सारा सामान चोरी के बहाने नाज़िम भाई अपने घर पहुँचा रहे थे। उनके घरवाले खुश थे। ऊपर से उनकी बीवी ख़ाला को कोसती रहती थीं मगर उन्हीं के भेजे रुपये से हलवा-पराँठा भी निगलती थी। यह सारी सियासत नाज़िम भाई की थी। वह अम्मा का पत्ता काटना चाहते थे ताकि वह भरपूर तरीक़े से ख़ाला को अपने कब्ज़े में कर लें। अम्मा का मुँह ग़मों की मार से बंद हो गया था। वह कहतीं भी किससे? एक उनका मायका था तो दूसरा ससुराल।

नानी अक्सर कहा करती थीं, 'बुढ़ापे का इश्क नामूसी लाता है।' वह बात आज मेरी समझ में आ रही है, जब भी ख़ाला और नाज़िम भाई का वह संबंध मुझे याद आता है। वहाँ हमने पाँच साल गुज़ारे थे। खपरैलवाले दालान में पर्दा डालकर हम रहते थे। बहनों से नाता टूट-सा गया था। उन्हें हर बात में शर्म आती थी। वह भूल गई थीं कि हम इनके कुछ लगते थे। ख़ैर, उन्हीं दिनों ख़ाला के घर मजलिस में शान मोहम्मद साहब की बेग़म साहिबा की मुझ पर नज़र पड़ गई। उन्होंने अम्मा से बात की, अम्मा राज़ी न हुईं। जब ख़ाला को पता चला तो सुबह-शाम के ताने पड़ने लगे। तंग आकर अम्मा को हाँ करनी पड़ी।

शान मोहम्मद साहब की शानदार कोठी में हमें एक कमरा दिया गया। मौलवी साहब मुझे पढ़ाने आने लगे। बेगम साहिबा ख़ुद मुझे अंग्रेज़ी पढ़ाती थीं। उस साल मैंने आठवीं का इम्तिहान दिया। इन सबके बदले में मेरा काम था, बेगम साहिबा की मुसाहिबी करना। वह जहाँ जातीं मुझे साथ ले जाती थीं। उनका बटुआ लेना, सीढ़ियों

पर हाथ पकड़कर उतारना, बिठाना, कार का दरवाज़ा खोलना, उगालदान, खासदान पेश करना इत्यादि। उनके घर मुझे दुःख न था—न खाने का, न पहनने का, मगर अम्मा हरदम घुटती रहती थीं। मैं सोलह साल की हो चुकी थी। दसवीं पास कर ली थी। घर की ज़िम्मेदारी भी धीरे-धीरे मेरे ऊपर बढ़ रही थी, मगर उसी के साथ मैंने इंटर कर लिया। कुछ दिन बाद बेगम साहिबा का इंतकाल हो गया।

उनके इंतकाल के बाद शान मोहम्मद साहब का दिमाग़ी तवाजुन ही बदल गया। बाप की नज़रों में मुझे कुछ और नज़र आया और इस बात को अम्मा भी भाँप गईं। यहाँ से निकल भागने का रास्ता ढूँढ़ती रहीं। पढ़ाई मेरी जारी थी। बी॰ ए॰ के बाद शान मोहम्मद साहब ने अम्मा को अपना पैगाम मेरे लिए दिया। सुनकर अम्मा सन्न रह गईं।

वह रात मेरे लिए पहाड़ बन गई थी। लगा था, किसी ने दौड़ते-दौड़ते मुझे रोक लिया है। मेरी ज़िंदगी फिर मझदार में होगी और यह दूसरा रास्ता भी अधूरा चलकर मुझे छोड़ना पड़ेगा। सारी रात बिस्तर पर बेचैन तड़पती रही थी कि यह सब क्या हो रहा है?

उसी रात सामान बाँधकर हम लोग ख़ामोशी से इलाहाबाद से लखनऊ चले आए। वहाँ अम्मा की कोई पुरानी दोस्त थीं। उनके यहाँ पनाह मिल गई। दौड़-भागकर मुझे मिडिल स्कूल में पढ़ाने की नौकरी भी मिल गई। पाँच साल पलक झपकते गुज़र गए। मैंने एम॰ ए॰ कर लिया था। पैग़ाम आ रहे थे। अम्मा का कहना था, इतने पैग़ाम मेरी किसी बहन के नहीं आए थे। ख़ालिद को अम्मा ने पसंद किया। उनकी पसंद से ही मैंने शादी की थी। अम्मा मेरे ससुरालवालों और खालिद से बहुत ख़ुश थीं।

मेरी शादी के दो वर्ष बाद अम्मा का इंतकाल हो गया। खालिद ने उस समय मुझे बहुत सहारा दिया था। शादी के बाद पहली बार ज़िंदगी में अपने पैरों के नीचे मैंने सख़्त मज़बूत ज़मीन पायी थी। अपने घर, अपने लोगों का सुख पहली बार मिला था। प्यार और विश्वास ने मुझे जीना सिखाया था। मगर···आज सात साल बाद फिर मेरे पैरों के नीचे से ज़मीन ग़ायब हो रही है। मैं फिर हवा में लटकनेवाली हूँ। सुहेला मेरी सौत बनकर क्या ज़ुल्म, क्या कहर ढाएगी मुझ पर, खालिद का बर्ताव कैसा होगा? क्या मैं खालिद को बँटते देख पाऊँगी?

सलमा की आँखें रोते-रोते सूज गई थीं। बाथरूम में जाकर उसने मुँह धोया और ड्राइंगरूम में जाकर बैठ गई। हफ़्ते-भर बाद मेरा कमरा अलग होगा। खालिद मुझमें और सुहेला में बँट चुके होंगे···उफ् मेरे ख़ुदा! सलमा ने आँखें बंद कर लीं।

दूर से अज़ान की आवाज़ आई। खिड़की के नीचे परिंदे चहचहाने लगे थे। सलमा ने एक थकी नज़र खिड़की से बाहर डाली और ख़ामोशी से उठकर किचन की तरफ़ बढ़ी।

दुल्हन के कपड़े-लत्ते, ज़ेवर वगैरह ख़रीदे जा चुके थे। सबको सजाती हुई सलमा सोच रही थी कि दुनिया के सारे रिश्ते क्या झूठे होते हैं? हर रिश्ता कुछ माँगता है। जब न दो तो टूट जाता है।

मैं पानी-से भरी बावली रिश्तों के नाम पर बँटती आई। हमेशा दिया, कुछ लिया नहीं। आज जब अपनी कोख से एक बच्चा न दे सकी, तो मैं एक बेकार शै मान ली गई। मेरा और खालिद का रिश्ता इस औलाद को लेकर टूट गया। अगर खालिद मेरी गोद न भर पाते तो क्या मैं दूसरी शादी करती? उस समय गोद लेने की बात उठती! सब्र और क़ुर्बानी की बात उठती! तो औरत के नाम के साथ क्या मर्द क़ुर्बानी नहीं कर सकता है?

"अरे खालिद दौड़ो, बहू बेहोश हो गई!" अम्मा ने खालिद को पुकारा और स्वयं पानी लेने दौड़ीं।

खालिद कमरे से भागता हुआ आया। हाथ में दुल्हन के रंगीन कपड़े लिए, सलमा नंगे फर्श पर चित पड़ी हुई थी। होंठ काँप रहे थे। चेहरा सफ़ेद था। पानी के छींटों से पपोटे हिले और सलमा ने आँखें खोल दीं।

"कैसी हो सलमा?" खालिद ने बेचैनी से पूछा।

"कैसी तबीयत है बेटी?" सास ने चेहरे का पानी पोंछते हुए पूछा।

"ठीक हूँ अम्मीजान!" सलमा ने उठते हुए कहा।

"आराम करो चलकर, मैं दूध लाती हूँ।" अम्मी ने कहा।

"नहीं अम्मीजान, मैं ठीक हूँ···आप बेकार परेशान न हों।" सलमा ने कहा।

"ठीक कैसे हो? चेहरा देखो पहले अपना, फिर बातें बनाना। मैं अभी डॉक्टर को लेकर आता हूँ।" कहकर खालिद ने सलमा को उठाया और बिस्तर पर जाकर लिटा दिया।

"मैं ठीक हूँ खालिद!" सलमा ने हल्के-से कहा।

"अम्मा, सलमा का ख़याल रखिएगा। मैं डॉक्टर को लेकर अभी आया।" इतना कहकर खालिद कमरे से बाहर निकला।

"दूध लो बेटी!" अम्मी ने कहा।

"आपने ज़हमत की अम्मीजान!" सलमा ने दूध पिया और लेट गई।

"मैं औरत हूँ। औरत के दिल पर क्या गुज़रती है, वह मैं अच्छी तरह जानती हूँ। मगर बेटी, बुढ़ापे की लाठी भी तो होनी चाहिए। अपनी माँ को देखा था। तुम न होतीं तो वह आख़िरी वक़्त किसकी गोद में आख़िरी साँस लेतीं। मैं कल नहीं रहूँगी। तुम होगी, खालिद होंगे···हमेशा जवान तो नहीं रहोगे। सुहेला घर की लड़की है। तुम्हारी बनकर रहेगी। आगा-पीछा सोचकर मैंने क़दम उठाया है···हिम्मत से काम लो···।" अम्मा ने बहू के सिर पर हाथ फेरते हुए कहा।

अम्मी के प्यार और शिकस्त से भरे हाथ और लहजे की ताब सलमा न ला सकी और अम्मी से लिपटकर रो पड़ी। अम्मी की आँखों में आँसू जमा थे।

"अम्मी! डॉक्टर तो मिले नहीं अब क्या होगा?" बाहर दरवाज़े से ही खालिद कहता हुआ घुसा। कमरे में पहुँचकर सास-बहू को यूँ लिपटे देखकर वह दो पल खड़ा रहा, फिर ख़ामोशी से सिर झुकाए बाहर निकल आया। वह क्या करे? काफ़ी देर तक वह दूसरे कमरे में टहलता रहा।

कल खालिद की शादी है। बारात शाम को छह बजे जाएगी। बारात भी धूम-धड़ाकेवाली नहीं, बल्कि सीधी-सादी। चूँकि दूसरी शादी है इसलिए खालिद चाहता भी नहीं है कि यह सब हो।

यह पहली रात है, जब खालिद जाग रहा है और बहुत-कुछ सोच रहा है। अम्मा और सलमा दूसरे कमरे में कुछ काम कर रही हैं। सलमा के बारे में खालिद केवल इतना ही सोच रहा था कि कितनी लगन से यह काम कर रही है। मगर अंदर बहुत बड़ा दुःख छुपाए···एक बच्चे की ख़्वाहिश···

सलमा कमरे में दाख़िल हुई और ख़ामोशी से आकर पलंग पर लेट गई। दोनों जाग रहे थे। बात करने की किसी में ताक़त नहीं थी। सलमा के दिल व दिमाग़ में तूफ़ान उठ रहा था। खालिद मेरी मोहब्बत, मेरे हुस्न से थक गए हैं। अब उन्हें उनका नामलेवा चाहिए। कल इस घर की रात कैसी रात होगी? क्या मुझसे यह सब बर्दाश्त हो पाएगा?

क्यों न मैं चौथा रास्ता चलकर देखूँ? तन व तन्हा, जब हर रिश्ता झूठा है, हर रिश्ता कहीं जाकर टूट जाता है तो फिर यह आडंबर पालने से फ़ायदा? कल सुहेला का भ्रम टूट गया तो? शादी के बाद मैं यह घर छोड़ दूँगी। क्या होगा यहाँ रहकर? अपने घर में छोटी होने के नाते कुछ मिला नहीं। यहाँ बीवी बनकर भी सिर्फ़ आध मियाँ की हकदार और शायद···कल वह भी न हो।

सलमा की आँखों से आज की रात एक बूँद भी आँसू नहीं गिरा। वह ख़ामोश फ़ैसला करती छत को ताक रही थी।

मैं अम्मा के साथ देहात में रहूँगी। वहाँ भी दिल न लगा तो कुछ और सोचूँगी। फ़ैसले के बाद सलमा को नींद आ गई। हफ़्तों बाद आज पहली रात थी, जब वह सोई थी।

सुहेला के घर बारात पहुँच गई थी। शर्बत का दौर चल रहा था। निकाह का वक़्त आठ बजे था। घरवाले समधिनों की आवभगत में लगे थे। मेहमान औरतें सबकुछ छोड़कर सलमा को देखने किसी-न-किसी बहाने उस कमरे में आ-जा रही थीं। मसनद से लगी अम्मीजान, सलमा और फूफीज़ाद बहनें बैठी थीं।

"ऐ बहन, काउनवाली है खालिद मियाँ की बीवी?" गाँव से आई सुहेला की किसी रिश्तेदार ने पूछा।

"वही, गुलाबी कपड़ेवाली!" दूसरी ने तिरछी नज़रों से इशारा किया।

"निरी बावली है क्या?" नाक पर अँगुली रखकर पहली हैरत से जम गई।

"सुना तो मैंने भी यही है कि मियाँ के लिए लड़की ख़ुद ढूँढ़ी है, फिर तो बावली ही कहना ठीक है।" बटुवे से तंबाकू फाँकती औरत ने कहा।

"अजीब बातें हैं!" कुछ औरतों के सिर झुक गए।

सब तरह की आवाज़ें—धीमी, मद्धिम, तेज़—सलमा के कानों में पहुँच रही थीं। उसने फ़ैसला कर लिया था, इसलिए बड़े हल्के मन से सबकुछ ले रही थी, बल्कि ख़ुश थी।

"पर्दा कर लो, मौलवी साहब निकाह को आ रहे हैं।" बाहर से हाँक लगाई गई।

दुल्हन के कमरे से उबटन और इत्र की महक उठ रही थी। सुहेला की सारी सहेलियों को बाहर निकालकर सिर्फ़ बड़ी-बूढ़ियाँ वहाँ रह गईं। मौलवी साहब अंदर आए। बाहर निक़ाह के छुआरे और शक्कर बँट चुकी थी।

निक़ाह हो गया था। खाना लगना शुरू हुआ। रुख़्सती का समय रात के ग्यारह बजे था। खाने के बाद सलमा दुल्हन के कमरे में चली गई। लड़कियाँ उसे सजा रही थीं। मज़ाक हो रहा था। सलमा भी हँस रही थी। किसी ने आकर सलमा के कान में कहा, "अम्मी जान आपको बुला रही हैं।"

"अच्छा, अभी आई।" कहकर सलमा ने भारी कामदानी का गुलाबी दुपट्टा सिर पर डाला और उठी। पर अभी दो क़दम ही चली थी कि चकराकर गिर पड़ी। लड़कियाँ एकदम घबरा गईं। सुहेला भी परेशान होकर दौड़ी। कोई दौड़कर अम्मी जान से कह आया। सारी औरतों में बात फैल गई कि पहली बीवी दुल्हन के कमरे में बेहोश हो गई। जितने मुँह उतनी बातें। इस फैली सनसनी को चीरती हुई अम्मा कमरे में पहुँचीं।

मेहमानों में कोई लेडी डॉक्टर भी थी। उसने पहुँचकर सलमा का मुआयना किया। नब्ज़ देखी। सबके चेहरों पर चिंता थी। डॉक्टर अफरोज़ ने मुस्कराकर अम्मी जान से कहा, "मुबारक़ हो!"

"जी!" अम्मा ने बदहवास होकर पूछा।

"घबराने की बात नहीं है। यह तो बड़ी मुबारक बीमारी है!"

"सच कहो!"

"यक़ीन न हो तो जाँच करा लें, मगर बहू है आपकी हामला!" कहकर अधेड़ उम्र की डॉक्टर अफरोज़ खड़ी हो गईं।

अम्मा और सुहेला का चेहरा देखने के क़ाबिल था। रुख़्सती का वक़्त क़रीब था। सलमा झेंपी-सी बैठी हुई थी। उसे अपनी बेवक़्त की बेहोशी पर बड़ा गुस्सा आ रहा था। यह भी कोई वक़्त है भला? लोग क्या सोचते होंगे?

"सलमा भी एकदम बावली है! जब हामला थी तो यह बात छुपाई क्यों?" किसी ने कहा।

"दूसरी शादी बच्चे के लिए ही तो हुई है।" दूसरी औरत फुसफुसाई। सलमा ने घबराकर अम्मी जान को देखा।

"हाँ, दुल्हन! तुम्हारे पैर भारी हैं।" अम्मी जान ने सलमा का माथा चूमा।

रुख़्सती हो गई। सुहेला और खालिद कार में बैठकर जा चुके थे। उनका इंतज़ाम होटल के शानदार कमरे में हुआ था। बाक़ी घरवाले दूसरी कारों पर बैठकर लौट आए।

खालिद को पता चल गया था। एक अजीब तड़प लिए सुबह-ही-सुबह सलमा के पास पहुँचे और अपनी बेचैन सवालिया आँखें सलमा के चेहरे पर गड़ा दीं। सलमा अभी-अभी सोकर उठी थी और चप्पल में पैरों को डाल रही थी।

अचकचाकर सलमा ने खालिद को देखा। शादी का लिबास, सर्ज की कत्थई शेरवानी, जिसके सारे बटन खुले थे। बाल बिखरे थे। सलमा की आँखें गीली हो उठीं। लगा, दिल की ज़मीन पर बेतहाशा शीशे टूटकर गिर रहे हैं और खालिद के हर उठाए क़दम के नीचे दबकर वह सारी किरचियाँ उसकी नसों में पैबस्त हो रही हैं। दर्द का एक अजीब लावा उसके अन्दर तड़पने लगा मगर उठी हुई आँखों में एतमाद था। चौथे रास्ते की तरफ़ बढ़ने की रोशनी, मगर तन्हा नहीं। एक नए रिश्ते के नाम पर ज़िंदगी के नए सफ़र पर चल पड़ने का मूक अनुबंध था।

सलमा ने आगे बढ़कर खालिद को कुर्सी दी। फिर ख़ामोशी से सामने बैठ गई। खालिद के शाने थके और निढाल थे। सलमा के दिल में रह-रहकर एक ही बात उठ रही थी—मैं तो एक बावली ठहरी, प्यास के रिश्तों के नाम पर अपने को बाँटनेवाली। मेरे दिल के दालानों में थके-प्यासे परिंदे अपनी प्यास बुझाते रहेंगे, दुःख बाँटते रहेंगे, मगर आख़िरी साँस तक जीने और मरने का साथ न निभा पाएँगे। मैं पानी से भरी बावली, कहाँ जाऊँगी? मुझे तो अंतिम साँस तक खुले आसमान और ज़मीन के सीने में धँसे जीना है।

मरुभूमि में जिस तरह कभी-कभी बारिश बावली को ऊपर, मुँह तक पानी से भर देती है और बाढ़ के वेग से जल-थल एक हो जाते हैं, खालिद की आँखों से अनबहे आँसुओं से वही हाल सलमा का हुआ था।

कशीदाकारी

डी॰आई॰जी॰ राजकुमार जब अपने बीमार बेटे को देखकर ग्वालियर से लौटे, तो गेंदालाल धोबी को ग़ायब हुए दो दिन बीत चुके थे। पूछताछ से जो बात सामने आई वह सिर्फ़ इतनी कि रोज़ की तरह गेंदालाल इलाही बावर्ची के साथ एक पलंग पर सोया था। गई रात तक सावन, ठुमरी, मल्हार अपनी बेसुरी आवाज़ से गाता रहा था। सुबह जब इलाही उठा तो उसने गेंदालाल की जगह ख़ाली पाई। यह सोचकर कि आज जल्दी उठ गया है इलाही अपने काम में व्यस्त हो गया। किसी को ध्यान नहीं आया कि आज धोबी कपड़ा क्यों नहीं धो रहा है। वह तो रात को इलाही को गेंदालाल की याद आई तो सबका ध्यान उधर गया।

अब हिन्द-पाक सरहद पर पड़ी यह सीमा सुरक्षा बल की टुकड़ी अपने खोये धोबी को ढूँढ़ने का जतन कर रही थी। धोबी के अपहरण का कोई तर्क किसी की समझ में आ नहीं रहा था। इधर दोनों देशों के बीच न तनाव था न ही छोटी-मोटी छेड़छाड़ ही हुई थी कि समझा जाता कि छुटपुट मुठभेड़ों में ग़लती से गोली लगने से गेंदालाल किसी खाई-खंदक में गिरकर मर गया होगा। सुरक्षा बल के जवानों ने इलाक़े का चप्पा-चप्पा छान मारा था। अब तो उसे ग़ायब हुए भी हफ़्ता बीत रहा था।

इधर डी॰आई॰जी॰ राजकुमार की तरक़्क़ी हो गई थी। उनके ट्रांसफ़र का ऑर्डर भी निकल आया था। दो माह बाद उन्हें आई॰जी॰ की हैसियत से भारत-बँगलादेश सरहद पर ड्यूटी ज्वाइन करनी थी। चार्ज देने से पहले वह चाहते थे कि गेंदालाल का पता चल जाए, वैसे रोज़ की परेशानी देखकर नए धोबी को भेजने की बात वह लिख चुके थे।

सीमा सुरक्षा बल की टुकड़ी ने आज शाम को राजकुमार के सम्मान में एक विदाई-समारोह का आयोजन किया था। सुबह तीन बजे से पकवान बनने शुरू हो गए थे। सफ़ाई-सजावट हो रही थी। एक चहल-पहल-सी ख़ेमों में फैली हुई थी। राजकुमार आराम से बिस्तर पर लेटे ग्रामोफ़ोन पर रिकॉर्ड सुनते हुए पुरानी यादों में खोए हुए थे। इलाही उनको बेड-टी दे गया था।

"सर!" भागते क़दमों और फूली साँस लिए सेवाराम अंदर दाख़िल हुआ और सैल्यूट करके खड़ा हो गया।

"क्या बात है?" राजकुमार ने उसे ऊपर से नीचे तक घूरा।

"सर! वह अपना गेंदालाल वापस आ गया है।" उत्तेजना से भरा सेवाराम का लहजा

काँप रहा था।

"गेंदालाल वापस आ गया? कब···कहाँ है वह?" राजकुमार चौंके।

"सर, वह बिलकुल भला-चंगा है और पहले से कहीं ज़्यादा मोटा होकर आया है। वहाँ पलंग पर पड़ा सो रहा है।" सेवाराम का स्वर अब तक संयत हो चुका था।

"पकड़कर लाओ।" राजकुमार का दिमाग़ भन्ना गया था।

"सर, अभी जगाकर लाया!" सेवाराम तीर की तरह बाहर भागा जहाँ गेंदालाल बड़ी-सी तोंद के साथ चारों खाने चित लेटा खर्राटे भर रहा था।

राजकुमार का मूड बिगड़ चुका था। वह सोच रहे थे, अपने-आप एकाएक ग़ायब होना, फिर एकाएक वापस आ जाना। ज़रूर दाल में कुछ काला है। यह पाकिस्तानी अपनी हरकतों से बाज़ नहीं आते हैं। जाने इन्हें बैठे-बैठे क्या हो जाता है। कुछ नहीं तो धोबी के पीछे पड़ गए हैं।

राजकुमार उत्तेजना में उठकर टहलने लगे। ज़रूर पाकिस्तानियों ने इसे मुख़बरी का काम सौंपा है! कुछ बातें भी डरा-फुसलाकर निकाली होंगी। अब गेंदालाल का इस सीमा पर रहना सुरक्षा की दृष्टि से ठीक नहीं है। ग़द्दारी का इनाम ऐसा दिलवाऊँगा कि इसको ज़िंदगी-भर याद रहेगा। हम सबकी आँखों में धूल झोंक पूरे दो सप्ताह ग़ायब रहा और अब ख़ाला जी का घर समझकर लौट आया है। हम तस्करों, आतंकवादियों और अपराधियों को पकड़ने बैठे हैं ताकि सीमा पर शांति-सुरक्षा क़ायम रहे, उलटे घर का भेदिया ही लंका ढाहने पर उतारू है।

"सलाम सर!" गेंदालाल दरवाज़े पर आकर खड़ा हो गया। उसके चेहरे पर नींद का ख़ुमार था। खड़े होने के अंदाज़ में वही लापरवाही-भरा ढीलापन था।

"कहाँ थे इतने दिन?" अपने को सहज रखते हुए राजकुमार धीरे से बोले।

"सीमा पार सर!" गेंदालाल की आँखों में चमक और होंठों पर मंद मुस्कान उभरी।

"सीमा पार जानते हो कौन देश है?" राजकुमार की तेवरी पर बल पड़ गए।

"जी सर, पाकिस्तान···। लेकिन सर, वह बहुत अच्छे लोग थे। बिलकुल पाकिस्तानी नहीं लगते थे।" गेंदालाल ने बच्चों के कौतूहल से भरकर कहा।

"मतलब? क्या इससे पहले किसी पाकिस्तानी को देखा है?" व्यंग्य से पूछा राजकुमार ने।

"नहीं सर!" गेंदालाल ने मोटी गर्दन हिलाई।

"फिर कैसे जाना कि वह बहुत अच्छे थे?" राजकुमार की आँखों और चेहरे पर सख़्ती उभरी।

"सर, वह हमारी तरह ही बोल-बतिया रहे थे। उनका चेहरा, क़द-काठी हम लोगों जैसी थी। हमारी बड़ी आवभगत की। पेटभर बढ़िया खाना और सोने के लिए पूरी बड़ी-सी चारपाई दी थी। सच सर! बड़े हँसमुख लोग थे!" गेंदालाल उत्साह-भरे स्वर में बोला।

"और बदले में तुमने काम भी किया होगा उनका?" राजकुमार ने बड़ी संयत मगर ऊँची आवाज़ से पूछा।

"जी साहब! वह सारे अफ़सर हमारे काम से बहुत ख़ुश थे। चलते हुए ढेरों पैसा दिया। फिर कहने लगे कि दोबारा आना। मैंने भी कह दिया कि ज़रूर आऊँगा। जब काम पड़े सर, बुला लेना।" जोश में भरे अंदाज़ में मगन हो गेंदालाल बोला।

"शटअप!" राजकुमार अब क्रोध दबा नहीं पाए।

"जी सर?" गेंदालाल को झटका-सा लगा। उसके चेहरे पर आश्चर्य उभरा।

"एक तो चोरी ऊपर से सीनाज़ोरी···पता है, तुम क्या बक रहे हो? इसकी तुम्हें क्या सज़ा मिलेगी? ज़िंदगी-भर जेल में चक्की पीसोगे। रोओगे-गिड़गिड़ाओगे। सज़ा कम नहीं होगी।" राजकुमार ने डपटकर कहा।

"मगर सर···!" गेंदालाल ठगा-सा रह गया।

"सच-सच बताओ, वहाँ कैसे पहुँचे थे और उन्हें कौन-कौन-सी ख़बरें पहुँचाई हैं?" राजकुमार की आँखें चढ़ चुकी थीं।

"सर, कहा न, वह तो मुझे सोते से उठा ले गए थे और उसी तरह सोते में ही यहाँ छोड़ गए। मुझे तो कुछ पता नहीं सर!" गेंदालाल कुछ बौखलाए अंदाज़ में बोला।

"देखो गेंदालाल, ज़्यादा चालाक बनने की ज़रूरत नहीं है वरना···" राजकुमार ने धमकाने वाले स्वर में कहा।

"सर, सारा दिन काम करता था। बातचीत का समय कहाँ था?" गेंदालाल चकराया-सा बोला।

"झूठ, बिलकुल झूठ।" गुस्से में खड़े हो गए राजकुमार।

"भगवान् क़सम, मुझे सोते से ले गए···" राजकुमार के बदले तेवर देखकर गेंदालाल का जुमला अधूरा रह गया।

"जब जाग रहे थे तो वहाँ क्या करते रहे?" राजकुमार का कड़ाकेदार स्वर गूँजा।

"सर, काम···बताया तो कपड़ा धोते रहे।" गेंदालाल ने घिघियाते हुए कहा।

"कपड़ा धोने के बच्चे! सच बोलो, तुमने उनके साथ कौन-सा समझौता किया है वरना मुझसे बुरा कोई नहीं होगा। सख़्त-से-सख़्त सज़ा दूँगा कि छठी का दूध याद आ जाएगा।" राजकुमार का क्रोध बढ़ रहा था।

"सर, उनका धोबी मर गया था। कपड़े बहुत जमा हो गए थे। इसलिए वह मुझे उठाकर ले गए थे ताकि मैं उनके कपड़े धो-सुखा दूँ। अब उनका नया धोबी आ गया तो उन्होंने मुझे इधर भिजवा दिया।" अचकचाकर गेंदालाल ने कहा और घबराई नज़रों से डी॰आई॰जी॰ राजकुमार को देखा।

"ओह!" राजकुमार का तनाव का पारा एकाएक गिर गया फिर भी तेवरी पर बल डालकर बोले, "सच कह रहे हो न?"

"बिलकुल सच! अन्न क़सम, बच्चों की सौगंध!" गेंदालाल हाथ जोड़कर खड़ा हो गया।

"ठीक है।" कहकर उन्होंने जाने का इशारा किया।

"नमस्ते सर!" गेंदालाल ने अकड़कर सैल्यूट किया और बाहर निकल गया।

सेवाराम ने चकराई आँखों से अफ़सर को देखा फिर वह टैंट में बिखरा सामान समेटने लगा।

"चाय!" राजकुमार ने अंदर से उमड़ती हँसी को रोका और सेवाराम से कहा। वह तेज़ी से बाहर निकल गया। राजकुमार ने हल्का-सा क़हक़हा लगाया। खोदा पहाड़ निकला चूहा।

आज शाम की पार्टी में सुनाने के लिए यह लतीफ़ा बुरा नहीं होगा। राजकुमार ने सोचा। उन्हें बरसों पहले की वह शाम याद आ गई जब पाक-हिन्द के बीच शिमला में हुए अनुबंध के समय पाउडर मिल्क समाप्त हो गया था। चाय पेश करनी ज़रूरी थी। दूध कहाँ से आए? आख़िर सीमा के पार चरती बकरियों को सिपाही हाँक लाए थे और पाकिस्तानी बकरियों के दूध की चाय उस दिन सबने पी थी। गेंदालाल के जाने के बाद डी॰आई॰जी॰ ने अपने मातहत को आगाह कर दिया कि वह इस धोबी पर कुछ दिनों कड़ी निग़ाह रखे।

"सीमा पर रहना और सीमा के पार रहना कितना अलग-अलग अनुभव है।" कहते हुए राजकुमार उठे और नहाने की तैयारी करने लगे। उन्होंने सोच रखा था, पूरे दो माह परिवार के साथ छुट्टी मनाएँगे फिर ड्यूटी ज्वाइन करेंगे। बच्चों की पढ़ाई को लेकर वह अक्सर चिंतित रहते थे। अपने साथ उन्हें रखने का प्रश्न उतना ही बेकार था जितना इसकी कोशिश करना कि वह परिवार के साथ ग्वालियर रहें।

आसमान पर घनघोर घटाएँ छाई थीं। नदी के उस पार पेड़ों के घने जंगल की ओर शायद पानी पड़ रहा था। हवा में एक ठंडी नमी तैर रही थी। आई॰जी॰ राजकुमार ने पुराने ग्रामोफ़ोन में कूक भरी और रिकॉर्ड लगाया। इस ग्रामोफ़ोन से उनकी बचपन की यादें जुड़ी हुई हैं। दादी को संगीत का बहुत शौक़ था और दादा को उससे सख़्त नफ़रत थी।

दादा नाच-गाने और नाटक, नौटंकी को चरित्रहीनता से जोड़ते थे। उनकी इस मानसिकता के पीछे उनके पिता का दीवानापन था जो बाई के कोठे पर दादरा, ख़याल और ग़ज़ल सुनने की लत आख़िरी दम तक नहीं छोड़ पाए थे। इस नशे में उन्होंने अपना सबकुछ लुटा दिया था। जबकि दादी के पिता क्लासिकल गायक थे। भाग्य की बात, कला ने उन्हें नाम और धन नहीं दिया और गुमनामी में ही परलोक सिधार गए थे। दादी अपने बचपन से अपने को कैसे मुक्त कर सकती थीं। संगीत उनकी आत्मा थी। बड़े-से-बड़े संगीतकारों को देखकर उनके साथ उठ-बैठकर वह बड़ी हुई थीं।

दादा के दौरे पर जाने के बाद दहेज में मिला वह ग्रामोफ़ोन बड़े से लकड़ी के बक्स से निकालतीं और जी भरकर गाने सुनतीं। उनके पास कोई दो सौ रिकॉर्ड थे। जब दादा का देहांत हो गया तो वह ग्रामोफ़ोन कभी लकड़ी के बक्स के बाहर नहीं आया। उसके रोने, मचलने, रूठने के बावजूद भी। जब दादी की मृत्यु हुई और उनके

कमरे के सामान को माँ सँभाल रही थीं तो उसने सबसे पहले लकड़ी का बक्स खोलकर वह ग्रामोफ़ोन उठाकर अपने कब्ज़े में कर लिया। उस 'एन्टीक पीस' को देखने और पुराने गाने सुनने उसकी छोटी बहन स्वाति की सहेलियाँ अकसर उसके कमरे पर कब्ज़ा जमा लेती थीं। उन्हीं में लारा थी। लारा उन्हें पसंद थी। थोड़ा-बहुत रोमांस शुरू भी हुआ तो गर्मी की छुट्टियाँ शुरू हो गईं और जब यूनिवर्सिटी में दाख़िला लेने का समय आया तो पता चला कि लारा के पिता का ट्रांसफ़र हो गया।

कुछ वर्षों पहले तक इस ग्रामोफ़ोन के पास बैठकर राजकुमार को दादी की गर्म-नर्म गोद याद आ जाती थी, जिसमें बैठकर वह कटोरी से खीर खाते थे। उनका लाड़-दुलार और फिर उसके बाद लारा की यादें इससे जुड़ गईं। घर में सबको इस बात का अहसास है कि राजकुमार जहाँ जाएँगे ग्रामोफ़ोन साथ रहेगा और इसीलिए भारत-बँगलादेश सरहद की ओर जब वह आने लगे तो ग्रामोफ़ोन उनके साथ था।

इस समय उनके ज़ेहन में लारा का चेहरा था। अकसर वह सोचते थे कि एक अच्छी पत्नी जिसे वह बेहद प्यार करते हैं, उसके अलावा किसी की तरफ़ नज़र तक नहीं उठाते, फिर लारा के मोह से मुक्त क्यों नहीं हो पाते हैं? जब भी सुहावना मौसम देखते हैं, कोई कविता, कोई गीत, कोई ग़ज़ल सुनते हैं तो उस रोमांटिक दिमाग़ी फ़िज़ा में पत्नी की जगह लारा क्यों उभरती है? वह तो बीस साल पहले कहीं गुम हो चुकी थी। आख़िर आदमी अपने बचपन से मुक्त क्यों नहीं हो पाता है? सोचते हुए वह ख़ेमे से बाहर निकले। काले बादल भारी होकर नीचे उतर आए थे। ठंडी हवा बह रही थी। दूर से कुछ शोर आता सुनकर वह अन्दर गए और ग्रामोफ़ोन बंद करके पलटे।

"सर···इन मछेरों की पूरी बारात नदी पार कर रही थी।" एक सिपाही तेज़ी से चलता हुआ उनके सामने आन खड़ा हुआ।

"यू मीन बँगलादेश?" राजकुमार ने नया सिगरेट सुलगाया।

"यस सर!" सिपाही ने कहा।

राजकुमार ने बाहर निकलकर आँखों पर दूरबीन लगाई। दूर खुले मैदान पर रंग-बिरंगी तहमदों और सर पर अँगोछा डाले एक झुंड हरी-हरी घास पर क़दम बढ़ाता नज़र आया। सिपाही उनसे कुछ कह रहे थे और वे हाथ उठाकर जाने क्या जवाब दे रहे थे। बात कानों तक केवल मक्खी की भिनभिनाहट के रूप में पहुँच रही थी।

एकदम से मोटी-मोटी बूँदें गिरने से राजकुमार अंदर चले आए। सिपाही ने गर्म कॉफ़ी की ट्रे लाकर रखी। अभी पाँच-दस मिनट ही गुज़रे थे कि अँगोछा मुँह पर रखे सूखा विलाप करते मछेरे ख़ेमे के अंदर आ सीधे राजकुमार के पैरों पर गिर पड़े।

"हम बर्बाद हो जाएँगे···हमको जाने दें।"

"ठीक है! ठीक है!" कहकर राजकुमार ने पैर पीछे हटाया।

"हमारा क़सूर क्या है?" एक ने पूछा।

"नदी पार कर कहाँ जा रहे थे?" राजकुमार ने कहा।

"लड़के का ब्याह है, समधियाने जा रहे थे।" एक बूढ़े ने कहा।

"दूल्हा कहाँ है?" अधेड़ और बूढ़े चेहरों को देख राजकुमार ने पूछा।

"करीम···ओ करीम!" एक बूढ़े ने पुकारा। उसकी पुकार के साथ एक उन्नीस-बीस वर्ष का लड़का सामने आन खड़ा हुआ। सर पर फूलों की मुकुट-माला। शायद वह सेहरे की लड़ियाँ थीं जिसको समेट दिया गया था। मेहँदी लगे हाथों में पकड़े लाल रूमाल से वह बार-बार मुँह पोंछ रहा था। चेहरे पर घबराहट और आँखों में भय नाच रहा था।

"बहू लाने बँगलादेश जाओगे और बिना किसी क़ानूनी आज्ञा-पत्र, काग़ज़ी-पत्री के? पता है, एक देश की सरहद से बिना इत्तिला के दूसरे देश की सीमा में दाख़िल होना अपराध है? इस अपराध की सज़ा पता है? ठहरो। अभी सबको हथकड़ी लगवा देता हूँ।"

"अब हम रोज़ के आने-जानेवाले हैं। सरहद-सीमा को क्या जानें सरकार? तैर के उधर पहुँचे, तैर के इधर आ गए। नदी के दोनों पाट अपने हैं। उसमें पूछना क्या है?" हाथ जोड़कर एक अधेड़ बोला।

"हम भी तो अपना घर-बार छोड़कर इस चटियल बियाबान में यूँ ही नहीं आकर बैठे हैं। किसी कारण से ही तो हम यहाँ तैनात किए गए हैं।" राजकुमार ने उन्हें समझाने की कोशिश की।

"अब मालिक आप हैं, जो चाहे करें, मगर हमको जाने दें।" बूढ़े ने अपनी बात ऊपर रखी।

"शादी इधर की लड़की से क्यों नहीं की?"

"साहब, वह हमारी जात-बिरादरी के लोग अपने मछुआरे भाई हैं। शादी-ब्याह तो अपनों में होता है···अब जाएँ हम लोग सरकार?"

"कैसे समझाऊँ तुम लोगों को? ख़ैर···बारात वापस ले जाओ। कल तक सारे काग़ज़-पत्र ठीक हो जाएँगे तब जाना। समझे?" राजकुमार उलझकर बोले।

"अरे, हम लोग ग़रीब आदमी हैं। लड़कीवालों ने पचास बारातियों का खाना बनवाया होगा। वह लोग बर्बाद होंगे। हमारी भी बदनामी होगी।" फिर सूखा विलाप शुरू हो गया।

"कहा था न बाबा! मैं शादी नहीं करूँगा···जेल गया तो नौकरी भी हाथ से जाएगी।" दूल्हा इतना कहकर रो पड़ा।

"देखो साहब! बेकार बात आगे मत बढ़ाओ···कल कहोगे कि मछुआरे, जाल में आई मछली छाँटो। अपनी इधर रखो, उस किनारेवालों की उधर, तो बड़ा मुश्किल होगा।" एक जवान मर्द ने एकदम से सपाट लहजे में कहा।

"कुछ लेना-लिवाना है तो ले-देकर हमारी छुट्टी करो। निकाह का समय आठ बजे है।" उसी जवान के साथ खड़े आदमी ने कहा।

"अगर मुझे गुस्सा आ गया तो सबको जेल में डलवा दूँगा। बात समझे बिना बकवास कर रहे हो। शेरसिंह, ले जाओ इन सबको और बंद करो बिना इजाज़त सीमा पार जाने के जुर्म में।" राजकुमार एकाएक तैश में आ गए।

सारे मछुआरे बंगाली भाषा में हाय-तौबा मचाने लगे। कोई रो रहा था। कोई सर

पीट रहा था। कोई राजकुमार का पैर ज़ोर से पकड़े बैठा था। सिपाही भी उनके इस हाहाकार से कुछ झुँझला-से गए थे।

"तीन दिन पहले मेहँदी की रस्म थी। हम बीस लोग गए थे तब क्यों नहीं पकड़ा?" वही जवान चिढ़कर बोला।

"देखो सरकार! यह रही हमारी टोपी। तुम्हारे पैरों पर रखते हैं। मैं लड़के का दादा हूँ। हमारी इज़्ज़त तुम्हारे हाथ है। जो फ़ैसला करो, हमें मंजूर है।" यह कहकर बूढ़े ने सफ़ेद टोपी राजकुमार के पैरों पर रख दी। पता नहीं इशारा पाकर या स्वयं दुखी होकर दूल्हा भी मुकुट सँभालता रोता हुआ राजकुमार के पैरों में पड़ गया।

अजीब दुविधा में पड़े राजकुमार पूरा दृश्य देख रहे थे। सबके चेहरों पर गिड़गिड़ाहट थी। सबके हाथ जुड़े हुए थे। शादी में जाते खुश-खुश लोग इस समय वास्तव में रुआँसे खड़े थे।

"साहब! हमारा विश्वास करें। चाहें तो हमारी तलाशी ले लें। अगर हमारी बात पर यक़ीन न हो तो ब्याह के घर हमारे साथ किसी को भेज दें।" लड़के के बाप ने कहा।

"आप जैसे लोग हमारे अतिथि बनें, इससे बड़ी हमारी खुशक़िस्मती और क्या होगी?" दूसरे अधेड़ मर्द ने कहा जो शायद लड़के का चचा था।

अजीब मुश्किल में जान है। न यह समझते हैं न वह समझते कि वर्तमान स्थिति में ऐतिहासिक पृष्ठभूमि कितनी विपरीत और कठिन स्थिति सामने ला देती है। विशेषकर तब जब इंसान शताब्दियों पुराने ज़मीन से बने रिश्ते को अपना अधिकार समझकर सहज रूप से जी रहा हो तब नई सरहदों के क़ानून को उन पर लादना अपराध जैसा लगता है, जो हर इंसानी भावना से परे मुर्दा फ़ाइलों में टाँग पसारे पड़ा है। ऐसी संकट की घड़ी में मुझे क्या करना चाहिए? बेचैनी से राजकुमार पहलू बदलने लगे। थोड़ा समय ख़ामोशी से गुज़रा फिर शोर शुरू।

"सरकार! मालिक! अन्नदाता!" जैसे शब्दों के बीच खड़े राजकुमार कुछ देर बाद किसी फ़ैसले पर पहुँचकर मुड़े।

"शेरसिंह! जाने दो इन्हें···और हाँ, सबके नाम-पते लिख लो।"

इतना सुनते ही बिन पानी की तड़पती मछलियों की तरह मछुआरे जाल से छूट पानी में ग़ोते लगाने लगे। खुशी में आवाज़ें निकालते, धन्यवाद-शुक्रिया कहते, पैर छूते, हाथ मिलाते मछुआरों की बारात मैदान की ढाल उतरने लगी थी।

बाहर बारिश रुक गई थी। धूप निकल आई थी। हरे मैदान पर रंग-बिरंगी तहमदों और अँगोछों के आगे बढ़ती क़तार किसी झालर की तरह नज़र आ रही थी। उन्हें जाता देखकर राजकुमार ने सोचा कि घर-आँगन, गाँव, गली को बाँटनेवाली वह लकीर धरती पर कंगूरे की तरह उभर आई है। इतना कुछ गुज़र जाने के बाद···?

राजकुमार बड़ी तेज़ी से टहल रहे थे। उनके अंदर बहुत कुछ उमड़ रहा था। ज़मीन का नंगा सच और राजनीति का झूठा पर्दा उनके सामने जलते-बुझते बल्ब का दृश्य

उपस्थित कर रहा था। समाचार-पत्रों में छपी ख़बरें, राजनेताओं के वक्तव्य केवल दिमाग़ के फ़ैसले होते हैं, उन्हें दिलों का हाल···ख़ैर, मैं इतना भावुक क्यों हो रहा हूँ? क्यों नहीं एक पुलिस अफ़सर की तरह बेहिस और निर्मम हो पाता? इस समय बड़ी आसानी से इन्हें पिटवाकर वापस भिजवा देता, भले ही रात के सन्नाटे में सरहद पार कर लेते मेरी बला से, मगर···

दूरबीन आँखों से लगाकर देखा। नन्ही-सी रंगीन पंक्ति नदी-किनारे खड़ी थी। देखते हुए मन-ही-मन बोले, 'शायद इन्हें बँगलादेश बनने की ख़बर न हो। अगर ख़बर हो भी तो सरहद के बँटवारे का सच यह नहीं जानते हैं। यह सच इन्हें कैसे समझाया जाए जिनके लिए जल की धारा एक है, लोकगीत की ज़मीन एक है, आसमान का रंग और नदी के उठते उफ़ान की भाषा एक है, जिनके अंदर आदिम रिश्तों की पैठ इतनी गहरी है कि उन्हें उस बंधन से मुक्त कराना आसान काम नहीं है। मगर धरती पर सरहदों की कशीदाकारी करनेवाले इस सच से किस क़दर बेख़बर हैं!

पाँचवाँ बेटा

अमतुल पर सुबह से झुँझलाहट सवार थी। बात-बे-बात वह चीज़ें पटककर अपना गुस्सा उतार रही थीं। अब गुसलख़ाने की मुँडेर पर बैठा काँव-काँव करता कौआ उनको तैश दिला गया और आव देखा न ताव, पैर की जूती निकाल ज़ोर से निशाना साधा···चल-मर कमबख़्त! बेसुरे राग अलापने को मेरी ही मुँडेर मिली थी तुझे! कौआ चोट खा नीम के पेड़ पर जा बैठा; मगर काँव-काँव नहीं छोड़ी और न अमतुल ने उसको कोसना।

पिछले कई दिनों से अमतुल को फ़िक्र लगी थी कि मोहर्रम का महीना सिर पर है और काम करनेवाले रहमान का कहीं पता नहीं है। बात इमामबाड़े की न होती तो वह सज्जन या सूरज, किसी को भी बुला लेतीं। माना कि आनेवाले महीने लपलपाती धूप के होंगे, मगर बादलों का क्या ठीक, कब बरसा दें रहमत की बारिश और अमतुल का सारा बदन इस ख़याल से गनगना उठा कि सजे ताज़िया और अलम का क्या हाल होगा पानी से भीगकर?

"अत्तो ख़ाला···" खुले दरवाज़े की कुंडी खड़क उठी।

अमतुल की बेताब नज़रें टाट के झूलते परदे की तरफ़ उठीं, जहाँ पर एक ही साया खड़ा नज़र आया। चेहरे की ख़ुशी पल-भर में निराशा में बदल गई। तो भी बेताबी से पूछ बैठीं, "मिला था रहमान?"

"मिला था, ख़ाला, कुँवर साहब के यहाँ चिनाई का काम करवा रहा है। बोला, फ़ुरसत नहीं है।"

"बौरा गया है क्या?"

"अब वह ठेके पर काम लेने लगा है। उसके नीचे पाँच बेलदार काम कर रहे थे।"

"तुमने बताया था कि इमामबाड़े की छत की हालत ठीक नहीं है।"

"कहा था, ख़ाला, वह तो छाता लगाए कुर्सी पर बैठा था। पान चबाने से उसे फ़ुरसत कहाँ थी जो जवाब देता! सच जानो, हमको बहुत बुरा लगा। अब हम उसे बुलाने दोबारा नहीं जाएँगे।"

अमतुल के चेहरे पर बेबसी के बादल घिर आए। दिल में हूक उठी कि चार पहाड़-से लड़के जनकर भी उन्हें कौन-सा सुख मिला। किसी भी लड़के को न माँ की फ़िक्र है, न दीन व मज़हब की, बस नौकरी करे जा रहे हैं। महीने में भेजे मनीऑर्डर क्या मेरा अकेलापन दूर कर सकते हैं? क्या इस रहमान बेलदार का दिमाग़ सीधा कर

सकते हैं जो सौ बार बुलाने पर भी न आया?

"देखो ख़ाला, चिंता की बात नहीं, हम काम करने को तैयार हैं। जब ज़रूरत पड़े, बुला लेना।" इतना कहकर सुलाखी चला गया। वह इससे ज़्यादा कुछ कह भी नहीं सकता था। उसे बचपन से पता था कि ख़ाला को उसका पड़ोस भाता है, मगर इमामबाड़े में हाथ लगवाना अच्छा नहीं लगता है।

अपने में कुढ़ती अमतुल छुट्टे पायजामे में हिलती-डुलती इमामबाड़े की चौखट पर पहुँची और उसके किवाड़ खोले। चूहों ने बल्लियों में घुड़दौड़ मचा कुछ मिट्टी के टुकड़े नीचे गिराए। कमरे की बत्ती जला उन्होंने सूने इमामबाड़े को देखा। तख़्त पर मिट्टी के ढेलों के साथ चूहों की गंदगी पड़ी थी। कोने से फूल झाड़ू उठा उन्होंने तख़्त बटोरा और कूड़ा काग़ज़ के टुकड़े में उठा चूहों को जी भरकर सलवातें सुनाईं—झाड़ू फिरे, जाने क्या कुतरने यहाँ आते हैं! चालाक ऐसे कि चूहेदानी की रोटी देख मुँह फेर लें।

अमतुल को अरमान था कि इमामबाड़े और दालान की छत पक्की हो जाती। पहले हाथ तंग था, ऐसी बातें सोच नहीं सकती थीं। लड़कों ने हर बार माँ से वायदा किया, मगर पिछले पाँच वर्षों में कोई भी ऐसे मौसम में माँ से मिलने नहीं आया जब छत डाली जा सकती थी। बात अगले मौसम के लिए टल जाती थी। इस बार खुद हिम्मत की तो निगोड़ा रहमान बेलदार ठेकेदार बन बैठा। कैसी अनहोनी सुनने में आती है। चारों तरफ़ अरसे से ऐसी कोई बात उनके कान में नहीं पड़ी जो मुनासिब लगती और जिसको सुनकर उनका जी खुश हो जाता।

कमरे का दरवाज़ा बंद कर, कुंडी लगा अमतुल बाहर आई। कूड़े की पुड़िया फेंक हाथ धोने बैठी तो उँगलियों पर हिसाब लगाया कि अब तो मरम्मत का वक़्त भी नहीं बचा है। हिसाब से मोहर्रम के चाँद को परसों हो जाना चाहिए। हाथ पोंछ दालान के कोने में रखा लकड़ी का बड़ा बक्स खोला और धूप में पड़े खटोले पर बक्स से निकाली गठरी खोल दी। पगड़ी, पटका, चादर सफ़ेद मलमल पर फैला दी। अब अमतुल का दिल इमामबाड़े की सजावट की तरफ़ मुड़ गया था। मन-ही-मन उन्होंने फ़ैसला ले लिया था कि अब वह किसी के आसरे बैठनेवाली नहीं हैं, ख़ुद चूना भिगोएँगी और जहाँ तक हाथ जाएगा, कमरा पोत लेंगी। आख़िर सरफ़राज की लड़कियों ने मिल-जुलकर पिछली मोहर्रम में पूरा घर नहीं पोत डाला था।

मोहर्रम का चाँद हो गया था। औरतों ने चूड़ियाँ बढ़ा, नाक की कील छोड़कर कान, गले, पैर, हाथ के सारे ज़ेवर उतार दिए थे। तसलों में हरा-काला रंग घुल गया था, जिसमें कपड़े रँग-रँगकर अलगनी पर फैलने लगे थे। अमतुल की मदद करने बड़ी बहन शाहेदा की पोती रौनक़ कानपुर से आ गई थी। अब दोनों दादी-पोती इमामबाड़े को धो-पोंछकर

तख़्त पर बिछी सफ़ेद चादर पर 'ज़री' रख रही थीं। उसके छोटे दरों और खिड़कियों पर कुमकुमे लगा रही थीं।

लकड़ी के डंडे पर उभरी खूँटियों पर अलम लगा उसकी गर्दन पर पटका लगाते हुए पोती ने दादी से पूछा, "दादी, आपने यह सब बनाए हैं?"

"कभी दादी जवान थीं, पटापटी, जाली और लचके का काम चुटकियों में कर डालती थीं। अब की लड़कियों को न कोई शौक़ है, न उमंग, बस किताबें खोले बैठी रहती हैं।"

चाँद रात थी। इमामबाड़ा सजना ज़रूरी था। उसके बाद 'मातम' होना था, जिसके लिए उन्होंने सलमान हलवाई के यहाँ से दो किलो बालूशाही दोपहर को ही मँगवा ली थी, वरना शाम तक तो उसकी दुकान पर लूट मच जाती है। मक्खियों तक को मिठाई का दाना नसीब नहीं होता है। पटकों और ताबूत की चादर में इत्र लगा अमतुल ने सजे इमामबाड़े को नज़र भरकर देखा और कमरे से बाहर निकल दरवाज़ा भेड़ दिया। अब दालान में फ़र्श बिछाना बाक़ी था। काम से निबटकर दोनों ने खाया। फिर अमतुल ने पानदान खोल भुने नारियल, छालिया, धमिया और लौंग की पुड़िया बाँधनी शुरू कर दी। दो माह न सही, कम-से-कम दस दिन तो आदमी हुसैन का ग़म मनाए और पान से होंठ-मुँह लाल न करे। पुड़िया बाँधते-बाँधते अमतुल को एकाएक ध्यान आया कि कहीं बादल टप-टप बूँदें बरसाने आ गए तो? घबराकर आसमान ताका। उसपर तारे खिले थे। अमतुल अपने इस तरह हौलने पर ख़ुद हँस पड़ीं। याद आया उनको अपने मियाँ का कहना, "बहुत सोचती हो तुम, अमतुल! जो नहीं है उसको भी देख लेती हो!"

"दादी, मैं तैयार हूँ।" चोटियाँ गूँथ पोती बोली।

"बस उठती हूँ।" कहकर अमतुल ने नन्ही-नन्ही पुड़ियों से भरी छोटी-सी पीतल की ट्रे उठाई और दालान में बिछे फ़र्श के बीचोंबीच आनेवाली बीबियों के लिए रख दी।

टॉर्च लेकर दोनों दादी-पोती घर से निकलीं। सुलाखी बेलदार के घर के सामने से गुज़रती हुई जब ज्योति कहारिन के घर के पास पहुँची तो उन्हें आता देख रमज़ान के इक्के की घोड़ी हमेशा की तरह ज़ोर से हिनहिनाई और इससे पहले कि अमतुल अपना छुट्टा पायजामा समेटतीं, उनपर पेशाब की छींटें पड़ चुकी थीं। दोनों दादी-पोती खिसियाई घर लौटीं और आधा धड़ 'गोता' कर दूसरे कपड़े पहन फिर निकलीं। इस बार सीधे न जाकर पानी की टंकी के पीछे से चक्कर काट बतूल बेगम के घर पहुँचीं। मातम ज़ोरों पर था। 'या हुसैन' की आवाज़ बाहर तक आ रही थी। जब वे आँगन में पहुँचीं तो दूसरा नौहा शुरू हो गया था। वे दोनों भी जाकर खड़ी हो गईं और लय-में-लय मिलाने लगीं।

आग बरसाती दोपहर में हरा-काला कपड़ा पहने औरतें, बच्चे, लड़कियाँ एक घर से दूसरे घर मज़लिस में शरीक़ होतीं। औरतें पसीना और आँसू पोंछतीं, फिर बर्फ़ का

पानी पीकर पंखे में लेट जातीं। कमर सीधी कर फिर अगली पड़ोसिन के घर जमा होतीं, भर्राए गले से बातें करतीं। पाँचवीं मोहर्रम तक आवाज़ इस क़ाबिल नहीं रह जाती थी कि सुननेवाला मर्द-औरत की पहचान करता। फ़िर बात भी अहम थी कि साल भर में यही एक मौक़ा था जब औरतें खुलेआम, ढलती रात को घर वापस आतीं, आपस में मिलकर दुखड़े कहतीं और सुनतीं। जब हदीस शुरू होती तो कर्बला के दर्दनाक बयान को सुनकर उनके अंदर दबा दर्द का लावा फूट पड़ता। हुसैन के नाम पर ज़ानू पीट-पीटकर रोतीं और वह सबकुछ आँसुओं में बहा देतीं, जो साल भर से अंधा कुआँ समझ अपने दिल में डालती रही थीं।

आज नवीं मोहर्रम थी। अमतुल आज के दिन 'खान' पर पाँच बख़्श की नज़र करवाती थीं। सुबह से हलुआ, पुलाव, क़बाब, कोरमा पकाने में लगी थीं। शीरमाल और खमीरी रोटी के लिए वह नानबाई को कहलवा चुकी थीं। गर्मी के तपते महीने में बावर्चीख़ाने में पसीने से डूबी अमतुल सूजी भून रही थीं कि एकाएक ठंडी हवा का झोंका सारे बदन में सिहरन भर गया। अमतुल ने राहत की साँस ली। मगर जब यह हवा बराबर उनके पसीने को सुखाने लगी तो उन्होंने मुड़कर देखा, शाम उतर आई थी। सात बजे नज़र होगी। उनके हाथ जल्दी से पतीली में पड़ी कफगीर को घुमाने लगे। तभी बिजली-सी चमकी और बादल गरजा।

"इलाही ख़ैर करना," गरम पतीली चूल्हे पर से उतार अमतुल जले पैर की बिल्ली की तरह बदहवास दर पर आन खड़ी हुईं। दोपहर की गर्मी और फिर अंधड़ ने जाने कहाँ से काले-काले मेघ बुला लिए थे। अमतुल को काटो तो ख़ून नहीं। एकटक आसमान को ताकती खड़ी रह गईं। अंदर से हर धड़कन जैसे पूछ रही हो, अब क्या होगा? अब क्या होगा?

"आज का दिन गुज़र जाने दो, माबूद···कल जितना चाहे, बरसना। आज नबी की शब है। हुसैन एक दिन के मेहमान हैं। कल सुबह तो इमामबाड़ा बढ़ाना है···तुझे तेरे प्यारे हुसैन की प्यास की क़सम है।" कहती हुई अमतुल वहीं आँगन में दोज़ानू हुईं, फिर सिजदे में गिर गईं।

'टप-टप' मोटी-मोटी बूँदें उनके काले दुपट्टे से ढके सिर और पीठ पर गिरने लगीं। अमतुल तड़पकर उठीं और शिकायत भरी नज़रों से उन्होंने आसमान को ताका। ख़ामोशी पल भर में आँसू बन आँखों से टपकने लगी। मूसलाधार बारिश को खड़ी ताकती, हारी-सी अमतुल में इतनी ताक़त नहीं थी कि वह अंदर इमामबाड़े को खोलकर देखतीं कि बारिश की बूँदें अंदर दाख़िल हुई हैं या नहीं।

बादल की गरज और बिजली की तड़प से बच्चों के दिल दहले जा रहे थे। बड़ी-बड़ी बूँदें तो पक्के मकान के प्लास्टर उखाड़ देती हैं, यह तो फिर गर्मी-सर्दी सहे बोसीदा मकान था जिसकी मिट्टी को गलते-बहते कितनी देर लगेगी। दालान में टपकते हिस्सों के नीचे पतीली रख अमतुल को जितनी दुआएँ मुसीबत की घड़ी टालनेवाली याद थीं, वह पढ़ रही थीं। भय और अपमान के अहसास से अधमरी आवाज़ गले से बड़े मद्धिम

सुरों से निकल रही थी। पोती दोनों तकिये कानों पर लगाए बिजली की चमक से ख़ौफ़ज़दा बिस्तर पर औंधी पड़ी थी। बादल के घड़घड़ाने के बीच अमतुल को एकाएक लगा जैसे उन्हें किसी ने पुकारा हो।

"अत्तो ख़ाला! ओ अत्तो ख़ाला!..."

"हाँ-हाँ, कौन है भाई?" दुआ जल्दी से ख़त्म कर उन्होंने खड़े होते हुए पूछा।

"हम सुलाखी! इमामबाड़े की छत पर तिरपाल डाल रहे हैं। इधर से दबा दिया है। इधर से खंभे में बाँधना है। अब परेशानी की कोई बात नहीं है।"

"सुलाखी, इमामबाड़े की छत पर!" अमतुल के सारे बदन के रोंगटे खड़े हो गए। मुँह-ही-मुँह में बड़बड़ाईं, "यह क्या कर डाला इस सिरफिरे ने! मेरी मिट्टी पलीद कर दीन-दुनिया तबाह कर डाली।"

"चलो, एक चिंता तो ख़त्म हुई।" सुलाखी ने दूसरी तरफ़ से निबटकर कहा। फिर हाथ आकाश की ओर उठाकर ज़ोर से चीख़ा, "ख़ूब बरसो झमाझम ऊपरवाले! प्यासी धरती दुआ देगी।"

"तू क्यों चढ़ा था वहाँ? किसने कहा था?" अमतुल पर गुस्से का दौरा पड़ चुका था। सुलाखी जो इधर उतरता तो कौए की तरह उसे एक नहीं, दो चप्पलों की चोट याद आ जाती; मगर वह छत पर खड़ा छोटे-से इमामबाड़े को भीगने से बचाने की कोशिश में जुटा पानी-बिजली से मुकाबला कर रहा था। उस तक अमतुल की आवाज़ नहीं पहुँच रही थी।

तूफ़ान घंटे भर बाद ठहर गया, मगर अमतुल का दिल शंकाओं से भर उठा। सारी रात पलक नहीं झपकी। पाक-नापाक का बसबसा उन्हें घुलाने पर तुला था। अल्लाह-अल्लाह करके पौ फटी, मगर बूँदाबाँदी नहीं रुकी। इमामबाड़ा बढ़ाना था। आशूरे का दिन था। चूल्हा जलना नहीं था, न हलक़ से कुछ उतरना था। कब तक और कितनी दुआएँ पढ़तीं अमतुल, सो मजबूर होकर इमामबाड़ा बढ़ाने उठीं। दस बजे ताज़िया दफ़न होना है। सुलाखी की नादानी और अपनी मजबूरी ख़ुदा से कहती इमामबाड़े तक पहुँचीं और इस ख़याल से उन्होंने दरवाज़ा खोला कि कमरे में घुटनों तक पानी भरा होगा। ज़री भीगकर उसमें तैर रही होगी और पटका अलम भीगा-पोचा खूँटियों से लटक रहा होगा। उन्होंने बंद आँखें खोलीं और धक से रह गईं...लोबान की महक से इमामबाड़ा भरा था। अलम जगमगा रहे थे। पटके सूखे थे। ज़री की पन्नियाँ उसी तरह सही सालिम झिलमिला रही थीं। अमतुल गद्गद हो उठीं। इमामबाड़े की बलाएँ ले हाथों की उँगलियाँ कनपटी के पास ले जाकर फोड़ीं और ज़री को चूमकर बोलीं, "मौला, तेरी क़ुदरत के सदक़े! तूने अपनी इस बंदी की लाज रख ली।"

"दादी! वंडरफुल, दादी! सुलाखी के तिरपाल ने सबकुछ बचा लिया।" पोती इमामबाड़े में दाख़िल हो ख़ुशी से चहकी, क्योंकि पानी से भरी पतीलियों को फेंकते-फेंकते वह कल से बोर हो चुकी थी।

"उस नामुराद का नाम मत लो मेरे सामने!" अमतुल ने पोती को झिड़का। उनका दिल ख़ुदा के क़हर से सहमा हुआ था। बंदों की ग़लतियों की सज़ा तो ऊपरवाला देता है।

"दादी, एक तो उसने काम किया और आप हैं कि···" पोती ने मुरझाए गजरों को उतारते हुए हैरत से कहा।

"तुम अपने बापवाली बातें मुझसे न करना।···दोस्ती-प्यार अपनी जगह, दीन-ईमान अपनी जगह।" अमतुल ने ज़री पर पड़ी ख़ाक को काग़ज़ पर समेटते हुए कहा।

"आपका गुस्सा रहमान पर है या सुलाखी पर?" पोती ने पटके तह करते हुए पूछा।

"दोनों पर।"

"यानी कि एक की नेकी और दूसरे की लापरवाही को आँकने का आपके पास एक ही पैमाना है, दादी!" पोती ने हैरत से पलकें झपकाईं।

"पैमाना मेरा बनाया हुआ नहीं है, बल्कि पुरखों के वक़्त से चला आ रहा है।"

"दादी, अब इस दौर में पेट की वजह से रहमान अगर कुँवरपाल के घर काम कर रहा है तो सुलाखी हर हाल में आपके घर का काम करेगा, इस हक़ीक़त से आप कैसे आँख बंद कर सकती हैं?"

"तभी तो ज़माने में आग लगी है, जो हर धान सत्ताईस रुपए सेर बिक रहा है।" अमतुल ने बात ख़त्म करने के लहजे में कहा। पोती ने दादी का चेहरा देखा और मुसकराकर मलमल की गठरी बाँध लकड़ी के बड़े बक्स में रखा। सूखे गजरों का थैला इमामबाड़े की चौखट पर रख अमतुल ने गहरी साँस ली।

दूर गली से अलविदाई दस्ते के गुज़रने की आवाज़ नज़दीक आती सुनाई पड़ी। अमतुल की आँखें भर आईं। आज हुसैन घर से रुख़सत हो रहे हैं। सूखे गजरों का थैला उठा वह दरवाज़े तक आई कि कर्बला जानेवालों के हवाले यह कर दे, ताकि ताज़िया के साथ यह भी दफ़न हो जाए।

दस्ता गुज़र जाने के बाद हर साल की तरह ननकू पासी, भोला जुलाहे और ज्योति कहारिन के घर की औरतें-बच्चों के लिए 'खाक़' लेने पहुँच गईं। अमतुल ने पुड़िया खोल चुटकी भर-भरकर लोबान और अगरबत्ती का गुल उनमें बाँटा, जो किसी ने बच्चे को चटा ख़ुद माथे-सीने पर लगाया, किसी ने उसे काग़ज़ पर सँभाला।

"सुलाखी के बेटवा के लिए भी दे देव, ख़ाला।" ज्योति कहारिन की बहू बोली।

"क्यों? उसके बहू के पैरों में मेहँदी लगी है क्या?" रूठे स्वर से अमतुल बोलीं।

"ख़ाला की बात।" बूढ़ी पासिन हँस पड़ी।

"अरे ख़ाला, उसका हाल-बेहाल है। रात को क़हर टूटा था। उसी में भीग गया। जाने कहाँ काम पर गया था। अब बुख़ार से तप रहा है।"

"कहती तो ऐसे हो जैसे चना डाल दो तो भुन जाए!" कहने को सख़्त बात अमतुल कह गईं, मगर चढ़ी तेवरी ढीली ज़रूर पड़ गई। मगर दिल में एकाएक हौल समाई कि

कहीं सुलाखी को 'बेअदबी' की सज़ा तो नहीं भुगतनी पड़ेगी। पोती ने गहरी नज़रों से दादी को ताका, जहाँ तनी कमान टूटने का भाव नाच रहा था। औरतें 'ख़ाक' लेकर चली गईं। उनका विश्वास अमतुल के इमामबाड़े पर है। उसके इमाम पर भी है, तभी तो वह मन्नतें माँगती, चढ़ावे चढ़ाती हैं; मगर अमतुल···? अमतुल ने घबराकर पोती की तरफ़ देखा, फिर सिर झुका लिया। उनके चेहरे पर पीलापन उतर आया था।

दिन निकल आया था। धूप भी खिल उठी थी। उमस ग़ज़ब की थी। कर्बला से मर्द घर लौट आए थे। हुसैन की शहादत का दिन था। सुबह से सब बिना खाए-पिए थे। चूल्हा भी ठंडा पड़ा था। अमतुल ने घड़ी देखी, दो बज रहे थे। दुआ की किताब बंद कर उन्होंने बावर्चीख़ाने का रुख़ किया। काली मसूर की भीगी दाल को चूल्हे पर चढ़ा चौलाई का साग काटने बैठ गईं। पोती भी सुस्त-सी आकर चावल धोने लगी।

"दादी, सबके घर आज के दिन यही ख़ाना क्यों पकता है?"

"तुम सवाल बहुत पूछती हो!" कहकर अमतुल ने साग छौंका।

"समझ गई, पुरखों के ज़माने से चला आ रहा होगा।" ठंडी साँस भर पोती धीरे से बोली।

अमतुल किसी गहरी सोच में थीं। उन्हें भी तो एक सवाल बचपन से परेशान करता रहा है कि दसवीं को सारे दिन भूखे रहने के बाद हुसैन की शहादत के बाद खाना क्यों चार बजे खाया जाता है? क़ायदे से तो 'शहादत' के बाद 'फ़ाक़ा' करना चाहिए। मगर इस सवाल को पूछने की हिम्मत उनमें नहीं थी, अब एक नया सवाल उन्हें मथ रहा था।

'सुलाखी ने पड़ोसी का फ़र्ज़ निभा दिया। इमामबाड़ा भीगने और बरबाद होने से बच गया न, यह तो ख़ुश होनेवाली बात है, फिर मैं क्यों अनहोनी से डर रही हूँ?'

दोपहर ढल रही थी। दस्तरखान पर तीन डोंगे और दो तश्तरियाँ रखी हुई थीं। दादी-पोती आमने-सामने बैठी थीं। अमतुल को जाने क्यों सुलाखी याद आ रहा था। प्लेट में खाना निकाल जैसे ही पहला लुकमा तोड़ा तो कान बज उठे···'ख़ाला, अत्तो ख़ाला! अब परेशानी की कोई बात नहीं है।'

बचपन में सुलाखी की माँ और अमतुल में बड़ी दोस्ती थी। चचा के घर शादी हुई, सो मायका-ससुराल एक घर में रहा और बिनती का साथ न छूटा, जो उनके घर सुबह से रात तक जमी रहती थी। बिनती ब्याह के साल भर बाद जब विधवा होकर मायके लौटी तो फिर गुइँयापा दर्द का रिश्ता बना बैठा। जब बिनती को साँप ने काटा उस वक़्त सुलाखी छह महीने का था। उनकी गोद भी हरी थी। स्तन दूध से भरे थे। रात को जब बिनती की चिता ठंडी पड़ी तो हलकान होते सुलाखी को वह नहीं देख पाई थीं और बिना सोचे-समझे गोद में लिटा उसका पेट भरा था। अपने बेटे का पेट काट वह रात को सुलाखी को गोद ज़रूर लेतीं; मगर ग़रीब का बेटा जल्दी ही रोटी खाना

सीख गया। बिनती के मरने के बाद वह भी विधवा हो गईं। क़स्बे के स्कूल में पढ़े चारों लड़के शहर में नौकरी पा गए और वहीं के हो गए। अब हाँके-पुकारे को बचा था सखी का लड़का सुलाखी···मुँह की तरफ़ बढ़ा निवाला वापस अमतुल ने प्लेट में रख दिया। उनका दिल बिगड़ने लगा। कुछ देर चुपचाप बैठी रहीं, फिर बटुआ बक्स से निकाल पुड़िया ले आगे बढ़ीं।

"खाना छोड़कर कहाँ जा रही हैं, दादी?" भूखी पोती मिनमिनाई।

"तुम खाना खाओ, मैं अभी आई।"

सुलाखी के घर की चौखट पर जब अमतुल पहुँची तो उसके माथे पर ठंडे पानी की पट्टी उसकी पत्नी रख रही थी। पास के खटोले पर कथरी पर उसका बेटा मुँह में चुसनी लगाए सो रहा था।

"ख़ाला, तुम यहाँ!" चौंक उठी सुलाखी की पत्नी।

"बुख़ार तो बहुत तेज़ है।" अमतुल ने माथे पर हाथ रखा।

अमतुल कुछ देर खड़ी रहीं, बेचैन, परेशान-सी, फिर कुछ सोचकर उन्होंने ख़ाक की पुड़िया निकाल, उसे चुटकी में भर, सुलाखी के माथे और सीने पर लगा, उसका बाज़ू पकड़ मुँह-ही-मुँह में कुछ दुआ पढ़कर दम की। फिर धीरे से बोलीं, "अल्लाह ने चाहा तो बुख़ार फ़ौरन उतर जाएगा।"

"सुबह से दो बार चक्कर लगा चुके हैं अवतार पनवाड़ी कि काम का हर्ज़ा हो रहा है। भला तुम्हीं बताओ, ख़ाला, ऐसी हालत में यह कैसे जाएँ?"

"कहीं और काम पकड़ने की ज़रूरत नहीं है। यह लो रुपए। जैसे ही बुख़ार उतरे, सुलाखी से कहना, कमरे और दालान पर पक्की छत अब पड़ जाए। चहल्लुम आते कितनी देर लगेगी! अच्छा, मैं फिर आऊँगी।"

"वह तो कब से चिंता में डूबे रहे। आपको दुःखी देख उनका मन ख़राब हो जाता है। कल दौड़कर गए कल्लू के घर से तिरपाल उठाकर ले आए और···"

अमतुल ठहरीं नहीं, तेज़ क़दम से वापस आईं। अब उन्हें बड़ी ज़ोरों की भूख लग रही थी। दस्तरखान पर बैठ जल्दी-जल्दी से निवाला निगलने लगीं।

हाथ धोते हुए पोती ने उन्हें देखा और हैरत से पूछा, "क्या हुआ, दादी?"

"कुछ नहीं।" गर्दन हिलाकर जवाब मिला। पोती को अपनी दादी से प्यार है, मगर उनकी कुछ बातें उसे परेशान कर देती हैं। उसकी नज़र में तो सारे इनसान एक जैसे हैं, फिर···?

शबे आशूरा का प्रोग्राम लखनऊ से आने वाला है। सारे घर की बत्ती बुझाए दादी रेडियो सुन रही हैं। मुँह पर दुपट्टा रख फूट-फूटकर रोती हैं, "मासूम असग़र को भी ज़ालिमों ने पानी न दिया, हुसैन को धोखे से बुलाकर···"

पोती ग़ौर से दादी को देखती है, परेशान होती है कि चौदह साल पुराने ग़म पर

इस तरह दादी पिघल जाती हैं, मगर...

भोलीभाली पोती को क्या पता कि हर चीज़ को बदलने का एक समय होता है। तभी तो अमतुल अपनी नादानी से शर्मिंदा हो पुराने ग़म में नया ग़म मिला रही हैं, जिनके चार लड़के शहर की भीड़ में खो गए हैं। उन्हें ढूँढ़ने में उसे होश ही न रहा कि पाँचवाँ जो पास में है उसे समझतीं। अब शुक्राने के इन आँसुओं को पोती नहीं समझ सकती है। अभी उसकी उम्र ही क्या है।

दूसरा ताजमहल

हवाई जहाज़ में बैठी नयना किसी परिंदे की तरह सहमी और निराश थी—जिसको उड़ान भरते हुए बीच में ही बहेलिए ने झपट लिया था। नियति का यह खेल उसकी समझ में नहीं आया।

दिल्ली पहुँचकर वह हवाई जहाज़ की सीट पर बेहिस-सी बैठी रही। भीड़ छँटने पर एयरहोस्टेस ने उसकी हालत देखी और पास आकर बोली, "मैम, आपकी मदद कर सकती हूँ?" "नहीं, मैं ठीक हूँ।" बड़ी देर तक वह कुर्सी पर बैठी ख़ाली नज़रों से मुसाफ़िरों को बाहर निकलता देखती रही। उसके दिमाग़ से सबकुछ पुछ-सा गया था। कौन-सा घर, कौन-सा शहर और कौन-सा पता जहाँ उसको जाना था?

एयरहोस्टेस ने उसकी अटैची निकाली। वह उठी, सीढ़ियाँ उतरी और इमारत में दाख़िल हुई। प्रीपेड टैक्सी काउंटर पर वह बड़ी देर तक चुप रही। फिर बड़ी मुश्किल से उसने सड़क का नाम बताया। टैक्सी पर बैठी तो लगा, सिर के अंदर झनझनाहट-सी है। घर का नंबर याद नहीं आया। टैक्सी बड़ी देर तक उस सड़क पर दाएँ-बाएँ घूमती रही फिर ड्राइवर ने झुँझलाकर कहा कि मेम साहब, मुझे घर भी लौटना है। नयना की चेतना लौटी। बहुत देर तक ढूँढ़ने के बाद उसने पर्स से अपना विजिटिंग कार्ड निकाला और बड़ी कठिनता से पता पढ़ा। घर पहुँचकर उसको अजीब घुटन का अहसास हो रहा था। सिर में शदीद दर्द उठ रहा था। उसकी हालत देखकर नौकर परेशान थे। वह सिर दोनों हाथों से पकड़े बेडरूम में जा बिस्तर पर लुढ़क गई।

सारी रात नयना के दिमाग़ में फ़ोन की घंटी घनघनाती रही। उसी के साथ रोज़ी के शब्द तपकन बन उसके दिल को मसलते रहे, "मुझे कभी-कभी लगता है कि सर अपने सारे दुखों को नशे की हालत में तरतीब दे लेते हैं···बड़े-बड़े प्रोजेक्ट तक, जो उनकी अभिलाषा रही है, मगर पूरे नहीं हो पाए···अनजाने में ही सही मुझे उनका यह अंदाज़ बड़ा निर्मम लगा···आपको देखकर मैं समझ सकती हूँ कि आप का विश्वास कहाँ पर टूटा है। प्लीज़ मेम! हो सके तो सर को भूल जाइए।" एयरपोर्ट पर विदा देते हुए रोज़ी ने बहुत धीमे स्वर में कहा था।

नयना को अच्छी तरह याद है कि वह जून का तपता महीना था, जब उसकी पहली मुलाक़ात रविभूषण से हुई थी। शादी की उस पार्टी में ढेरों मर्द-औरत का जमघट था। कुछ चेहरे जाने-पहचाने कुछ अजनबी थे। उन्हीं में से एक चेहरा रविभूषण का था। बल्वों की रंगीन झालरों से सजे पेड़ के पास खड़ा वह बेतहाशा सिगरेट फूँक रहा

था। धुएँ में डूबा उसका चेहरा उसे और भी रहस्यमय बना रहा था। जब किसी के परिचय कराने पर उसने होंठों में सिगरेट दबाकर बड़े परंपरागत अंदाज़ से दोनों हाथ जोड़कर नमस्ते की, तो नयना को हल्का-सा झटका महसूस हुआ। वह 'हलो' या 'हाय' की आशा कर रही थी मगर...उसने ग़ौर से रविभूषण को देखा, चेहरे पर खोयापन, माहौल से लापरवाह उसकी बड़ी-बड़ी आँखें अपने ही सिगरेट के धुएँ से अधमुँदी हो रही थीं! उसने संवाद शुरू करना चाहा, मगर जाने क्यों रुक गई। वह भी ख़ामोश खड़ा संपूर्ण वातावरण का जायज़ा लेता रहा। नयना को वह आदमी कुछ अलग-सा लगा, बल्कि यूँ कहा जाए कि उस आदमी के व्यक्तित्व से कोई और शख़्स अंदर-बाहर होता नज़र आ रहा था। भीड़ के बावजूद नयना की नज़रें कई बार रविभूषण पर पड़ीं।

रविभूषण से नयना की यह पहली मुलाक़ात बड़ी सरसरी-सी थी सो धुँधला गई मगर चंद माह बाद जब लंच पर उससे दूसरी मुलाक़ात हुई तो वह गुमनाम चेहरा गर्द झाड़कर साफ़ नज़र आया। सिगरेट, धुआँ, खोयापन और लापरवाह अंदाज़। चूँकि यह बिज़नेस लंच था सो बाक़ायदा परिचय हुआ और कार्ड का आदान-प्रदान भी। नयना ने तब जाना कि एक साथ दो व्यक्तित्व की झलकियाँ दिखाने वाला यह इंसान बंबई शहर ही नहीं बल्कि देश का जाना-माना वास्तुविद् रविभूषण है तो उसने रवि से अपनी पहली मुलाक़ात का कोई ज़िक्र नहीं किया। रवि को वैसे भी कुछ याद न था, वरना वह कह सकता था कि हम पहले मिल चुके हैं। इंटीरियर डेकोरेशन को लेकर यह मीटिंग बंबई के मशहूर उद्योगपति द्वारा बुलाई गई थी। उनके पोते का ऑफ़िस, जिसको रवि ने डिज़ाइन किया था, वह ईंट-गारे की मदद से बनकर अब साकार रूप ले चुका था। उसकी सजावट को लेकर सलाह-मशविरा चल रहा था। लंच के बाद कॉफ़ी पीते हुए नयना को रविभूषण बहुत हँसमुख और मिलनसार आदमी लगा। ख़ासकर काम को लेकर उसका नज़रिया और राय जानकर महसूस हुआ कि इतनी शोहरत पाने के बावजूद आदमी काफ़ी सुलझे स्वभाव का है, दंभ या ओछापन उसमें मौजूद नहीं है।

नयना को दूसरे दिन दिल्ली लौटना था, वह लौट आई। सप्ताह भर बाद उसको रविभूषण का फ़ोन मिला। बस यूँ ही हालचाल पूछने की नीयत से। नयना को उसका बात करना बुरा नहीं लगा। पाँच मिनट की यह बात अगले सप्ताह दस मिनट में बदली, तो नयना को कुछ अटपटा-सा लगा। बात में वही दोहराव था। औपचारिकता के अतिरिक्त किसी और स्वर की कोई गुंजाइश नहीं थी, क्योंकि वह एक इंटीरियर डेकोरेटर ज़रूर थी, मगर रविभूषण जैसे आर्किटेक्ट से वह क्या बात कर सकती थी? जब तीसरा, चौथा फ़ोन आया, तो नयना सोच में पड़ गई कि आख़िर बिना किसी योजना पर बात किए यह बार-बार फ़ोन क्यों कर रहा है! फिर ख़याल गुज़रा, शायद उसको कोई बड़ा प्रोजेक्ट दिल्ली में मिला हो और उस सिलसिले में वह संवाद की भूमिका बना रहा हो। आख़िर बंबई शहर का मामला है, दो शहरों के बीच दूरियाँ काफ़ी हैं मगर एक प्रोफ़ेशनल को तो साफ़-साफ़ बात करना ज़्यादा पसंद आता है, फिर? इस फिर का जवाब नयना के पास नहीं था। वह फ़ोन करने के लिए मना भी नहीं कर सकती थी, आख़िर वह देश

का एक सम्मानित वास्तुविद् था और बेहद शालीन स्वर में बातचीत करता था। स्वयं नयना सारे दिन अपने ऑफ़िस में नए-नए लोगों से प्रोजेक्ट को लेकर मिलती थी। आख़िर उसका काम ही ऐसा था मगर बिना काम के फ़ोन का मौसम तो कब का बीत चुका है, वह कॉलेज के दिन जब दोस्तों से बातें ही ख़त्म नहीं होती थीं, उन दिनों के मुक़ाबले में आज कंप्यूटर का दौर है, जहाँ संवेदनाओं के लिए समय ही नहीं बचा है।

वह अगस्त का उमस भरा महीना था, जब रविभूषण किसी मीटिंग के सिलसिले में उसके शहर आया था। पता नहीं क्यों नयना ने महसूस किया कि रविभूषण काम का बहाना बना केवल उससे मिलने आया है। दिमाग़ के इस शक को यह कहकर उसने झटक दिया कि वह बेवकूफ़ी का ख़याल उसको टेलीफ़ोन पर होती बातों के कारण आया है, वरना एक व्यस्त आदमी बिना कारण यात्राएँ नहीं करता। मगर वह आँखें, उनकी भाषा क्या अलग-सी इबारत की तरफ़ इशारा नहीं कर रही थीं? शाम की चाय पीकर जब रविभूषण उसके बँगले से निकला तो पोर्टिको में आन खड़ी हुई। जाते-जाते रविभूषण ने उसकी तरफ़ मुड़कर देखा और उसने हाथ उठा 'बाय' कहा, फिर चौंककर उसने अपने उठे हाथ के नर्म इशारे को ताका और नज़र उठाकर जो रविभूषण की तरफ़ देखा, तो धक-सी रह गई। उन आँखों में सम्मोहन था। गहरा आकर्षण! उसने हाथ नीचे किया और स्वयं से पूछा, कहीं यह तेरा भ्रम तो नहीं है नयना?

एक रंग, जो मौसम बदलने से पहले हवा में फैलने लगता है, कुछ वैसी ही कैफ़ियत से नयना दो-चार हुई। एक ख़ुशी जैसे उसको कुछ मिल गया हो, मगर क्या? इसी उधेड़बुन में वह तैरती-उतरती 'प्लाज़ा' की तरफ़ चल पड़ी, जिसकी सारी सजावट उसी को करनी थी। रास्ते के सारे पेड़ उसको चमकीली पत्तियों से सजे लगे और शाम ज़्यादा गुलाबी जिसमें धुँधलका सुरमई रंग की धारियाँ जहाँ-तहाँ भर रहा था। घर लौटते हुए उसको सड़क की बत्तियाँ चिराग़ की तरह जलती लगीं, जैसे छतों पर दीवाली की सजावट घरों को दूर तक रोशनी की लकीरों में बाँट देती थी। आज उसका मूड बरसों बाद हल्का हुआ था। कोई कुंठा, कोई शिकायत, कोई कड़वापन या झुँझलाहट उसको आहत नहीं कर रही थी। वह हवा में तैरती हुई जब घर पहुँची, तो नौकर ने बताया कि साहब को कोई एमरजेंसी ऑपरेशन करना है, जिसके कारण वह देर से लौटेंगे। सूचना सुनकर वह हमेशा की तरह आक्रोश से भरी नहीं, बल्कि उसने लापरवाही से कंधे झटके और गुनगुनाती हुई कमरे में दाख़िल हुई।

नहाने के बाद जब वह गाउन में लिपटी ड्रेसिंग टेबिल पर बैठी, तो अपना ही चेहरा इस तरह देखने लगी जैसे पहली बार देख रही हो। आँखों के नीचे हल्का कालापन, भँवों के पास कई लकीरें, माथे के पास सफ़ेद बालों का झाँकना, आँखों में एक जिज्ञासा कि मैं कैसी लगती हूँ? उसको अपनी त्वचा मुलायम और चमकीली लगी। होंठों पर जाने कहाँ से आई मुस्कान उसको अजनबी लग रही थी। थकान के बावजूद उसमें फुर्ती का एहसास था। खाना खाने के बाद जब वह पलंग पर लेटी, तो उसको महसूस हुआ

कि आज बरसों बाद उसके बदन को मुलायम बिस्तर मिला है। उसने आराम की साँस ली और आँखें बंद कीं तो सामने रविभूषण का चेहरा तैर गया।

बंबई पहुँचते ही रवि ने नयना को फ़ोन किया कि वह भली प्रकार पहुँच गया। रात को जब दोबारा उसने फ़ोन किया, तो नयना को पहली बार लगा कि उसकी आवाज़ को सुनकर उसके दिल में कुछ उथल-पुथल-सी हुई। फिर फ़ोन का यह सिलसिला पाँच मिनट से आधा घंटा हो गया और हफ़्ते की जगह रोज़ बातें होने लगीं, जिसमें प्रोफ़ेशनल बातें कम और आपसी बातें ज़्यादा होतीं--खाना खाया या नहीं? दिन कैसा गुज़रा? मौसम कैसा है? नयना को फ़ोन का इंतज़ार आठ बजे से शुरू हो जाता, जबकि ठीक दस बजे फ़ोन की घंटी बज उठती थी, इस बीच वह सारे काम निबटा लेती ताकि आराम से बातें कर सके। उसको अकेले घर में एक साथी मिल गया था, जिससे वह दुख-सुख की बातें कर सकती थी।

पिछले पाँच-छह वर्षों से नयना का अकेलापन बढ़ता जा रहा था। दोनों बेटे पढ़ाई के सिलसिले में अमेरिका चले गए थे। नरेंद्र जब से डायरेक्टर बना है, तब से इतना व्यस्त होता जा रहा है कि नयना को गुस्सा आने लगा था कि ऐसा भी क्या पागलपन, जो रात-दिन अस्पताल में रहना, आख़िर घर की भी कोई ज़िम्मेदारी है। सारे दिन की उड़ान के बाद परिंदे भी तो अपने घोंसले को लौटते हैं। पिछले तीन दिन से डॉ॰ नरेंद्र घर नहीं लौटे थे। कोई बेहद पेचीदा केस आ गया है। कई विदेशी प्रोफ़ेसर मेडिकल क्षेत्र के भी रात-दिन सिर खपा रहे थे। नयना को स्थिति की गंभीरता का ज्ञान था, मगर हर दिन आपातकाल का वातावरण बना रहे, तो फिर इंसान जिए कैसे इस अकेले घर में? कब तक टी॰वी॰ देखे, मित्रों को फ़ोन करे और पार्टियों में शामिल हो? हर तरफ़ उसको ऊब लगने लगी थी। थोड़ी बहुत जो ख़ुशी उसको मिलती, तो वह सिर्फ़ अपना ऑफ़िस था, जहाँ काम में उसका दिल बहल जाता था। या फिर बच्चों के ईमेल संदेशों और फ़ोन पर उनकी आवाज़ें सुनकर वह ख़ुश हो जाती थी। नरेंद्र भी इतना थके लौटते कि खाना खाकर सो जाते और नयना जब फ़ोन पर बातें करके लौटती तो उसके दिमाग़ में यह प्रश्न फूलों से भरी क्यारी की तरह खिल उठता कि रविभूषण उसका क्या लगता है...दोस्त या भाई?

नयना अपनी सालगिरह के दिन बच्चों के बिना उदास थी। नरेंद्र भी विदेश गए हुए थे। उस रात फ़ोन पर रवि ने जब उसकी उदासी का कारण जानकर यह कह दिया कि वह नयना को ख़ुश देखना चाहता है, इसके लिए वह अपने जीवन के बचे वर्ष भी उसको भेंट स्वरूप दे सकता है, तो नयना भी भावुक होकर बोल उठी कि क्या वह रवि को भाई कह सकती है? इसपर रवि ने जल्दी से कहा, "नहीं, नहीं, भाई हरगिज़ नहीं हमारा रिश्ता तो सखा का है।" और यह सुन नयना विश्वास से भर उठी, सारी दुनिया उसको सुगंध से भरी महसूस हुई। आख़िर हर रिश्ते से बड़ा रिश्ता दोस्त का होता है जिसमें न कोई लालच, न बंधन, न ज़ोर, न ज़बर्दस्ती जितनी लंबी पेंग लेना चाहो ले सकते हो। इस रात ने दोनों के वार्तालाप का अंदाज़ ही बदल डाला। बातों

का सिलसिला सुबह तीन बजे तक चलता रहा और अनजाने में एक नई दिशा की तरफ़ मुड़ गया।

नयना का छोटा भाई, जो दो वर्ष पहले ही कार दुर्घटना में जीवित नहीं रहा था, उसके बहुत क़रीब था। दोनों में बचपन से दोस्ती थी। जब वह बनारस से दिल्ली नौकरी के सिलसिले में आया तो नयना की ख़ुशी का पूछना क्या था। कुछ दिन भाई-बहन के साथ नरेंद्र घूमने-फिरने गए, फिर बोर होकर अपने अस्पताल में गुम हो गए। नयना को उनकी कमी खलती न थी, उसका बचपन दोबारा उसको मिल गया था। भाई की शादी की सारी ख़रीदारी उसने दिल्ली से की थी। मगर होनी को कौन टाल सकता था। शादी के सप्ताह भर पहले तालकटोरा के पास कार की टक्कर होने से उसकी मौत हो गई। डॉ. नरेंद्र कुछ न कर पाए। आख़िर वह ईसामसीह तो थे नहीं, जो मुर्दा बदन में जान फूँक देते। नयना गहरी उदासी में डूब गई थी। उसी दुर्घटना के बाद बेटों का अमेरिका जाना हो गया। नयना को लगता कि वह इस दुनिया में तन्हा रह गई है, किसी को उससे बात करने, उसके साथ समय गुज़ारने की फ़ुर्सत नहीं है।

नरेंद्र से शादी उसकी पसंद की थी। दोनों ने शादी से पहले एक-दूसरे को देखा-परखा था, मगर ज़िंदगी तो हमेशा समय से आगे निकल जानेवाली चीज़ है, न कि ठहरी हुई जन्मपत्री, जिसके सारे शब्द अनेक संकेतों से भरे होते हैं? अपने काम को परखते, उसकी दौड़ में शामिल नरेंद्र भी पहलेवाले इंसान नहीं रह गए थे। उनके जीवन-मूल्य जड़ न रहकर तरलता में अपना समाधान ढूँढ़ने लगे थे। बहुत-सी बातें नयना को परेशान करती थीं। कई सवाल थे, जो वह नरेंद्र से करना चाहती थी, मगर उनके पास हर बात का जवाब ख़ामोशी थी। नयना भी नरेंद्र से उखड़कर अपने ऑफ़िस से अधिक जुड़ने लगी मगर यह अहसास समय के साथ बढ़ने लगा कि उसका वह पुराना घर कहीं खो गया है।

नयना के दिल में नरेंद्र के ख़िलाफ़ भरा गुबार कभी-कभी फ़ोन पर निकल जाता। आख़िर एक दिन रवि ने कह दिया कि क्यों सहती हो यह सब? चली आओ सब कुछ छोड़कर मेरे पास। सुनकर नयना चौंक पड़ी। पूछनेवाली थी, आख़िर किस रिश्ते से? फिर कुछ सोचकर रुक गई। पूरी रात रवि के इस बुलावे पर ग़ौर करती रही, उसमें ध्वनित प्रेम के स्वरों को पकड़ने की कोशिश में स्वयं से सवाल करती, क्या रवि…? और ख़ुद उसने अपने को टटोला। दिल की गहराई में कहीं रवि मौजूद था। उसने चौंककर पूछा कि नयना इस रिश्ते का यदि आरंभ अनजाने में हो गया है, तो अंत क्या होगा, समझा-बूझा या फिर…या फिर?

बहरहाल रवि से दोस्ती नयना के जीवन में एक नई उपलब्धि थी, जिसने जीवन से उसका मोह बढ़ा दिया। उसमें थकान की जगह ख़ुशमिज़ाजी आ गई थी। पहनने-ओढ़ने का दिल करता। सजने-सँवरने की इच्छा के चलते उसने क्रीम, सेंट का ढेर लगा लिया और हर रात रविभूषण के बुलावे पर उसका मन बंबई जाने को मचलने लगा। उसको अपने इस घर में एक और घर नज़र आने लगा। बातों की लय में दोस्ती का अनुराग

मर्द-औरत की चाहत में बदल चुका था। एक दिलनशीन कैफ़ियत थी, जिसमें नयना डूबती चली जा रही थी। उसके क्षेत्र की अन्य औरतें उसके चेहरे पर आई ताज़गी को देखकर जब 'कांप्लीमेंट्स' देतीं तो स्वयं नयना को लगता कि उम्र के इस दौर में जब औरतें दुनियावी ज़िम्मेदारी से निबट धर्म की तरफ़ मुड़ने लगती हैं या फिर सूखी नदी में तब्दील होने लगती हैं उस समय उसको ऊपरवाले ने कैसा वरदान दिया, जो दिल दोबारा धड़का और जीवन में अनुराग ताज़ा कोंपल की तरह फूटा।

कभी नरेंद्र और नयना का जीवन एक सुखी जीवन था, वे दोनों अपना समय अपने कार्यक्षेत्र में उन्मुक्त भाव से देते। दिमाग़ पर कोई बोझ न होता, न घर की ज़िम्मेदारियों से दिल परेशान रहता। अपनी कामयाबी को देखकर दोनों ने फ़ैसला लिया था कि वे बच्चों को ऊँची शिक्षा देने के लिए बाहर भेजेंगे। दोनों लड़के गज़ब के ज़हीन थे। स्कॉलरशिप मिली और उमंग से भरे वे अमेरिका पहुँचे। उनके जाने के बाद डॉक्टर नरेंद्र की रुचि अपने काम में और बढ़ गई। तरक्की मिली, तो व्यस्तता का बढ़ना लाज़मी था। नरेंद्र के उलट नयना के साथ हुआ। उसका काम में दिल कम लगने लगा। मन भटका-भटका-सा लड़कों के ख़याल में डूबा रहता। घर सूना लगता। खाना-पीना अच्छा न लगता। कुछ माह बाद वह सँभल गई। शायद अस्पताल के नए प्रोजेक्ट ने उसका ध्यान बँटा दिया, मगर एक उदासी ज़रूर हरदम उसके मन पर छाई रहती थी, जिसको रविभूषण ने दूर कर दिया था। वह बंबई जाने की तैयारी करने लगी। नरेंद्र को उसका बंबई जाना 'प्रोफ़ेशनल टूर' लगा। इसमें क्या ख़ास बात थी। दोनों ही समय-समय पर एक-दूसरे से दूर घर से बाहर जाते थे, सो नरेंद्र ने सुबह नयना को 'सेफ ज़नी' कह बाय-बाय किया और नयना ने हमेशा की तरह उसको कुछ हिदायतें दीं, फिर वह पैकिंग में लग गई।

नयना जब नए ख़रीदे कपड़े पहनकर आईने के सामने खड़ी हुई, तो उसको लगा कि उम्र का साया अभी उसके चेहरे पर नहीं आया है। ख़ुशी ने उसके चेहरे पर चमक ला दी है। इस ख़याल से उसकी उत्तेजना बढ़ी कि यदि रविभूषण ने उसको रोका और अपने साथ रहने का आग्रह किया तो वह क्या फ़ैसला लेगी? रविभूषण तो साफ़ शब्दों में कह चुका है कि "तुम बेकार में समय नष्ट कर रही हो, वहाँ तुम्हारा कोई इंतज़ार नहीं कर रहा है। यहाँ मैं हूँ, आओ न—मैं फ़ोन रखता हूँ। तब तक तुम फ़ैसला लो। मैं दस मिनट बाद फ़ोन करूँगा।" उसकी इस तरह की बातें छोटी-छोटी शिकायतों के ज़ख़्म ताज़ा कर देतीं और उसको महसूस होता कि उसने अपनी ज़िंदगी जी कहाँ? कभी बच्चे कभी पति कभी ससुरालवाले···अब मैं अपनी ज़िंदगी जी सकती हूँ। रविभूषण वास्तुविद् है, जो इमारत बनने से पहले उसका नक्शा खींच, मॉडल के रूप में पूरी इमारत सामने लाने की क्षमता रखता है। वह ज़िंदगी का नक्शा भी बड़ा मज़बूत बनायेगा जिसमें वह अपनी महबूबा के लिए ताजमहल न सही एक छोटा-सा घर तो बना सकता है। जिसको वह अपनी मर्ज़ी से सजा सकती है। नयना ने पूरे विश्वास से होंठों पर लिपस्टिक लगाई

और गहरी नज़रों से अपने रूप को ताका। उड़ान का समय हो गया था।

दिल्ली से बंबई उड़ान बहुत कम समय की थी। नयना का मन तेज़ी से धड़क रहा था। दो मुलाक़ातों के बाद घटनाएँ संवेदना के स्तर पर जिस तरह से घटी थीं सारी मौखिक थीं, मगर उनमें जादू था, जो नयना के सिर चढ़कर बोल रहा था। कल रात रविभूषण की खुशी का कोई ठिकाना न था, जब उसको पता चला कि नयना ने बंबई आना तय कर लिया है। उसके स्वर में जो धड़कन थी, उसने नयना को विश्वास दिलाया कि जीवन का अंतिम पहर जैसे रविभूषण के साथ गुज़रनेवाला है 'वही मेरा अंत होगा' धीरे-से नयना ने कहा और बैग उठा हवाई जहाज़ की सीढ़ियाँ उतरने लगी। उसको डर था कि रवि को देखकर वह इतनी भावुक न हो उठे कि वहीं हवाई अड्डे पर उससे लिपट जाए। या फिर रवि वहीं सबके सामने उसका चुंबन न ले ले। नयना किसी किशोरी की तरह शरमाई-शरमाई-सी थी। प्यार किसी भी उम्र में हो उसका अपना तर्क होता है, जो उम्र, जातपाँत, धर्म, भाषा की सारी दीवारों को गिरा देने की शक्ति अपने में रखता है।

नयना की बेक़रार आँखें भीड़ में रविभूषण को ढूँढ़ रही थीं। जब वह बाहर निकली तो रवि धुएँ में घिरा अपनी तरफ़ उसको आता दीखा। वह व्याकुलता से आगे बढ़ी, मगर···रविभूषण का ठहरा हुआ चेहरा देखकर ठिठक गई। वहाँ पर अहसास की कोई लकीर न थी, बस औपचारिकतापूर्ण मुस्कान! एक ठंडा सहज अंदाज़ नयना को परेशान कर गया। सुस्त क़दमों से चलकर कार में बैठ गई जिसको स्वयं रविभूषण चला रहा था। नयना के दिल में कुछ टूटा। मन भटककर कहीं दूर चला गया। दिमाग़ रवि के गंभीर चेहरे को देखकर बार-बार प्रश्न करने लगा कि क्या यह वही आदमी है जो रात के आख़िरी पहर और कभी भोर तक बड़ी ललक से बातें करता है, जो दिल-दिमाग़ को उमंगों से भर देता है?

"आपकी तबीयत ठीक है?"

"हाँ।"

"बहुत चुप-चुप हैं?"

"दरअसल दिन को काम में उलझा रहता हूँ, सो बात करने का मन नहीं होता!"

रवि की हल्की हँसी और जवाब ने नयना को सँभाल लिया। उसके अंदर बुझी खुशी फिर ज़िंदा हो गई और वह चहकने लगी। बातों में पता नहीं चला कि वे होटल पहुँच गए हैं। ऊपर कुर्सी पर बैठा रवि समंदर देखते हुए सिगरेट पीता रहा और वह बातें···फिर रवि ने लंबी गहरी साँस लेकर ख़ाली चाय की प्याली रखते हुए कहा, "मुझे आज बंबई से निकलना होगा। अहमदाबाद में एक होटल बन रहा है, वहाँ कुछ दिक्कत पेश आई है। बहुत अच्छा हुआ हमारी मुलाक़ात हो गई···शाम की एक उड़ान दिल्ली के लिए है···अगर दिल चाहे तो रुको मैं दो-तीन दिन में लौटता हूँ।"

नयना सकपका-सी गई। कोई उत्तर नहीं सूझा। दिल पर घूँसा लगा, मगर जल्द सँभल गई। गहरी नज़रों से उसने रवि को देखा, आँखों में सूनापन छाया था। उसने दिल को तसल्ली दी कि वे दोनों ज़िंदगी के उस पड़ाव पर हैं, जहाँ फ़र्ज़ का नंबर पहले आता है, उसने शाम की उड़ान से लौटना तय कर लिया। रवि ने उसको बाज़ार में छोड़ा, ताकि वह कुछ शॉपिंग करना चाहे तो कर ले। फिर वह दो घंटे बाद ज़रूरी काम निबटाकर लौटता है। लंच पर साथ रहेगा। इस बीच वह टिकट भी बदलवाने की कोशिश करता है। नयना को सबकुछ अटपटा लगा। फिर यह सोचकर चुप हो गई कि यह दो शहरों की अपनी संस्कृति का प्रश्न भी है। बंबई प्रोफ़ेशनल सिटी है और दिल्ली पोलिटिकल जहाँ कभी भी प्रोग्राम बदला जा सकता है।

लंच पर रवि थोड़ा खुला, अपने काम के बारे में बताया कि वास्तुविद् कला उसका ईमान है। उसको शब्दों से ज़्यादा लकीरों पर विश्वास है, जिससे वह घरों का खाका खींचता है और लोगों को छत मुहैया कराता है। नयना ने रवि के लिए एक शर्ट ख़रीदी थी जो उसने थैंक्स के साथ ली और नयना को हवाई अड्डे छोड़ने के लिए उठा। जब वह बाय करके चलने लगा तो उसकी आँखों में एक नरमी-सी उभरी। यह संदेश नयना को संतोष दे गया। उसको याद आया कि रवि ने कहा था कि मिलना, रहना और जीना क्या होता है, इसको समय से नहीं आँका जा सकता है, कभी-कभी पलभर की मुलाक़ात पूरी ज़िंदगी पर भारी होती है। नयना को लगा आख़िर रवि भी तो उससे मिलने चंद घंटों के लिए ही आया था, अब वह भी तीन-चार दिन की जगह एक दोपहर साथ गुज़ारकर जा रही है तो इसमें बुरा क्या है। आख़िर रवि वास्तुविद् है, उसका काम नक़्शा बनाना है, अपने नक़्शे को साकार रूप में देखने के लिए धैर्य की, संयम की आवश्यकता होती है, बता तो रहा था कि उसके कई प्रोजेक्ट कई-कई वर्षों तक चले हैं, फिर मुझे इतनी व्याकुलता दिखाने की ज़रूरत नहीं है, न इसके इस बर्ताव में अतिरिक्त कुछ पढ़ने की ज़रूरत है।

एक नई तरंग के साथ नयना दिल्ली लौट आई। नौकर जो दो-तीन दिन के आराम का प्रोग्राम बनाए बैठे थे, वे हड़बड़ा गए। ठीक दस बजे फ़ोन की घंटी घनघना उठी, अहमदाबाद से रवि का फ़ोन था। नयना हाथ में पकड़ा कौर प्लेट में रख बेडरूम में आ गई और बिस्तर पर लेटकर बातों में डूब गई। फ़ोन रखते हुए उसको चुंबन मिला। नयना के चेहरे पर एक साथ कई चाँद चमक उठे, उसने आँखें बंद कर लीं। सामने एक भरपूर ज़िंदगी का नक़्शा था, जहाँ वह होगी और रविभूषण। उसने हँसकर आँखें खोलीं और अपने से कहा—

"नयना, ज़रा धैर्य से काम लो, माना कि तुम्हारा काम सूने कमरों को सजाना है, मगर इतनी जल्दबाज़ी की क्या ज़रूरत है। ज़िंदगी से भरपूर शरबत का गिलास तुम्हारे हाथ में है, उसको आहिस्ता-आहिस्ता करके पियो, एक-एक घूँट कर, ताकि तरावट तुम्हारे वजूद में इस तरह फैले, जैसे सूखी धरती पर पानी धीरे-धीरे उसकी ख़ुश्की को जज़्ब करता है।"

नयना ने रात को सपना देखा। एक ख़ूबसूरत घर है, जिसके सामने घास का

मैदान है, जिसके चारों तरफ़ फूलों से भरी क्यारियाँ हैं। एक बड़े सायेदार दरख़्त के नीचे रवि उसके साथ बैठा है। सामने पड़ी मेज़ पर एक नक़्शा फैला है जिसको दिखाते हुए रवि कह रहे हैं, "नयना, जापान में मेरे इस प्रोजेक्ट को बहुत पसंद किया गया है। उम्मीद है कि इस जाड़े में इसकी शुरुआत मैं कर दूँ। तुम साथ रहोगी, देखना मेरी लकीरों का कमाल, वह इस तरह बोलेंगी कि उनके सामने शब्द भी फीके पड़ जाएँगे।"

"नहीं रवि जाड़े में नहीं, हम बसंत में जाएँगे, जब हर तरफ़ फूल की मालाएँ लिए पेड़ हमारा स्वागत करेंगे, चमकीला सूरज नीचे आसमान पर चमकेगा, तब हिरोशिमा घूमने में मज़ा आएगा, वह शहर जो बमबारी के बाद दोबारा बसा है। जैसे हमारी यह ज़िंदगी, जो बिना बमबारी के हमको सागर-मंथन द्वारा मिली है!" नयना हँसती है।

उसकी बात सुन रविभूषण ने ज़ोर से कहकहा लगाया और गहरी सम्मोहन भरी नज़रों से नयना को ताका और सिगरेट मुँह में दबा लाइटर जलाया। लपकते शोले ने सिगरेट को लाल बिंदी में बदल दिया। धुएँ के छल्लों में घिरी नयना के कान सुनते हैं–

"तुम्हारी आँखें बेहद ख़ूबसूरत हैं। तुम मुझे पहले क्यों नहीं मिलीं नयना? मैं इस तरह भटकता न, मैं इस भटकाव में ज़िंदगी की जुस्तजू को छोड़ नहीं पाया हूँ, तो भी नयना तुम मुझे कभी छोड़ना मत…चलना, क्षितिज के अंतिम छोर तक चलना, मेरे साथ चलना।"

रात का सपना नयना के दिमाग़ पर छाया रहा। दिल ने कहा कि रवि मैं दुनिया छोड़ सकती हूँ, मगर तुम्हें नहीं, तुम मेरी श्वासों में बस गए हो, मेरे वजूद में समा चुके हो। तुमसे अलग होने का मतलब है अपने शरीर को दो हिस्सों में बाँट देना… नहीं, नहीं रवि मैं अब तुम्हारी हूँ, सिर्फ़ तुम्हारी, जैसे मीरा कृष्णमय हो गई थी, मैं रविमय हो गई हूँ, मेरी तपस्या हो तुम, मेरी निष्ठा हो तुम, मेरी ज़िंदगी की नई शुरुआत हो तुम!

कई दिनों से रविभूषण के जुम्ले रात-दिन नयना के कानों में गूँजते थे। उस पर हर पल नशा-दर-नशा चढ़ाते हुए। काम करते-करते वह ठहर जाती। बात करते-करते ख़ामोश हो जाती। "नयना! तुम कैसे उस माहौल में जी लेती हो? आओ…मैं तुम्हारे इंतज़ार में यहाँ बैठा हूँ, मुझ पर विश्वास करो, अपनी बड़ी-बड़ी आँखों से इस रविभूषण को देखो तो, यह तुम्हारा है नयना, सिर्फ़ तुम्हारा है। मैं तुम्हारे सारे दुःख मिटा दूँगा। तुम्हें इतना प्यार दूँगा कि तुम फिर से खिल उठोगी, एक तारोताज़ा गुलाब की तरह महकी-महकी-सी।"

रात के लंबे पहर तक टेलीफ़ोन व्यस्त रहने से बाक़ी की काल रुकी रहतीं। कई बार नरेंद्र को सुनने को मिला कि मरीज़ की हालत ख़राब थी। घर फ़ोन किया मगर बात हो न पाई। बेटों का भी ई-मेल मिला तो इसमें भी वही ज़िक्र, जिसको पढ़कर नरेंद्र

पर कोई विशेष प्रभाव नहीं पड़ता था। आख़िर नयना फ़ोन पर बात करती है, तो अपने क्लाइंट से ही तो करती है, फिर मेरा सैलो तो ऑन रहता है। मगर उस दिन जाने क्यों नरेंद्र पर क्रोध का दौरा पड़ गया जब कानपुर से काल था। मरीज़ के रिश्तेदार फ़ोन मिलाते-मिलाते थक गए थे। सुबह जब फ़ोन मिला, तब तक बिना दवा की गोली खाए मरीज़ चल बसा। यह दवा उसकी जान बचा सकती थी, अगर वक़्त पर मिलती तो, मगर···वह होश खोकर नयना पर जी भरकर बिगड़ा, यह मरीज़ उसके कैरियर की सबसे बड़ी उपलब्धि था। उसका ऑपरेशन कामयाब हुआ था। मेडिकल क्षेत्र में उसके इस काम को सराहा गया था। अख़बारों में उसकी तस्वीरें छपी थीं। बी॰बी॰सी॰ ने उससे एक विशेष भेंटवार्ता प्रसारित की थी। उस कामयाबी का यह अंजाम?

नयना को नरेंद्र की बातें बेहद बुरी लगीं। उसके पास तर्क था कि पूरे अस्पताल में कितने फ़ोन होंगे। उसका अपना सैलुलर था। क्या सारा मेडिकल विभाग एक ही फ़ोन पर टिका है? इस बात को जानकर नयना बुरी तरह भड़क उठी, जब नरेंद्र ने बताया कि उसने थकान के कारण सैलो बंद कर दिया था, ताकि पूरी नींद सो सके। दूसरे दिन उसको कहीं लेक्चर देने जाना था। नयना को लगा कि सारी ज़िंदगी नरेंद्र ने अपनी हर लापरवाही का इल्ज़ाम नयना पर थोपा है। उसकी हर ग़लती को नयना ने हँसकर टाला है, मगर कब तक? वह भी इंसान है, उसको भी प्यार चाहिए, तारीफ़ चाहिए, धन्यवादवाले चंद शब्द, ताकि वह भी जी सके, मगर पूरी ज़िंदगी वह इस घर की सलीब पर टँगी हर तरफ़ से ताने सुनती रही। जिसकी ज़रूरत पूरी नहीं हुई उसी ने शिकायत दर्ज़ कर दी, मगर कभी यह नहीं पूछा कि उसकी ज़रूरत क्या है, उसके मन में कौन-सी नाकाम इच्छाएँ मचलती रहती हैं? रवि ठीक ही कहता है कि मैं यहाँ क्यों टिकी हुई हूँ?

नयना उस रात बहुत दुखी थी। उसने अपने मन का दुख रवि के सामने नहीं खोला, जब वह कह ही चुका है कि तुम आओ, यह चैंबर तुम्हारा है। तुम्हारे लिए मैं इतनी रात गए तक यहाँ रुकता हूँ, ताकि बात कर सकूँ वरना···यह सब सोचकर नयना ख़ामोश रही कि फ़ैसला जब उसी को लेना है तो फिर शिकवा क्या, सो रविभूषण की जादुई आवाज़ में खोई रही, जो कह रहा था—

"नयना मैंने कितने घर बनाए मगर दुखी होता हूँ, जब उनमें लोगों को ख़ुशी के साथ रहते नहीं देखता हूँ। क्या वे नहीं जानते कि नर-नारी एक-दूसरे के पूरक होते हैं, फिर काहे की लड़ाई? जो संबंध शाश्वत है, उसमें एक-दूसरे को ध्वस्त करने की बेजा हठ क्यों? इन सारी ग़ैरज़रूरी बतकही का कौन जवाब देगा? शताब्दियाँ गुज़र गई हैं, मगर यह समस्या जो नर-नारी के बीच आन खड़ी हुई है, वह आज की तारीख़ तक सुलझ नहीं पाई है, आख़िर क्यों? क्या कर रहे हैं हमारे बुद्धिजीवी, जिन्हें लेखक, कवि, पत्रकार, समाजसेवी की सम्मानित उपाधि समाज ने दे रखी है, जो शब्दों के जन्मदाता हैं, जो शब्दों से खिलवाड़ करते हैं, मगर क्या उन्होंने इन संबंधों के लिए कोई त्याग किया है? नयना सच मानो किसी ने कुछ नहीं किया है, केवल दिमाग़ को पालने और

मन को मारने के अतिरिक्त! मेरा तो अटूट विश्वास है कि इंसान को मन की बात माननी चाहिए। संवेदना से बढ़कर सुंदर इस संसार में कुछ नहीं है और यह शातिर दिमाग़ जाने कब से उसको तबाह करने की योजनाएँ बनाता आया है। कितनी तरह के नियंत्रण, कितनी संख्या में कारागार, अनेक तरह के अत्याचार हुए हैं। देखो नयना इतिहास के पन्ने पलटकर देखो, मगर क्या कोई क़ैद कर पाया है भावना को? क्या वास्तव में किसी ने उसकी हत्या की है? नहीं···नहीं, बस शोषण के बलबूते पर इंसान एक-दूसरे का दोहन कर रहे हैं, नहीं जानते वे मूर्ख कि नर-नारी संबंध संसार का सबसे सर्वोत्तम संबंध है। काश! कोई इस संबंध को जीने का सही फ़ार्मूला ढूँढ़ पाता और उसको घर-घर बाँट सकता···काश!"

रविभूषण की आवाज़ गहरी होते-होते अंत में आकर भर्रा गई। नयना को लगा कि रवि रो रहे हैं। उसका दिल भी भर आया। बाँध से रुके आँसू बेक़रार हो गालों पर लुढ़क आए। उसकी सिसकियाँ सुनकर रविभूषण ने चुंबन लेना शुरू कर दिया। आवाज़ द्वारा स्पर्श की यह भूमिका नयना को और भावुक बना गई। सारी ज़िंदगी का दुख मोम बनकर पिघलने लगा। जब शमा पिघलकर ख़ामोश हो गई तो रवि का स्वर फूटा—

"नयना तुम्हारे पास होता तो ये सारे आँसू पी जाता। आँखों में आए पानी को मैं बहुत पवित्र मानता हूँ, उसको सँभालकर रखो। मेरा दरवाज़ा खुला है, जब चाहो आ जाओ नयना।"

नहाते हुए नयना ने अपने शरीर को निहारा। बदन का हर अंग जैसे उत्सव मनाने की चाहत से सरशार लगा, मन बार-बार भटक जाता था। अभी तक रविभूषण ने उसके गालों पर चुंबनों के फूल नहीं खिलाए थे, मगर इस बार रात को हवा में तैराए सारे लाल गुलाब उसके चेहरे पर खिलेंगे। जब वह हमेशा के लिए रवि के साथ होगी। तब वह अनुभव कैसा होगा? उसने पिछले कई वर्षों से किसी का चुंबन नहीं लिया है, न पति का, न बेटों का···पति के संग उसके संबंध अलग तरह से पनपे थे, जिसमें बिस्तर लगभग ग़ायब हो गया था और ज़िम्मेदारी, परिवार, काम, भविष्य की समस्याओं ने उसकी जगह ले ली थी। वह मर्द के स्पर्श से बेगाना एक बैरागी जीवन व्यतीत कर रही थी, जहाँ पति को उसके स्पर्श की चाहत की जगह मरीज़ों की अधिक चिंता सताने लगी थी। यह सब कुछ धीरे-धीरे घटा था, मगर आज का यथार्थ यही था कि मधु की बूँद की तरह मीठा 'प्यार' शब्द व्यावहारिक रूप से उसकी धरती छोड़ चुका था।

कानपुर के मरीज़ की मौत ने कई तरह के सवाल नरेंद्र के लिए उठा दिए थे, जिनका जवाब उससे माँगा जा रहा था, यह सब कुछ उससे जलनेवाले करा रहे थे, यह सबको

पता था मगर बात तो उठ गई थी। नरेंद्र इन दिनों बहुत परेशान था। उसको किसी अपने की ज़रूरत थी जो उसके दिल का हाल सुन उससे सच्ची हमदर्दी जता सकता। बच्चे दूर थे। नयना बुरी तरह ख़फ़ा थी। वह सुकून की तलाश में अक्सर दोस्तों के पास चला जाता और जब घर लौटता तो नयना फ़ोन में डूबी होती। वह परेशान-सा शराब की बोतल खोलता और अकेले ही पीना शुरू कर देता। फिर धुत-सा सोफ़े पर सो जाता था। सैलुलर जेब में पड़ा बजता रहता। यह कैफ़ियत भी ज़्यादा दिन नहीं चली। उसको किसी कॉन्फ्रेंस का बुलावा मिला, जिसने उपद्रव को जहाँ शांत किया, वहीं पर उसकी खोई प्रतिष्ठा भी उसको वापस मिल गई। चूँकि कॉन्फ्रेंस को लेकर रोज़ ख़बरें पत्रों में होतीं और भारत का प्रतिनिधित्व करने वाले केवल डॉक्टर नरेंद्र कुमार थे, सो माहौल को बदलते देर नहीं लगी।

नयना हमेशा के लिए घर छोड़ने का कार्यक्रम बना चुकी थी। उसको नरेंद्र से कोई मतलब न था, पिछले दो हफ़्तों से उनके बीच कोई बात नहीं हुई थी। अपना ऑफ़िस वह फ़िलहाल अपने असिस्टेंट के हवाले कर चुकी थी, जिससे कहा सिर्फ़ इतना था कि वह महीने भर के लिए किसी बड़े प्रोजेक्ट के सिलसिले से बंबई जा रही है। यही बात उसने नौकरों से कहते हुए नरेंद्र को सुनाई थी। बैंक जाकर लॉकर से उसने वह सारे ज़ेवर छाँटकर निकाले जो उसके मायके से मिले थे और उसने स्वयं ख़रीदे थे। चेकबुक उसने पर्स में डाली और महीने भर का राशन-पानी का इंतज़ाम किया। आए हुए बिल जमा कराए। वह सब काम किया, जो उसकी आज तक की ड्यूटी में शामिल था। जब यह सब कर चुकी तो उसने अपनी सीट बुक करवाई और अटैची में कपड़े सजाने लगी। नरेंद्र जा चुका था। हफ़्ते भर बाद उसको लौटना था। उसकी भी ज़रूरी चीज़ें उसने पूरी कीं और एक-दो लोगों से ज़रूरी मुलाक़ात के लिए चल पड़ी।

रात को रविभूषण का फ़ोन आया तो उसने बताया कि वह कल सुबह की फ्लाइट से आ रही है। फ्लाइट नं॰ और एयरलाइंस का नाम रविभूषण ने नोट कर लिया। रविभूषण ने फ़ोन काटकर शायद किसी को इत्तला दी, फिर मिलाया और लंबी बातों का सिलसिला चल पड़ा। दो बजे के लगभग बात खत्म हुई। फ़ोन रखकर नयना बिस्तर पर पैर फैलाकर लेट गई। यादों का काफ़िला घर के कोनों से निकलकर उसकी आँखों के सामने से गुज़रने लगा! शादी के आरंभ के दिन, बच्चों की पैदाइश, सास-ससुर का बुढ़ापा, बीमारी फिर मौत, मायके का घर, भाई-बहनों की मौत और अपने काम से जुड़े लोगों की अच्छाइयाँ और बुराइयाँ! एकाएक ख़याल कौंधा, क्या बच्चे इस रिश्ते को स्वीकार कर पाएँगे शायद वे मुझसे घृणा करने लगें। अपने डैडी से उन्हें ज़्यादा हमदर्दी हो और वे नरेंद्र की उस मित्रता को एकदम भूल जाएँ जो बड़े ज़ोर-शोर से अपनी जूनियर डॉक्टर से हुई थी। तब घर में तनाव-ही-तनाव था। उस लड़की का विवाह माँ-बाप ने अगर करा न दिया होता तो आज वह मुसीबत इस घर को बाँट देती। तब तो बच्चे छोटे थे, ग्यारह और

तेरह साल के। वह भी काम नहीं करती थी। तब भविष्य किसी अंधकारमय गुफ़ा की तरह डराता था। सहेलियों के हिम्मत दिलाने पर उसने पुरानी डिग्री का सर्टिफिकेट किसी फ़ाइल से निकाला था और किसी की सिफ़ारिश पर छोटे-मोटे बिजनेसमैन का ऑफ़िस डेकोरेट किया था। उसके बाद काम मिलता ही गया और घर में उसकी हैसियत हर दिन मज़बूत होती चली गई।

नरेंद्र को अपने संबंध टूटने का दुख था। वह लड़की कई बार नरेंद्र से मिलने आई। दो साल बाद वे दोनों पति-पत्नी सऊदी अरब चले गए और नरेंद्र दिल को बहलाने के लिए काम में रमता चला गया। आज वे सारी बातें नयना को आक्रोश से नहीं भर रही थीं, बल्कि उसको संतोष भरा विश्वास दे रही थीं कि उसने अपना गृहस्थाश्रम बख़ूबी निभाया। बेटे विवाह शायद वहीं करें और बस भी जाएँ, ऐसा उनकी बातों से लगता है। उनमें भौतिक दौड़ की गर्मी और रिश्तों का ठंडापन उसने बराबर महसूस किया। मगर वह कर भी क्या सकती है, जब इंसान बदल रहा हो। संवेदनाएँ मूर्खता समझी जाने लगें तब…?

अपने बालों को रंग करते हुए एकाएक नयना का हाथ रुक गया। शंका का गर्म थपेड़ा फूलों से भरे बाग़ में दाख़िल होकर उससे पूछने लगा कि अगर यह सब कुछ छलावा साबित हुआ और रवि भी नरेंद्र की तरह निकला तो वह क्या करेगी? क्या तब वह अकेलापन सह पाएगी? इस उम्र में सम्मोहन का क्या कोई तर्क है? क्या यह वास्तविकता है जिसके आधार पर वह सब कुछ छोड़कर जा रही है? कहीं यह आवेग उसको यथार्थ के विरोध में तो नहीं खड़ा कर रहा है? प्रेम कहीं…नहीं-नहीं, रविभूषण एक ज़िम्मेदार इंसान हैं, उनकी उम्र भी अब ग़ैरज़रूरी हरकत करने की नहीं है, फिर बंबई में जवान औरतों की कमी थी, जो वह मेरी तरफ़ आकर्षित हुए? यह आकर्षण वास्तव में पुराने जीवन की निराशा से उपजा भाव है या फिर यूँ कहा जाए कि एक फ़सल कट जाने के बाद दूसरे पौधे लगाने का समय है। जीवन तो निरंतरता का नाम है, तो फिर भावनाएँ भी तो खिल सकती हैं बार-बार?

अपने नए सूट, सेंट, क्रीम अटैची में सलीक़े से रखकर जब उसने ज़िप लगाई तो एक बार फिर आशंका ने उसका दिल दहलाया कि नयना यह ज्वार कहीं भाटा बनकर तुमको बर्बाद न कर दे। यूँ पुराना छोड़कर नए की तरफ़ जाना वह भी इस जल्दबाज़ी में कहाँ की अक्लमंदी है? नयना ने मुड़कर आईना देखा। अपनी आशंका को मुँहतोड़ जवाब दिया कि उम्र के इस मोड़ पर उसके पास साल ही कितने बचे हैं, जो वह सोचने में गँवा दे और बुढ़ापे को गले लगा ले। उम्र का यह दौर ढलती जवानी का ज़रूर है मगर यह भी सच है, कि हम अभी जवान हैं। इस ज़ज्बे को सँभालना ही चुनौती है और आज का सच यही है कि रविभूषण मेरे अहसास में उपजी एक सुगंध है, जिसकी चाह मेरी आत्मा को है।

पौ फट चुकी थी। उसने चाय बनाई। नहाई और रवि की पसंद के रंग वाले कपड़े पहने। सारी रात आँखों-ही-आँखों में कटी थी। आख़िर गृहस्थाश्रम का अंतिम अध्याय आज ख़त्म होनेवाला था। मगर नए सूरज ने उसको थकान की जगह उमंग दी! नयना को पता था कि नई ज़िंदगी की शुरुआत दिल के आईने में शुरू हो चुकी है, मगर उसकी कोई रूपरेखा व्यावहारिक रूप से सामने नहीं थी। उसको पता था कि रविभूषण विवाहित है, उसके तीन बच्चे हैं। माँ-पिता का देहांत हो चुका है। इकलौती बहन ससुराल में ख़ुश है। उस पर कोई बड़ी ज़िम्मेदारी नहीं बची है जो उसके जीवन में बाधा बनकर आए। बड़ी बेटी का विवाह हो चुका है। बेटा कैम्ब्रिज़ में अपनी विदेशी पत्नी के संग है, केवल छोटी बेटी इंटर कर रही है। अब बचा सवाल समाज का, उसका मुक़ाबला हर क़दम पर हर तरह से नयना ने किया है, कभी प्रताड़ना मिली तो कभी सराहना और अब वह हर अंजाम के लिए तैयार है!

हवाई जहाज़ कब उड़ा, कब उतरा, नयना न जान पाई। चौंकी तब जब सारे मुसाफ़िर अपना सामान निकालने लगे। नयना मंद-मंद मुस्काती उठी। ज़ेवरों से भरा पर्स कंधे पर टाँगा और अटैची किसी की मदद से उतरवाई, फिर उतरते मुसाफ़िरों के पीछे चलने लगी! घर से भागने का यह अंदाज़ पुराना होने के बावजूद कितना नया था। जब तजुर्बा आपके बालों में सफ़ेदी बनकर उभर रहा हो और आपके पैर किसी पुराने बरगद की तरह धरती में एक विशेष स्थान पर गहरे धँस चुके हों, तब सब कुछ नकारकर एक नई ज़िंदगी की बुनियाद डालना कितना अनोखा अनुभव है?

जहाज़ की सीढ़ी उतरते हुए नयना को महसूस हुआ कि वह पिंजड़े में क़ैद मैना थी जो आज बरसों बाद पंख फैलाकर सूरज की गर्मी को डैनों में भर हवा के डोले पर सवार फल-फूलों से भरे बाग़ानों की तरफ़ उड़ान भरनेवाली है, जहाँ हरी पत्तियोंवाले मोटी शाखोंवाले दरख़्त पर पड़े झूले में बैठ उसको केवल प्रेमगीत गाना होगा और राग उठाना होगा, जिसका आलाप जाने कब से उसने सीने में दबा रखा था।

सामान लेकर जब वह बाहर निकली तो उसकी बेचैन आँखें रविभूषण को तलाश करने में लग गईं। आसपास की भीड़ छँट गई, तो वर्दी पहने ड्राइवर उसकी तरफ़ बढ़ा और अदब से पूछा, "नयना मेम साहब!"

"हाँ।"

"साहब की मीटिंग थी, सो वह न आ सके।" सलाम कर उसने अटैची हाथ बढ़ाकर उठाई।

नयना को हाथों में पकड़ा गुलाबी फूलों का गुच्छा, काँटों से भरा गुलदस्ता लगा। आँखों में दिल के टूटने से पानी तैर गया। नया गुलाबी सूट, उसी रंग की लिपस्टिक, सफ़ेद मोतियों और गुलाबी नगों का ज़ेवर, सारा साज-शृंगार अर्थहीन हो उठा। दिल्ली से बंबई तक का रास्ता इसी पहली नज़र के इंतज़ार में बार-बार पर्स से आईना निकालकर देखने में गुज़ार दिया। तड़प के सुलगते अंगारे दहकने के बाद एकाएक राख होने लगे। वह अपने को समझाने लगी कि इतना आवेश ठीक नहीं है। रविभूषण एक व्यस्त आदमी

है। उसके पास समय की कमी हो सकती है आख़िर…ज़िंदगी की शुरुआत में यह कैसे नकारात्मक भाव उभर रहे हैं? यदि उनको नयना का ख़याल न होता तो वह कार क्यों भेजते? शिकवे-शिकायत को कम-से-कम वह बाद के लिए रखे, मगर सारी समझदारी के तर्क मन की इच्छा के आगे निहत्थे हो उठे। जब वह हठ से बार-बार यह प्रश्न करता कि आज तो एक विशेष दिन था! माना कि वे अपने कार्यक्रम में महत्त्वपूर्ण व्यक्ति हैं, तो फिर आधा घंटा मीटिंग देर से शुरू करने की व्यवस्था नहीं कर सकते थे?

"मुझे नयना तुमसे सब कुछ चाहिए। बस तुम पूरे विश्वास से इस ज़मीन पर खड़ी रहो, मैं तुम्हारे पास हूँ।"

कई महीनों से अनुराग भरा आग्रह उन्हीं की तरफ़ से रहा था और परसों रात को सारा कार्यक्रम तय हुआ था। आज सुबह पहुँचने का फ़ैसला हम दोनों ने लिया था, फिर…? उसने सिर झटका। पर्स से आईना निकालकर चेहरा देखा। ताज़गी रूखेपन में बदल रही थी! उसने अपने को सँभाला और ज़बर्दस्ती मुस्कान चेहरे पर लाई, ताकि रवि उसकी उदासी ताड़ न जाएँ।

"मेम साहब किधर जाना है।" हवाई अड्डे की सड़क से निकल ड्राइवर ने मोड़ से पहले पूछा।

"किधर चलूँ यानी क्या?" नयना ने पलक झपकाई! फिर धीरे से बोली, "क्या साहब ने कुछ नहीं बताया?"

"नहीं, बस इतना कहा था कि मेमसाहब जहाँ जाना चाहें पहुँचा देना और जहाँ ठहरें, वहाँ का नंबर लेते आना ताकि मीटिंग के बाद मैं उनसे फ़ोन पर संपर्क स्थापित कर सकूँ।" ड्राइवर ने धीरे से कहा।

'मतलब? तय तो कुछ और हुआ था, क्या रवि सबकुछ भूल गए?' मन-ही-मन नयना ने कहा और चकराई-सी बैठी रही।

"किधर जाना है?" ड्राइवर ने सवाल दोहराया।

"साहब के ऑफ़िस चलो।" नयना के मुँह से निकला।

कार सड़क पर तेज़ी से फिसलने लगी। चेहरे पर तना ख़ुशी का शामियाना धीरे-धीरे उतरने लगा। वहाँ चिंता प्रश्न बनकर उभर आई। कहीं रवि की धर्मपत्नी ने तो कोई फसाद नहीं खड़ा कर दिया? मैं इस शहर में कहाँ ठहरने जाऊँ? दो बार आई तो ठहरने का इंतज़ाम बुलानेवालों ने किया था। इस बार बुलावा रवि की तरफ़ से था। उसने साफ़ शब्दों में कहा था, "मैं तुम्हारा गुनहगार हूँ, पिछली बार तुम्हारा स्टे कम रहा, मगर इस बार ताजमहल होटल में एक सूट बुक करवा दूँगा! उसको फूलों से सजवा दूँगा। ताकि उनकी उपस्थिति में हम कई दिनों तक एक-दूसरे की बाँहों में बेहोश रहें, फिर देखेंगे कि ज़िंदगी कैसे शुरू करेंगे। मुझे कोई जल्दी नहीं है, अब रात-दिन हमारी मुट्ठी में हैं, तुम मुझ पर यक़ीन रखो। मैं हूँ न तुम्हारे साथ…जानती हो मेरे दो दिल हैं, एक में तुम मौजूद हो और दूसरे में मेरा प्रोफ़ेशन!"

मीठी बातों की याद से नयना के चेहरे पर मुस्कान दौड़ गई। फिर दूसरे ही लम्हे

वह कार रुकने से चौंक पड़ी। फीके चेहरे पर खुशी की तह जमाने की नाकाम कोशिश करती हुई नयना कार से नीचे उतरी। मन में रवि का कमरा देखने की जिज्ञासा उभरी। जब-तब वह अपने कमरे को घर कहकर नयना को वहाँ रहने की दावत देता था। उसका कहना था कि मुझे घर से ज़्यादा अपने ऑफ़िस में सुकून मिलता है। वहाँ मेरी ज़रूरत की हर चीज़ मौजूद है! इसलिए नयना को अपने घर में पहला क़दम रखना था।

ड्राइवर के पीछे-पीछे ग्यारहवें फ्लोर पर नयना लिफ़्ट से पहुँची। रवि का ऑफ़िस शानदार था। चौकोर कमरे में दो लोग सिर झुकाए लैंप के नीचे काम कर रहे थे। कई रंगों के फ़ोन के पीछे काउंटर पर एक जवान लड़की बैठी थी। उसने नयना को देखकर नज़रें उठाईं।

"यस मैम?"

"मुझे रविभूषण जी से मिलना है।"

"किस सिलसिले में? योर गुड नेम प्लीज़?" लड़की ने डायरी के पन्ने पलटते हुए पूछा।

"नयना" एक तीखा अपमानबोध नयना को हुआ, मगर नाम तो बताना था।

"सॉरी मैम! आज सर से आपकी मुलाक़ात का कोई समय दर्ज नहीं है।"

"वह साहब ने आपको लेने भेजा था।" ड्राइवर ने कहा।

"ओह, तो ऐसा बोलो न!" इतना कहकर लड़की ने दूसरे कमरे का दरवाज़ा लपककर खोला और बेहद विनीत भाव से बोली :

"सॉरी मैम! प्लीज़ आइए...रात को सर ने फ़ोन करके बताया था। गाड़ी ठीक समय पर आपको लेने पहुँच गई थी न?"

"हाँ, ड्राइवर पहुँच गया था। रवि कब तक मीटिंग से लौटेंगे?" नयना ने सोफ़े पर बैठते हुए कहा।

"सर का फ़ोन आया था। अभी वह मीटिंग से साइट पर जाएँगे, फिर ऑफ़िस दोपहर तक लौटेंगे।"

"ओह! उनको याद था, मैं आ रही हूँ।" दुःख से नयना के मुँह से निकला।

"जी?" चौंककर लड़की ने नयना को देखा।

"कुछ नहीं।" नयना सँभलकर बोली।

"इधर बाथरूम है, आप फ्रेश हो लें, मैं कॉफ़ी भिजवाती हूँ।" इतना कहकर वह लड़की कमरे से बाहर निकली।

ड्राइवर अटैची लेकर अंदर दाख़िल हुआ और कोने में रखकर चला गया, फिर एक अधेड़ मर्द हाथ में शीट लिए दाख़िल हुआ और ग़ौर से नयना को देखता बिना विश किए उसको मेज़ पर रख बाहर निकल गया। नयना को उसका यूँ देखना खल गया। उसका मूड ख़राब था, मगर इतना नहीं कि वह वातावरण में फैली जिज्ञासा को सूँघ नहीं सकती थी! वह उठकर बाथरूम गई। बाल ठीक कर होंठों पर नई पर्त लिपस्टिक की जमाई, फिर बाहर आकर कमरे का जायज़ा लिया। रविभूषण की बड़ी-सी मेज़ के

पीछे उफनते समंदर की पेंटिंग लगी थी। बाईं तरफ़ रोल किए हुए काग़ज़ों का ढेर था। मेज़ पर ऊपर से लटकता लैंप और दो-दो टेलीफ़ोन, मेज़ के पीछे रखी नीली ऊँची सीटवाली कुर्सी, तो यहाँ बैठकर रविभूषण मुझे फ़ोन करते होंगे।

"सुनो नयना, मेरा कोई भावनात्मक जुड़ाव पत्नी से नहीं हो पाया। बहुत कोशिश की, मगर वह ख़ुशबू, जिसकी मुझे तलाश थी हमारे बीच कभी नहीं फैली। क्या एक इंसान सामाजिक बंधन से बँधा सारी ज़िंदगी तड़पता, छटपटाता रहे और अपने लिए कोई लम्हा उधार न ले सके?"

दरवाज़ा खुला। नयना ने नज़रें उठाईं। कॉफ़ी और सैंडविच की ट्रे लेकर लड़का कमरे में दाख़िल हुआ और मेज़ पर रखकर जाने लगा, तभी वह लड़की अंदर दाख़िल हुई।

"सॉरी मैम! आपको अकेला छोड़ दिया था। मेरा नाम रोज़ी है। आप कॉफ़ी लें। हमारे ऑफ़िस की कॉफ़ी पूरे पंद्रह माले में मशहूर है!" कहती रोज़ी ने कॉफ़ी आगे बढ़ाई। तभी फ़ोन की घंटी बज उठी! "हलो, रवि एसोसियेट···जी सर! ऐसी कोई इनफारमेशन नहीं है। आपने रात को कब बात की थी? साढ़े ग्यारह बजे···सॉरी सर मुझे रात की बातों की कोई सूचना नहीं रहती, यदि आप चाहें तो दो बजे फ़ोन कर लें।" इतना कहकर रोज़ी ने लंबी साँस ली और गर्दन हिलाते हुए फ़ोन रखा!

नयना का मन किया कि उसके चेहरे पर उभरे अजीब-से भाव और आँखों में उभरी परेशानी देखकर पूछे कि क्या हुआ, मगर फिर सोचा कि भले ही वह रवि के नज़दीक है, मगर यह तो उसका ऑफ़िस है। उसको चिंता व्यक्त करने की कोई ज़रूरत नहीं है। कॉफ़ी का घूँट भरते हुए उसको रविभूषण का आक्रोश में भरा स्वर याद आया।

"एक-एक को मैं देख लूँगा। समाज के ठेकेदारों को एक दिन जवाबदेह होना पड़ेगा। मैं यहाँ बैठा हूँ न, आएँ और मेरे प्रश्नों का उत्तर दें कि अपमान बड़ा होता है या शोषण? किसी एक अवस्था में जीना बेहतर होता है या सबकुछ नकारते चले जाना? सच्चाई को स्वीकार करने से डरना कोई अच्छी बात नहीं है! मेरे ऊपर लांछन लगाना बहुत बड़ा मानवीय कारनामा नहीं है, फिर हिम्मत है, तो सामने आओ न...।"

इस तरह का वार्तालाप वह किसको संबोधित करके करता था, नयना समझ नहीं पाती थी। इतना ज़रूर जानती थी कि रविभूषण के अंदर कहीं आहत परिंदा ज़हर से बुझा क़ैद है, जब-तब उसका उद्गार निकलता रहता है। उसका यह अंदाज़ जिसमें भटकन भी थी और ठहराव भी, आज़ादी भी थी और विस्तार भी। परंपरागत पुरुषों एवं नए साँचे में ढले मर्दों से वह अलग था। कुछ था ज़रूर।

एक तेज़ झटके से कमरे का दरवाज़ा खुला और एकाएक छह फुट लंबे रविभूषण अंदर दाख़िल हुए। होंठों में सिगरेट थी। आँखें धुएँ से अधमुँदी-सी थीं, जिनको ज़रा तिरछी कर उसने सोफ़े पर बैठी नयना को ताका और पास में रखे गुलदान की ऊँची मेज़ पर रखी ऐशट्रे में सिगरेट बुझाया फिर बड़ी शालीनता से दोनों हाथ जोड़कर नयना को नमस्ते किया। बड़ी अदा से थोड़ा झुककर पूछा, "आपको कोई कष्ट तो नहीं हुआ?"

"जी? जी नहीं।" नयना का चेहरा लाल पड़ गया।

"ठहरी कहाँ हैं इस बार?" अपनी कुर्सी पर बैठते हुए उसने नयना से पूछा।

"क्या आपको याद नहीं कि कल रात आपने···" नयना ने गुस्सा पीते हुए हैरत से पूछा।

"दरअसल मुझे रात की सारी बातें याद नहीं रहती हैं, आप कह रही हैं, तो यक़ीन करता हूँ, मैंने ज़रूर कहा होगा।" रविभूषण कहकहा लगाकर बोले।

"यस सर!" रोज़ी घंटी की आवाज़ पर हाज़िर थी।

"लंच का टाइम हो रहा है।" रविभूषण ने कहा।

"जी सर, मैं ऑर्डर देती हूँ।" कहकर रोज़ी मुड़ी।

"हाँ, ज़रा बताइये तो मैंने क्या कहा था? पीने के बाद दरअसल मेरे ज़हन की सारी खिड़कियाँ, दरवाज़े खुल जाते हैं। अक्सर दोस्त बताते हैं कि मैं उस समय बोलते-बोलते बहुत मार्के की बात कह जाता हूँ।"

"जी?" नयना को लगा रवि उसको छेड़ रहा है।

"कभी-कभी फैंटासी में रहना अच्छा लगता है, जो असलियत में न हो उसको गढ़ना क्या सृजन नहीं है? मानिए चाहे न मानिए इस सारे तामझाम के बावजूद हमारा काम बहुत रूखा-सूखा है और मैं अब इन समानांतर रेखाओं और वृत्ताकार लकीरों के बीच घुटने लगा हूँ। हमारा पेशा है तो बड़ा अमीर मगर सच तो यह है कि हमारे पेशे में बड़े ग़रीब लोग हैं। आप समझ रही हैं मेरा इशारा किस तरफ़ है? सोच की विपन्नताओं और दिल की दरिद्रता की तरफ़···।"

"आप पीते हैं?"

"मैं किसी से कुछ छुपाता नहीं हूँ। अपने को असहज स्थितियों में सहज बनाए रखने के लिए अक्सर लोगों को ग़ैरज़रूरी चीज़ों का सहारा लेना पड़ता है।" अपनी धुन में रविभूषण, आज दिन में कुछ ज़्यादा बोल रहा था।

"आपने रात को जो बातें की थीं, वह सारी-की-सारी नशे की कैफ़ियत में की थीं? वे वायदे वे···" नयना की साँसें उखड़ने लगीं।

"ज़रूर किए होंगे। अक्सर नशे की झोंक में बड़े-बड़े प्लान डिस्कस कर जाता हूँ। पूरी बारीक़ी के साथ, मगर जब क्लाइंट आता है, तो यक़ीन करें, मुझे कुछ याद नहीं रहता है।" रवि ने मासूमियत से कहा।

"मुझे बुलाना भी नहीं? और वह ताजमहल भी नहीं?" नयना के ज़हन में बना ताजमहल जगमगाने-सा लगा।

"ताजमहल? क्या उसको बनाने की कोई बात आपसे कर डाली? माई गुडनेस आयम रियल जिनियस मगर मैं उस्ताद मोहम्मद मूसा की तरह हाथ कटवाना नहीं पसंद करूँगा।" रविभूषण कहकहा मारकर हँस पड़े!

नयना के दिमाग़ में कोयले का इंजन पूरे वेग से धुआँ फैलाता सीटी देता गुज़रने लगा। उसकी आँखें जलने लगीं। उसने काँपते हुए होंठों से पूछा, "मुझसे बात करना

तो याद है या वह भी भूल गए?"

"बिल्कुल याद है जनाब! मैं रोज़ आपकी ख़ैरियत लेने के लिए दिल्ली फ़ोन करता हूँ, मगर बातों की दिशा किस ओर बढ़ जाती है वह सब मुझे याद नहीं रहता। मुझे छानबीन की आदत नहीं है, तो भी मैंने आपसे कोई ग़ैरज़रूरी बात कह दी हो तो क्षमा करें···अरे-अरे यह क्या? आप रो रही हैं···मैं बदतमीज़ आदमी हूँ, मगर मेरी मंशा किसी का दिल दुखाना नहीं होती···यह रूमाल लें···प्लीज़ अपने को सँभालें।"

"मैं ठीक हूँ।" नयना ने आँसू पोंछे।

"मन हो, तो हम कहीं और चलकर बैठते हैं···लीजिए, खाना आ गया।"

"सर, आपने सुबह ब्लडप्रेशर की दवा ली थी?" रोज़ी ने धीरे से पूछा।

"नहीं।" रविभूषण को अपनी उत्तेजना का भेद समझ में आ गया।

"सर,आपका फ़ोन।" रोज़ी ने बजते फ़ोन को उठाया।

"हलो, माई स्वीट हार्ट, बोलो! मुझे याद नहीं, ख़ैर अभी दिल्ली से मेरी क्लाइंट आई है। मैं निकल नहीं पाऊँगा···तुम मम्मी के साथ हो आओ···सॉरी!"

"सर, आपकी एक मीटिंग पाँच बजे लीला में मिस्टर बृजेश मदान के साथ है फिर सात बजे आपको नाज जाना होगा, जहाँ सेमिनार के बाद डिनर भी है।"

"ठीक है! नयनाजी, आप खाना लें।" कहते हुए रविभूषण आकर नयना के पास सोफ़े पर बैठ गए।

नयना ने नज़रें उठाकर रवि के चेहरे को ताका, क्या सचमुच रवि गंभीर हैं, वह मुझसे मज़ाक नहीं कर रहे हैं, तो फिर क्या पिछले ग्यारह माह से होती बातें झूठ थीं? इतना लंबा झूठ किसी वृत्तांत की तरह कैसे कोई हर रात बोल सकता है? क्या मौखिक शब्दों की कोई ज़िम्मेदारी नहीं होती? क्या वह मुँह से निकलते ही हवा में विलीन हो जाते हैं? कैसे विश्वास कर लूँ कि उन शब्दों में रस नहीं था। भाव नहीं थे। निष्ठा नहीं थी। माना कि वे लिखित नहीं थे, मगर उन्होंने मुझे एक पूरा संसार दिया था।

नयना कोई सीन क्रिएट करना चाहती थी, सो न चाहने पर भी उसने प्लेट में खाना निकाला। ऑफ़िस के बाक़ी लोग लगातार कमरे में आ-जा रहे थे। कुछ रख-उठा रहे थे। रोज़ी पास ही खड़ी थी।

"आप ठहरी कहाँ हैं? ओह सॉरी! जहाँ भी ठहरना चाहें, मेरा ड्राइवर आपको ले जाएगा। कार आप अपने साथ रख सकती हैं। ड्राइवर को फ़ोन नंबर दे दीजिएगा अब मैं इजाज़त चाहूँगा। हाँ रोज़ी तुम मैम के साथ रहना, उन्हें कोई तकलीफ़ न हो···कल मुलाक़ात होगी।" रवि ने बड़ी-सी अटैची पर नज़र डालते हुए नैपकिन से हाथ पोंछा और उठ खड़े हुए। नयना ने बड़ी बेसब्री से उन्हें जाते देखा। उसकी आँखों से आँसू गालों पर बह निकले। अपमान की शिद्दत ने उसके सारे बाँध तोड़ दिए!

"मैम!" रोज़ी ने घबराकर दरवाज़ा लॉक किया, "आप अपने को सँभालें मैम! सर को रात की बातें याद नहीं रहतीं, आप विश्वास करें। अक्सर लोग सर की इस आदत से परेशान हैं और हम ऑफ़िसवाले भी···यूँ न रोएँ मैम!" रोज़ी बौखलाई परेशान-सी

नयना के पास खड़ी दिलासा देती रही।

"मैं ठीक हूँ।" नयना ने अपने को सँभालते हुए कहा।

"सर एक अच्छे इंसान हैं, वरना मैं कब का काम छोड़ देती, मगर जब ऐसी दुर्घटना घटती है तो अक्सर यह सवाल मैं अपने से करती हूँ, क्या सचमुच सर एक ईमानदार-संवेदनशील व्यक्ति हैं या फिर मानसिक रोगी?"

नयना अपने को सँभालने के लिए बाथरूम गई। जब जी भरकर रो चुकी तो मुँह धोकर बाहर निकली। रोज़ी से नज़रें बचाते हुए उसने दीवार पर लगी तस्वीरें देखना शुरू कर दीं।

"इस ग्रुप फ़ोटोग्राफ़ में कौन-कौन हैं?" एकाएक अपनी जगह से उठते हुए नयना बोली। उसको रोज़ी का अपनी ज़िंदगी में झाँकना जाने क्यों बुरा लग रहा था।

"सर के स्टूडेंट्स डेज़ की है।"

"यह लड़की…" नयना ने ग़ौर से देखा!

"यह सरलाजी हैं, आप जब ऑफ़िस में दाख़िल हुईं, तो निज़ाम साहब समझे सरलाजी आई हैं, आप उनसे बहुत मिलती हैं, वह बता रहे थे।"

"अब कहाँ हैं?" नयना का दिमाग़ जाग उठा।

"शादी के बाद पता नहीं कहाँ चली गईं।…सुना है सर और सरलाजी विवाह करना चाहते थे मगर…" रोज़ी ने धीरे से कहा।

"सब कुछ कितना उलझ गया है…" नयना ने धीरे-से कहा।

"सर काम में ईमानदार हैं, इसलिए लगातार कठिनाइयों का सामना करते हैं, फिर उनको वह कुछ भी नहीं मिला, जो वह चाहते हैं इसलिए कभी-कभी बहुत तल्ख हो जाते हैं…हो सके तो उन्हें माफ़ कर दीजिए मैम!" रोज़ी की आँखों में याचना थी।

नयना वापस सोफ़े पर आकर बैठ गई। उसके साथ क्या घट गया यह रोज़ी नहीं जानती। वह ईंट-गारा, बेजान नक़्शे और…इंसान के अंदर की दुनिया का ढहना वह नहीं जानती, अभी बहुत छोटी है। वीराने की खंडहर होती इमारतों को वह नहीं समझ सकती है। मेरी टूटन का हिसाब वह नहीं लगा सकती, अब मुझे चलना चाहिए।

"रात की या शाम की फ्लाइट में बुकिंग मिल सकती है?" सहज हो नयना ने पूछा।

"श्योर मैम! सर तो…आप रुकेंगी नहीं?"

"मेरा आज ही लौटना ज़रूरी है।" नयना हल्के से मुस्कराई।

"ओके मैम!" रोज़ी के चेहरे पर राहत-सी उभरी।

सुबह नयना को लगा कि वह लंबी बीमारी के बाद उठी है। बाथरूम जाकर उसने ठंडे पानी से मुँह धोया। सर का दर्द अभी बाक़ी था। चाय पीते हुए उसकी नज़र नरेंद्र और बेटों की तस्वीर पर पड़ी। वे तीनों उसको अजनबी से लगे। इनसे कटकर वह पानी

के जिस जहाज़ पर बैठी थी। उसने पता नहीं किस निर्जन द्वीप में लाकर उसको पटका था! वह ख़ाली नज़रों से टकटकी बाँधे फ़ोन को देख रही थी, मन में आक्रोश का बवंडर उठ रहा था कि फ़ोन को पटक दे, अपना सिर दीवार पर मार ले। कनपटी के पास तपकन अब टीसों में बदल रही थी। टीसों के साथ उसके अंदर का उबाल भी पल-पल बढ़ रहा था।

नरेंद्र हफ़्ते-भर के लिए गया था। घर के नौकर मालकिन के यूँ लौटने से मन-ही-मन खिन्न थे। दोपहर तक वे कमरे के आस-पास चक्कर लगाते रहे कि नाश्ते-खाने के लिए कुछ कहें। एक ने हिम्मत कर कमरे में झाँका भी, मगर नयना को लेटा देख वह लौट गया। सभी परेशान थे कि न डॉक्टर आ रहा है, न दवा, वरना मेम साहब ज़रा-सी छींक भी सहन नहीं कर सकती थीं। नयना सारी चीज़ों से बेख़बर पीड़ा के संसार में डूबती जा रही थी। निराशा अपमान-भरे दुःख के साथ मिलकर उसकी मांसपेशियों में उत्तेजना भर रही थी। उसके अंदर साँस लेती औरत किसी तूफ़ान की तरह तड़प रही थी।

मोहब्बत के बिना यूँ ज़िंदगी जीने का मक़सद? क्या अब कोई भी किसी से प्यार नहीं कर पाएगा? ऐसा प्यार, जो दो लोगों के बीच हुई ज़बानी बात का संदर्भ तलाश कर सके? जो शताब्दियों के गुज़र जाने के बाद किसी कलाकृति में डूब अमर हो जाए? किसी पुस्तक के खुले पन्नों पर सदा के लिए दर्ज हो सके? या फिर सिर्फ़ इतना कि वह किन्हीं दो इंसानों के दिलों में पलभर के लिए ही पूरी ईमानदारी के साथ ज़िंदा रह सके?

शाम का धुँधलका कमरे में दाख़िल हो चुका था। नयना को उठने की सुध न थी कि बत्ती जलाती। कुछ देर पहले नौकर आया था। चाय की प्याली वैसे ही मेज़ पर पड़ी थी। उसके कानों पर घड़ी की टिक-टिक गूँज रही थी। ऐसी ही गूँज और सनसनाहट उसको तब महसूस हुई थी, जब उसका बड़ा ऑपरेशन हुआ था। पेट के अर्धचन्द्राकार कटाव के बाद यूटेरस खो चुकी थी तब गहरी बेहोशी से निकलते हुए महसूस हुआ था कि भारी पत्थर उसके पेट पर रखा है। दो माह आराम करने के बाद जब वह ऑफ़िस जाने के क़ाबिल हुई तो लेडी डॉक्टर ने हिदायत दी थी कि "डॉ॰ नरेंद्र इसके बाद औरतें आहत और संवेदनशील हो जाती हैं, मूड में फ़र्क़ आता है, इसलिए आपको कुछ ख़ास ध्यान अपनी श्रीमती का रखना होगा। इन्हें ज़्यादा सँभालने की ज़रूरत होगी। इसलिए गुस्से और निराशा के समय आप इनकी विशेष देख-रेख करें, वैसे तो आप सफल डॉक्टर हैं, सारी पेचीदगियाँ आपको मालूम हैं, आपसे ज़्यादा क्या कहना?"

"मेम साहब! डॉक्टर को फ़ोन कर दूँ, अस्पताल से कोई आ जाएगा।" नौकर बर्तन उठाते हुए बोला।

"नहीं!" डूबती आवाज़ उभरी।

कमरे में रोशनी थी। नयना के अंदर अँधेरा बढ़ता जा रहा था। घड़ी की टिक-टिक उसके सिर पर हथौड़े बरसा रही थी। तभी फ़ोन की घंटी हमेशा की तरह ठीक दस

बजे घनघना उठी। बिना सोचे आदत के मुताबिक नयना का हाथ आगे बढ़ गया।

"क्या सो गई थीं?"

"नहीं।" नयना का पूरा वजूद जल उठा।

"मुझे अगले हफ़्ते इटली जाना है। इस बार तुम्हें साथ लेकर चलूँगा, अरसे से आराम करने की सोच रहा हूँ। इस बहाने हमारा हनीमून भी हो जाएगा।...सुन रही हो न?" फिर बात रोककर चुंबनों की दीपशिखाएँ। नयना का ज़ख़्मों से भरा वजूद इस ज्वार लहरी से थर्रा उठा। शब्दों का यह कैसा सम्मोहन है, जो उसको फिर अपनी तरफ़ खींच रहा है। फिर वही सब कुछ? घबराकर उसने फ़ोन रख दिया, 'नहीं, नहीं, अब यह सब फिर से दोहराना बेकार है, कितनी पीड़ा सही है, मगर इन शब्दों से दूर रहने का संताप, जो वह सहेगी, उसका विकल्प क्या होगा? यदि हर सच अंत में झूठ साबित होकर रह जाता है तो फिर इस झूठ को सच क्यों नहीं मान लेती है, आख़िर वह भी तो यथार्थ का एक चेहरा है...' तभी फ़ोन की घंटी फिर बज उठी।

"तुम बहुत सुंदर हो, मेरी तन्हा ज़िंदगी में एक दीप की तरह, जो कभी नहीं बुझ सकता। मेरे विश्वास की ज़मीन बहुत पुख़्ता है, मेरा यक़ीन करो।"

नयना की कनपटी के पास पीड़ा का खिंचाव बढ़ा और रविभूषण की जानलेवा आवाज़ के साथ नयना आहिस्ता-आहिस्ता ताजमहल के आँगन में दाख़िल हो गई। सारे प्रश्नों को पीछे छोड़कर संगमरमर की जालीदार खिड़की से वह यमुना को चाँद की रोशनी में बहता देखती रही, जहाँ रेत की स्थिरता और जल का बहाव जाने कब से साथ-साथ था!

"सुन रही हो न...कुछ तो बोलो, कब चल रही हो? आओ...मेरा विश्वास करो..."

नयना के दिमाग़ में रविभूषण की पुख़्ता ज़मीन गोल-गोल घूमने लगी। हाथ से टेलीफ़ोन फिसल गया और नाक के नथुनों से तेज़ बहता ख़ून उसके गले को तर करता कपड़े भिगोने लगा। नयना की साँसों का सरगम धीमा पड़ने लगा। फ़ोन पर शब्द घनघनाते रहे जैसे कहना चाह रहे हों कि मेरा यक़ीन करो, मेरे विश्वास की ज़मीन बहुत पुख़्ता है। मैं तुम्हारे बिना जी नहीं सकता हूँ...आओ! मेरे घर के दरवाज़े तुम्हारे लिए खुले हैं...नयना, कुछ तो बोलो?

नयना मुमताज़ की क़ब्र में दाख़िल हो गई।

आमोख़्ता

रेलगाड़ियों ने लाशें लाना बंद कर दी थीं और दुकानों ने आग उगलना भी, जिस्मों की राख को नालियों में बहे भी अरसा गुज़र गया था और मकानों की दीवारों पर पड़े ख़ून के छींटे भी पुताई में अपना मुँह छुपा चुके थे, मगर वीर जी का कहीं कोई पता नहीं था।

फ़ौजी छावनी में, बाज़ार और हाट में, रोडवेज़ और एयरवेज़ में, दुकानों और मकानों में, खेतों और कारख़ानों में, दफ़्तरों और मंत्रालयों में, मुर्दाख़ानों और श्मशानों में, पुलिस चौकी और जेल में, कहाँ नहीं ढूँढ़ा अपने वीर जी को, मगर उनका कहीं पता नहीं था। और तो और, गली-कूचों में भी वे नज़र नहीं आए। कौन ले गया उनको यहाँ से? किसकी साज़िश पर हुआ यह सब?

सुबह जब आँख खुली तो सबकुछ बदल चुका था। बाज़ार ख़ाक थे और घर राख, अपने पराये थे और पराये अपने, ज़िंदगी का चेहरा बदल चुका था, एतबार का दामन चाक था। आँसुओं की छिटकन में आँखों के पट इस तरह से बंद थे, जैसे किसी को ज़िंदा दीवार में चिन दिया जाए, मगर यादों की परछाइयाँ उस अँधेरे में भी पिछला गुज़रा हुआ इस तरह से सामने लाकर खड़ा कर देतीं, जैसे आईना कहीं से चटखा ही न हो।

सदा की भाँति इस फसाद का भी झाग गरम दूध की तरह सतह पर बैठ गया था…ईंट-पर-ईंट रखी जाने लगी, जले घर और दुकानें फिर से रंग व रोग़न से चमकने लगीं, सूनी माँगों और बिना बाप के बच्चों पर राहत का साया उतर आया। मोहल्ले फिर से आबाद होने लगे, ज़ख़्मों पर तेज़ी से टाँके लगाए जाने लगे, मगर वीर जी का फिर भी कहीं पता नहीं था।

अपने वीर जी वीर थे, वीर जी रक्षक थे, वीर जी मेहनतकश थे, वीर जी अपनों पर जान न्यौछावर करनेवाले थे, वीर जी मस्तमौला थे, वीर जी दुःख-दर्द के साथी थे, वीर जी इस मुल्क़ की आन और क़ौम की शान थे, ऐसे मज़बूत पहाड़ जैसे वीर जी की फ़ौज की फ़ौज को आख़िर ज़मीन निगल गई या आसमान?

वीर जी को ढूँढ़ती आँखों के सामने वह आँगन उभरता है जिसके कोने में नीम के पेड़ के नीचे पड़ी खाट पर बैठा मैं मीठे दूध से भरे कटोरे में माँ के हाथों मली बासी रोटी चम्मच से उठाकर खाता होता और नदीदा शातिर कौवा कभी अपनी गंदी, काली चोंच कटोरे में डालकर मुझे सहमा देता या फिर कभी झपट्टा मारकर कटोरा अदवाइन पर उलटकर मुझे रोने पर मजबूर कर देता था। मेरा वह घर आज भी मेरे ज़ेहन में महफ़ूज़

है। जब कभी तन्हाई नसीब होती है और मैं राहत की साँस लेता हूँ, वह घर अपने-आप तैरता हुआ उस वक़्त मेरी बंद आँखों में किसी किश्ती की तरह ठहर जाता है और मैं उसके आँगन, दालान, कमरे में इस तरह से घूमने-फिरने लगता हूँ जैसे आज भी वहीं रह रहा हूँ।

बँटवारे के कुछ वर्षों बाद मेरे दिल में एक अजीब ख़्वाहिश पनपने लगी थी कि मैं एक बार अपने उस पुराने पुश्तैनी मकान को एक नज़र देख आऊँ, जहाँ आँगन में गिल्ली-डंडा खेलते हुए बिखरी निमकौली को खिन्नी समझकर जाने कितनी बार खाया था और कड़वाहट से पगलाकर शक्कर चबाते सौ-सौ क़समें खाई थीं कि फिर यह ग़लती नहीं करूँगा, मगर जाने खिन्नी के स्वाद का लालच कैसे अगले मौसम तक पिछला अनुभव भुला देता और मैं वह ग़लती दोहरा बैठता था।

आज इस लंबे-चौड़े जहाज़नुमा मकान में तो मेरी अथक मेहनत का फल है, जिसमें रहते हुए मुझे दस साल गुज़र गए हैं, मगर इन वर्षों में उस आँगन को मैं कभी भूल नहीं पाया, जहाँ की मिट्टी को मैंने चटुवे और झुनझुने के साथ चूसा है; जिस पर हुमकता हुआ मैं घुटनों के बल चला हूँ, इसलिए कभी-कभी अपनी इस नई कोठी का नक़्शा भूल जाता हूँ और सावित्री कभी-कभी चिढ़कर कह उठती है कि घर की क्या कहूँ, आप तो मुझे भी भूल जाते हैं।

आख़िर बीस साल बाद वह दिन आ ही गया, जब हज़ार अरमानों और वलवलों को सीने में छुपाए मैं पाकिस्तान की तरफ़ चल पड़ा। इस सफ़र के पीछे सिर्फ़ पुरानी ज़िंदगी की महक को दोबारा सूँघने की ललक भी थी जिसे सावित्री नहीं समझ सकती थी। वह दिल्ली की थी और मैं लाहौर का, जो मेरा वतन था; जहाँ मैं पैदा हुआ और आज उसी पराये मुल्क़ में जाने के लिए सौ तरह की सफ़ाई देते हुए मैंने वीज़ा हासिल किया था।

मेरे ज़ेहन में अपने पुश्तैनी मकान का नक़्शा साफ़ था। वह सीधी चौड़ी सड़क थी, जिस पर बने टाकीज़ के बाएँ तरफ़ से एक गली अंदर जाती थी। घरों के बीच में एक हलवाई की दुकान थी। उसी से मिला पान-बीड़ी का खोखा, जिसके नीचे कुछ दूरी पर बैठा मोची जूते गाँठता होता और आगे उसी गली के नुक्कड़ पर मेरा मकान था जहाँ से दूसरी गली की शुरुआत होती थी। इन गुज़रे वर्षों में ज़बानी पता मैं भूल चुका था, मगर निगाहें जगह नहीं भूली थीं, क्योंकि वह जगह मेरी पहचान थी, मेरी पैदाइश की निशान थी, जो नए-पुराने वतन की सरहदों से परे, हर सियासी बँटवारे से दूर, मेरा अधिकार थी।

हवाई जहाज़ उड़ रहा था, कल और आज के फ़र्क़ को मैं देख रहा था। आज नंगी, ख़ून में डूबी तलवारों के बीच केशों की चिंघाड़ नहीं थी। सूखे आम और अमरूद के बाग़ान के बीच से हिचकोले खाती बैलगाड़ियाँ नहीं थीं। और न घुटनों पर सिर

रखे इज़्ज़त-लुटी विधवाओं की सिसकियाँ थीं, और न ही मार-काट के हंगामे में वीर जी की बाँहों की ढाल थी जो मुझे हमलावरों के बीच से बचाकर कैंप तक लाए थे। सोग मनाता वह जुलूस तो कहीं पीछे, बहुत दूर छूट गया था। कल के शरणार्थी आज शरणार्थी नहीं बल्कि शहरों के नागरिक और मुल्क़ के बड़े-बड़े व्यापारी और मालदार ताज़िर बन गए थे। मुझ जैसा कल का एक लाचार ग़रीब, बदनसीब आज कैसा ख़ुशनसीब बना धन-दौलत के बीच खेल रहा था और तक़दीर उसको हवाई जहाज़ पर बिठाकर सरहद के उस पार ले जा रही थी जहाँ उसकी यादों की गठरी आज भी महफ़ूज़ थी।

प्यासी आँखें और धड़कता दिल लेकर मैं उस गली में पहुँचा जो पक्की मगर सँकरी सड़क में बदल चुकी थी। बहुत ढूँढ़ने पर भी हलवाई, मोची और पनवाड़ी की दुकानें ग़ायब थीं, दूर से दिखते नीम के पेड़ की जगह घर की छतों पर एंटेनाओं का जंगल उगा था, बस इकलौती पहचान वह छोटी मज़ार अभी भी वहीं मौजूद थी, जिसने यक़ीन दिलाया था कि यह गली हमारी ही है। गली के नुक्कड़ पर पहुँचा तो देखा वहाँ मेरा घर मौजूद नहीं था। लाल खिड़की, हरे दरवाज़ेवाला मेरा घर सचमुच वहाँ से ग़ायब था, जिसको मैं पिछले बीस वर्षों से अपने दिल व दिमाग़ में बसाए हुए था। उसी घर में ऊपर लाल खिड़की के जँगले पर बैठा मैं गली और घरों की छतों का तमाशा देखता और शो से छूटी भीड़ को ताकता था, जहाँ अब जूते, कपड़े, वीडियो कैसेट और दवाओं की दुकानें चमचमा रही थीं। वक़्त के गुज़रते पहिये ने सबकुछ कुचल दिया था। मेरे उस छोटे से घर को भी।

मेरे इंतज़ार का सब्ज़बाग़ सूख गया था। मेरा यक़ीन दम तोड़ चुका था। मेरी यादों का जहान लुट चुका था, मेरी बुनियाद के पैर उखड़ चुके थे, मेरी पुश्तैनी निशानी मिट चुकी थी, मेरी मुहब्बत शरमसार थी जिसके इबादतख़ाने का तन्हा बुत टूट चुका था। अब वहाँ किसी और का अधिकार था। गली मेरी पुरानी गली होकर भी मेरी गली नहीं रह गई थी। अपने टूटे दिल के टुकड़ों को जोड़ता हुआ मैं उसे दिलासा देने लगा कि कल अगर कोई हवाई जहाज़ पर पैदा हो जाए तो क्या वह उसकी जन्मभूमि, उसका वतन हो जाएगा? अब मैं इस अहसास से पूरी तरह आज़ाद हो गया था कि मेरा पुश्तैनी कहीं कुछ है। फिलहाल तो विदेशी धरती पर खड़ा था, जिससे मेरा कोई भी जज़्बाती लगाव अब सिर्फ़ एक मसख़रापन था।

चेहरे पर छलक आए पसीने को रूमाल से इस तरह पोंछा जैसे दिल व दिमाग़ से पुराने घर को मिटा रहा हूँ।

उस दर्दनाक हादसे से मैं बहुत जल्द उबर गया। हक़ीक़त के मरहम ने ज़ख़्म का निशान भी मिटा दिया था। पहले मैं दिल्ली, चंडीगढ़, अमृतसर के बीच दौड़ रहा था, अब अहमदाबाद, भोपाल, कटक और बंगलोर की दूरियाँ नाप रहा था। देश और विदेश के चक्कर तो बहुत पहले से काट रहा था। कारोबार फैल रहा था, ख़ानदान फल-फूल रहा था। मैं ज़मीन ख़रीद और बेच रहा था। मकान गिरवा और बनवा रहा था।

अब मैं दिमाग़ी तौर से दो जगह बँटा इंसान नहीं था, इसलिए अपने को आटे में नमक की तरह मिलाने की कोशिश में पूरे-का-पूरा अपने को गूँथ रहा था। अपनी ज़बान को नई भाषा के शब्दों से सजाने लगा था ताकि ग्राहक और बाज़ार मुझे ग़ैर न समझें, संस्थाओं को दान देकर मैं उनकी इमारतों पर अपना नाम खुदवा रहा था ताकि मेरे मरने के बाद भी मेरी पहचान कहीं-न-कहीं नज़र आती रहे। समाज कल्याण सभाओं में बड़े-बड़े चेक काटकर देने लगा था ताकि जनमानस में मेरे ख़ून-पसीने की कमाई का अंश बहने लगे और मैं बड़ा आदमी बनकर भी आम आदमी से जुड़ा रहूँ, जहाँ से मैं इस मंज़िल की तरफ़ चला था।

पंजाब की मिट्टी ज़रख़ेज थी। जिस जगह हाथ लगाया वहीं मिट्टी सोना उगलने लगी। लोगों का प्यार इतना मिला कि अपने कभी याद नहीं आए। सफ़ेद पगड़ियों और सफ़ेद दाढ़ियों ने अपनी छाया में इस तरह से छुपा लिया जैसे माँ अपने दूध पीते बच्चे को आँचल में छुपा ले। मेरे हर दुख और ख़ुशी में शरीक होनेवाले पंजाब के सरदारों ने मुझे बे-मोल ख़रीद लिया था। वे मेरे लिए जान देने के लिए हाज़िर रहते और मैं लाहौरी उनके लिए क़ुर्बान होने को तैयार था। अब आटा नमकीन हो चुका था, जिसमें नमक के कण को ढूँढ़ा नहीं जा सकता था, न आटे को चाला जा सकता था; सिर्फ़ उस मज़े को चखा जा सकता था, जो आटे में मिल चुका था। अब मैं लखपती से करोड़पती बनने की तरफ़ बढ़ रहा था—ठीक उसी तरह जैसे ग़रीबी में अमीरी की तरफ़ बढ़ा था।

पोते की पैदाइश ने मेरे ख़ानदान की दूसरी नस्ल की नाल को भी पंजाब में गाड़कर इस सबूत पर मोहर लगा दी थी कि आनेवाली हमारी नस्ल भी इस मुलायम ज़रख़ेज़ मिट्टी में अपने अँखुए फोड़ेगी, और तब यह जहाज़नुमा कोठी उनके पुश्तैनी वैभव का एक निशान होगी। मेरी हँसती, सपनों में डूबी आँखों में यह जहाज़नुमा मकान इस तरह से लंगर डालकर बैठ गया था जैसे इस गोदी को छोड़कर कभी किसी सफ़र पर कहीं गया ही नहीं था।

आज नए बाज़ार की इमारत की आधारशिला मैंने रखी है। घर मेहमानों से भरा है। मुबारकबाद देनेवाले सब अपने हैं, सब पंजाबी हैं, सब हिंदू हैं, सब सरदार हैं, सब हिंदुस्तानी हैं, फिर यह सोने का कलश कैसे चटख गया? यह क्यों एक-दूसरे से आँखें चुराए-चुराए फिर रहे हैं? किसने किसकी चोरी की है? किसने किसको मारा है? प्यार की थपथपाहट में मेहनत के पसीने की जगह यह आँसुओं की तरावट क्यों? यह गर्म हवा हरे-भरे पंजाब को क्यों झुलसा रही है?

पिछले कुछ दिनों से सावित्री के घरवालों ने दिल्ली से अमृतसर आकर बार-बार कहना शुरू कर दिया था कि हम अमृतसर से दिल्ली चले आएँ, हालात का रूख़ कुछ

ठीक नहीं है। उनकी बातें मुझे हँसकर टालनी पड़ती थीं। कारोबार को हटाना, मकान को छोड़ना, यह सब कोई आसान बात नहीं थी कि ज़रा-सी गरम हवा के डर से मैं ख़ानाबदोश बन जाता और साये और पानी की तलाश में एक शहर से दूसरे शहर में पड़ाव डालने लगता, फिर यह अपना मुल्क है, इसमें डरना क्या? फिर मैं क्या, मेरी तरह लाखों-करोड़ों लोग पंजाब में रह रहे थे, जहाँ किसी माई के लाल में ताक़त नहीं थी जो हमें आपस में बाँट सकता।

आज सैंतीस साल गुज़र जाने के बाद मुझे वह पुश्तैनी घर का आँगन फिर याद आ रहा है। साथ ही वह पुराना नीम का पेड़ भी, जिसकी डालियाँ पत्तियों से लदी हुई आँगन की ऊँची दीवार से बाहर गली में फैली हुई थीं, जिसके नीचे पड़ी हुई चारपाई पर भारी शानों पर बिखरे बालों से उलझे मेरे हाथ···"सच भ्रा जी, मेरे बाल कब इतने बड़े होंगे?"

"जब तू सरदार बन जाएगा···बोल, बनना है सरदार?" ज़ोर का ठहाका गूँजता। मैं शरमा जाता और वह नदीदा शातिर कौवा डरकर पेड़ से उड़कर सामने बिजली के खंभे पर जाकर बैठता। तब मेरा दिल चाहता कि एक बार फिर भ्रा जी ज़ोर से हँसें ताकि कौवा डरकर यहाँ से दूर चला जाए।

शाम को आरती के समय मैं भ्रा जी की हँसती-ताकती आँखों से शरमाकर प्रसाद लेकर माँ की पुकार की परवाह किए बिना भाग जाता। मेरे और भ्रा जी के अलावा घर में किसी को हमारे बीच होती इस छेड़छाड़ का पता नहीं था। भ्रा जी जाने कब से हमारे पड़ोसी थे और हमारे दादा के दादा से उनके दादा के दादा की दोस्ती थी, मगर ये बातें मेरे लिए कोई महत्त्व नहीं रखती थीं, बस मैं तो भ्रा जी के क़द, चौड़े सीने, बड़ी-बड़ी आँखों और जानदार चेहरे पर मुस्कराते गुलाबी होंठों का दीवाना था। भ्रा जी से प्रभावित पहली बार मैंने बड़ी श्रद्धा से ठीक उन्हीं के अंदाज़ से गुरु साहब के चित्र के आगे माथा टेका था और गुरुबानी के शब्दों का जाप मन-ही-मन दोहराया था। सरदार का रूप धरे बिना मैं सिखी पर ईमान ले आया था। अब मंदिर और गुरुद्वारा दोनों ही मेरे लिए पवित्र-पावन बन चुके थे। सरदारों के खुले स्वभाव ने सोने पर सुहागे का काम किया था और मैं बाबा फ़रीद और वारिस शाह में ऐसा डूबा कि कबीर की राह पर निकल पड़ा। मेरे लिए आपसी भेदभाव मिट गया था। मेरा एक ही धर्म था कि सब इंसान हैं, सब हिंदुस्तानी हैं।

आतंकवादी, उग्रवादी, हत्यारे, इन शब्दों के शोर से घबराकर आँख बंद करता हूँ। अपने भ्रा जी की पहचान धुँधली पड़ने लगती है। सामने सजी अर्थियों की पंक्तियाँ पानी में बहते फूलों की तरह गुज़रने लगती हैं। कानों में बैन की आवाज़ें नगाड़े की तरह गूँजने लगती हैं। जलते गोश्त की गंध से सिर चकराने लगता है। आँखों के सामने अँधेरे के जाले उतर आए हैं। मरनेवालों का कोई नाम नहीं, कोई पहचान नहीं, बस जो हैं, वह उग्रवादी हैं, अपने वी जी की पुरानी पहचान लगे ये रंग-बिरंगे पैवंद गले से नीचे नहीं उतरते हैं। अंदर से कोई झँझोड़ता है कि यह झूठ है। जिस पंजाब में

एक लड़का सरदार और दूसरा हिंदू हो और एक लड़की हिंदू को ब्याही जाए और दूसरी सरदार को, ऐसे ताने-बानेवाले समाज में कौन किसको मारेगा? अपना घर कौन तबाह करेगा? जिस डाल पर बैठा है, उस डाल को कौन काटेगा?

तेज़ ठहाके जो पंजाब से उठकर सारे हिंदुस्तान में गूँजते थे, आज श्मशान की तरह ख़ामोश हैं। लंबे बाल धुएँ में तब्दील हो गए हैं और नीम का दरख़्त झुलसकर स्याह पड़ गया है। उसके नीचे पड़ी खाट जलकर कोयला हो गई है। तोते चीख़ना और चिड़ियाँ चहचहाना भूल गई हैं और यह नदीदा शातिर कौवा कितनी कर्कश आवाज़ में काँय-काँय करता मुझ पर डपटने को तैयार है। अपने बचाव में चीख़ता हूँ···भ्रा जी...वीर जी···भ्रा जी···वीर जी···तुम कहाँ हो?

जब तक मैं अमृतसर पहुँचता मेरा जहाज़नुमा मकान जलकर कोयला हो गया था। मेरी पत्नी सावित्री, इकलौता बेटा अमन, बहू मनजीत कौर और छोटी दोनों बेटियों—पिंकी और डॉली—की लाशें मकान के विभिन्न कमरों में जली पड़ी थीं। इस कोयले की खान में दाख़िल होता हूँ, मेरे आँसू दीवारों की कालिख धोने के लिए मेरी आँखों में हाथ-पैर मारते हैं। मैं आगे बढ़कर पोते की लाश ढूँढ़ता हूँ।

चारों तरफ़ अँधेरा और सन्नाटा है। हरमिंदर साहब के कलश का चाँद भी ख़ामोश है। एकाएक सबकुछ अँधेरे में डूब गया। मकान के बाहर पहरा बैठा है। कल सुबह इन सबका संस्कार मुझे करना होगा। अपने अंदर फैले ग़म के दलदल में छटपटाता-सा बाहर निकलता हूँ, सामने बाग़ की तरफ़ बढ़ता हूँ, तभी आवाज़ आती है, "दादा जी···दादा जी···" सब्र का दामन छूट जाता है। लगता है, अतीत मुझे आवाज़ दे रहा है, दिल पछाड़ें खाने लगता है और आँखें बरसने लगती हैं।

"मैं यहाँ हूँ दादा जी," सुनकर समझ नहीं पाता हूँ कि किधर देखूँ और क्या समझूँ। बबलू को मैंने इस तरह से सीने से चिपकाया जैसे मरनेवाले को जीने का बहाना मिल जाए। यह भी भाग्य का खेल था कि जिस शरारत पर बहू उसके कान खींचती थी, वही खेल आज उसकी जान बचा गया था। हम दोनों एक-दूसरे से लिपटे रो रहे थे। मेरा चालीस साल का पाला-पोसा जवान बेटा मरा था और उसका चालीस साल का बाप मरा था।

एक आन में मेरा सबकुछ ख़त्म हो गया था। ज़िंदगी ने एक दूसरा मुखौटा लगा लिया था, जो मेरे लिए बिल्कुल अजनबी था। इस सदमे को झेलना, वह भी ज़िंदगी के इस दौर में, मेरे लिए बहुत मुश्किल काम था। तो भी पोते का मासूम चेहरा देखकर मैं अपनी नई ज़िम्मेदारी को पहचानने लगा था। एक बार फिर कमर कस के दिल्ली जाने की तैयारी करने लगा ताकि कुछ दिन सावित्री के घर में उसके बूढ़े माँ-बाप को दिलासा देकर लौट आऊँगा। रास्ते-भर मैं बबलू के बारे में सोचता रहा। अंत में मैंने फ़ैसला कर लिया कि बबलू को उसकी नानी के पास छोड़ देना ही उचित रहेगा ताकि उसका दिल बहला रहे और बबलू को प्यार और सुरक्षा के साथ अपनी पढ़ाई जारी रखने का भी मौक़ा मिल सके।

दिल्ली तसवीर का दूसरा रुख़ थी। सिक्का वही था, मगर चिह्न व चित्र बदले हुए थे। यहाँ सरदारों के घर उजड़े और बर्बाद हुए थे। मरे हुए हज़ारों लोगों में मेरे बूढ़े सास-ससुर भी थे, जिन्हें अपने पलंगों पर ही चिता नसीब हो गई थी। वक़्त ने किस तरह का खेल खेला था! इस भरी-पूरी दुनिया में एक बार फिर मैं पूरी तरह तन्हा था और ज़िंदगी को दूसरी बार शून्य से शुरू करना था और इस बार मेरे सिर पर किसी का हाथ नहीं था, किसी की बाँहों का सहारा नहीं था। अपने चारों तरफ़ ख़ाली नज़रों से कुछ ढूँढ़ता हूँ, मगर वीर जी का कहीं पता नहीं है।

वीर जी कोई विदेशी आक्रमणकारी नहीं थे, म्लेच्छ और ग़द्दार नहीं थे, वे अपने थे, अपने इसी शरीर का एक अंग, फिर उनको हमसे किसने जुदा कर दिया? 'बाँटो और शासन करो' की विदेशी नीति ने अपने देश को बाँट दिया, तब हमारी आँखें बंद थीं और ज़ुबान खुली। मगर आज के संदर्भ में विदेशी हाथ का अर्थ? आज का शासक तो हमारा अपना चुना हुआ है—फिर? क्या हमने आज आँख फोड़ दी है और ज़बान सिल ली है जो कोई नहीं कहता कि सियासत के चलते आज दूसरी क़ौम अपने ही देश में बेआबरू क्यों हो रही है?

हारे जुआरी की तरह पोते की उँगली पकड़े मैं अमृतसर की तरफ़ लौटने के लिए हवाई अड्डे पर आता हूँ। अपने ही देश में मेरा कोई घर, कोई ठिकाना नहीं है। कहने को भारतमाता की गोद सारी-की-सारी अपनी है, मगर तो भी सिर छुपाने के लिए किस छत के नीचे जाऊँ?

हवाई जहाज़ वही है, शहर वही है, मगर मंज़िल का पता नहीं है। अपने जिगरी दोस्त हरनामसिंह की बात याद करता हूँ, जिसने बहुत ठंडे लहजे में कहा था कि भाई साहब, तुम सब तो फिर अपने घर-बार जमा लोगे, पैसा कमा लोगे, मगर हमारा नाम जो हिंदुस्तान के रजिस्टर से हमेशा के लिए काट दिया गया है, उसको हम दोबारा नहीं चढ़ा सकते हैं। अब तो बस हम या सरकारी नारे में अपनी आवाज़ मिला दें और क़दम-क़दम पर अपनी वफ़ादारी का सबूत देते जाएँ या फिर सियासत के हाथों नीलाम होकर आतंकवादी का रूप धर लें, या फिर मिट्टी के लोंदे बने बस खाने, कपड़े और मकान की ज़रूरत में बँधे चुप साध लें, उसका ग़म सुनकर मैं अपनी बात नहीं कह सका।

काग़ज़ात तैयार हैं। बात तय हो गई है। मैं अपनी जहाज़नुमा कोठी बेच रहा हूँ ताकि इस कोयले की खान में भटकता मेरा पोता यादों के हीरे न ढूँढ़े। अभी उसकी पूरी उम्र पड़ी है। मैं चाहता हूँ, वह इस हादसे को भूलकर नई ज़िंदगी शुरू करे, बिलकुल ताज़ी उमंगों से भरी हुई। इसलिए इस घर से दूर जा रहा हूँ। यह सिर्फ़ मेरा नहीं, बल्कि हालात का तक़ाज़ा है और मेरे पास उन्हें नकार सकने के लिए कोई तर्क शेष नहीं बचा है। सारे फ़ैसले लेने के बाद जब भी आँख बंद करता हूँ, तो अपना सजा-सजाया

घर याद आता है। उसमें खनकती सावित्री की हँसी, अमन और मनजीत कौर की खिलखिलाहट और पिंकी-डॉली के साथ उछलता बबलू···सबकुछ पीछे छूट गया। सबकुछ चकनाचूर हो गया। अपने वीर जी के बीच मैं लुट गया।

हरमिंदर साहब के दर्शन करते समय लगा कि जैसे अरदास की लय ठहर गई हो और गुरुबानी का सुर थम गया हो और गुरु ग्रंथ साहब के सामने झुका मेरा सिर कई तरह के दिए गए नामों से बोझिल हो गया हो। परपीड़ित, भीरु, कुंठित, ईर्ष्यालु अपने नए परिभाषित नामों से सजा मैं बाहर निकलता हूँ। शब्द-कीर्तन की धुन मेरे दिल को अपनी तरफ़ खींचती है और मेरे पैर पंजाब के बाहर मुझे घसीट रहे हैं।

मन में आक्रोश का बवंडर उठ रहा है। दिल चाहता है, चीख़-चीख़कर पूछूँ कि अरे हिंदू राष्ट्र का सपना देखनेवाले सौदागरो, सत्ताधारियो, यह कैसी राजनीति है जिसमें हिंदू भी सुरक्षित नहीं बचा? दूसरों को मारने की धुन में यह भूल जाते हो कि हिंदुस्तानियों को आपस में लड़ाकर तुम किसी का नहीं, अपना नुक़सान कर रहे हो। क्यों हमें मध्ययुगीन अँधेरे में ढकेल रहे हो? मैं मुसलमान नहीं हूँ, मैं सिख नहीं हूँ, मैं ईसाई, जैन, बौद्ध नहीं हूँ, मैं एक हिंदू हूँ। मैं एक हिंदू होकर तुमसे पूछता हूँ कि मैं हिंदू होकर क्यों दो बार अपने ही मुल्क़ में उजड़ा?

नई ज़िंदगी तीसरी बार शुरू किए एक साल गुज़र गया, मगर सोते में एकाएक आँख खुल जाती है जैसे दीमक मेरे बदन को चाटती मेरे पोते की तरफ़ बढ़ रही है और मैं घबराकर अपनी चादर झाड़ता हूँ, फिर कुरता···मुझे ख़ौफ़ है कि मेरे पोते की, जो आज की इंसानी भाषा में हिंदू-सिख ख़ून की मिलावट से बना है, कल क्या सियासी पहचान होगी इस मुल्क़ में? यह मकान उससे किस इलज़ाम में छीना जाएगा और उसको किस नए नाम की उपाधि से सुशोभित किया जाएगा?

मैं संबंधों की इस दीमक लगी किताब को आज भी सहेजकर रखना चाहता हूँ ताकि बचे हुए पन्नों में जो हमारी मुहब्बत की तवारीख़ खिली हुई है, उसको मैं अपने पोते को यानी नई नस्ल को, जो इक्कीसवीं सदी के मुहाने और बाईसवीं सदी के दहाने पर खड़ी है, उसे पढ़कर एक दिन सुनाऊँगा, मगर···क्या वह मेरी पढ़ी इन इबारतों को क़बूल करेगा या उस सच्चाई को जो दो दिन तक पेड़ पर छुपे रहकर उसने अपने घर में अपनी माँ, दादी, बुआ के साथ होते देखी थी?

घबराकर नीम के सूखे पत्तों को मैं दीमक लगी संबंधों की पुस्तक में भरने लगता हूँ ताकि तबाही आगे न बढ़े, मगर जहाँ क़ौमों की क़िस्मत का फ़ैसला सियासत करती हो, वहाँ मेरे ये हाथ, ये कीटनाशक पत्तियाँ क्या चमत्कार दिखा पाएँगी? जिस सबक़ ने मुझे चालीस साल तक अंगारों पर लिटाया है, वही पढ़ा सबक़ फिर आमोख़्ता की शक्ल में पढ़ने के बाद क्या मैं होश में हूँ जो बबलू के सोच की धधकती आग को

आज बुझा पाऊँगा या वह आग उसके सोच का हिस्सा बनकर कल उसकी औलाद के लिए कोई नया ख़ौफ़ बनकर बबलू की आत्मा को इसी तरह मथेगी, जैसे आज उसके दादा को? आमोख़्ता पढ़ने का यह सिलसिला कब तक जारी रहेगा—आख़िर कब तक?

एक नया फ़ैसला लेता हूँ, इस दीमक लग रहे समाज से बबलू को दूर भेज दूँ। मेरा क्या, आज मरा तो कल दूसरा दिन, मगर बबलू तो अभी सिर्फ़ दस साल का है। मेरे पास पैसा है। दूसरों की तरह मैं मजबूर नहीं जो अपने ख़ानदान की आख़िरी शाख़ को दीमक के हवाले कर दूँ। कभी नहीं, किसी क़ीमत पर नहीं। आगा-पीछा सोचकर मैंने बबलू को बाहर भेजने की तैयारी शुरू कर दी। मुझे मोह के बंधनों को काटना अभी से बबलू को सिखाना होगा। ज़मीन से जुड़े रहने के बेमानी सपने से उसे जगाना होगा। इससे पहले कि उसकी जड़ें इस ज़मीन पर गहरी जमने लगें, उसको निकालकर मुझे उसे वहाँ भेजना होगा, जहाँ वह स्वयं सुरक्षित रहे, बिना किसी कुंठा, बिना किसी सियासी नाम और प्रताड़ित पहचान के वह अपने काम से, अपने व्यवहार और व्यक्तित्व से जाना जाए।

बबलू को विदेश गए छह महीने हो गए हैं। पंजाब नहीं, पूरा देश आतंक की चादर तले आ गया है। बाहर हंगामा हो या नहीं, मगर सोच के धरातल पर मैं भयभीत रहने लगा हूँ। अजीब-अजीब ख़याल मुझे परेशान करते हैं। जैसे मुझे लगता है कि इस देश में सब विभिन्न धर्म, जाति, वर्ग, समुदाय में बँटे हुए हैं, सब एक-दूसरे को नोच रहे हैं, खसोट रहे हैं, कोई किसी का दोस्त नहीं, कोई किसी का संबंधी नहीं है। बस, एक अल्पसंख्यक वर्ग ज़रूर खुश है। मस्त है, जिसका नाम राजनीतिक है, जो बेपेंदी के लोटे होते हैं, जो देशी-विदेशी कुछ नहीं होते हैं। बस, अपने लाभ में वे मानव-तन का सौदा करते रहते हैं। तभी बड़ी आसानी से घरों के दालान-कमरे बँट जाने पर ये दूसरों के दुख पर अपनी सत्ता का झंडा गाड़ते हैं। अपनी ही धरती पर कच्चे मिट्टी के बर्तन की तरह टूटती क़ौमों पर बच्चों की तरह हँस पड़ते हैं, वरना अपने ही देश में यह अल्पसंख्यक क्या होता है?

कभी-कभी मैं ख़्वाब देखता हुआ चीख़ उठता हूँ, जैसे सब अपने क़ौम, धर्म, जाति, वर्ग के घेरे में सुरक्षित हैं और एक वर्ग, जो दुर्ग से बाहर है, वह असुरक्षित है। उसे सब तरफ़ से गोली की बौछार खानी पड़ रही है, वह है नितांत राष्ट्रवादी मानवता का उपासक, जो बिना भेदभाव के सबको मानता है, सबको समझता है, उसका इस देश में अब कोई मुक़ाम नहीं है। उन लोगों में सबसे आगे बबलू खड़ा है जिसका सीना ख़ून-ख़ून है।

डॉक्टर का कहना है कि मुझे हाई ब्लडप्रेशर है। मैं ज़्यादा सोचूँ न, बल्कि ख़ुश रहने की कोशिश करूँ, घूमूँ-फिरूँ। मैं डॉक्टर से अपने दिल की बात नहीं कह सकता,

क्योंकि वह सिर्फ़ शारीरिक डॉक्टर है, जज़्बात और सोच का नहीं। वह क्या जाने संबंधों में लगी दीमक पूरे-के-पूरे जंगल को साफ़ कर देती है और उस दीमक का इलाज किसके हाथ में है?

अरसा गुज़र गया है, अब मेरे अंदर कोई घर नहीं, कोई याद नहीं, किसी दरख़्त की छाँव नहीं। बस, आनेवाले बुरे दिन कौवों की शक्ल में एक नहीं हज़ारों की तादाद में मुझे शहर पर मँडराते नज़र आते हैं, जो मेरे अंदर एक ऐसे ख़ौफ़ को फैलाते हैं जो मुझे मीलों दौड़ाता हुआ अँधेरे के समंदर में धकेल देता है, जहाँ मैं अपने को तलाश करता रह जाता हूँ कि मैं आख़िर कौन हूँ?

तीसरा मोर्चा

सारा मोहल्ला साँय-साँय कर रहा था। रहमान को राहुल कहीं नज़र नहीं आया। वह कुछ देर परेशान-सा राहुल के घर के सामने खड़ा रहा, फिर जाने कैसे उसे इस सन्नाटे से भय लगने लगा। महसूस हुआ, बंद घरों से झाँकती आँखें उसे घूर रही हैं। वह तेज़ी से मुड़ा और लगभग भागता हुआ गली पार करने लगा। रीढ़ की हड्डी में अजीब सनसनाहट दौड़ रही थी, जैसे उसे पीछे से छूटती गोली का इन्तज़ार हो।

दौड़ता रहमान अपनी फूली साँस के साथ सड़क तक पहुँचा और चेहरे का पसीना पोंछता हुआ बस पर सवार हुआ। वहशत उसके रोम-रोम में भर गई थी। राहुल से मुलाक़ात का न होना उसको कई तरह से ख़तरे की सूचना दे रहा था। कुछ महीने पहले कॉलेज के कई दोस्तों ने तय किया था कि वह किसी भी हालत में कश्मीर नहीं छोड़ेंगे, वरना यह सिरफिरे लोग जाने क्या अनर्थ कर डालेंगे। मगर इस बीच राहुल के दूर-क़रीब के रिश्तेदार, दोस्त और यहाँ तक कि बड़ा शादीशुदा भाई सपरिवार जम्मू की तरफ़ निकल गया था। वहाँ भी उन्हें जब परेशानी हुई तो वह दिल्ली जाकर टिके, मगर वहाँ भी दिल क्या ख़ाक लगता। न वह ख़ुशबू थी न वह मिट्टी, परेशानी से भटक रहे थे।

घर पहुँचकर भी रहमान का दिल नहीं सँभला। वक़्त दूसरे दोस्तों तक पहुँचने का नहीं था। उसने अपना सामान समेटा। उसके बूढ़े माँ-बाप काफ़ी दिनों से ज़िद बाँधे हुए थे कि इससे पहले कि सिर पर कफ़न बाँधे दस्ते उसे उठा ले जाएँ वह कुछ दिनों के लिए कहीं रूपोश हो जाए वरना वह भी दूसरे नौजवानों की तरह धर लिया जाएगा और ग़लत रास्ते पर चलने पर मजबूर हो जाएगा या फिर सुरक्षा पुलिस एवं फ़ौज की गोली का निशाना बन मर-खप जाएगा। बूढ़ों से किसी को क्या लेना-देना, सो उनकी फ़िक्र करना बेकार है। रोज़-रोज़ के दबाव से तंग आकर रहमान कुछ महीने दूर-दराज़ के किसी इलाक़े में जाने पर राज़ी हो गया था, जिसकी इत्तला वह राहुल को देना चाह रहा था।

माँ-बाबा से विदा होकर रहमान भारी मन पगडंडी उतरने लगा। उसे बराबर राहुल का ख़याल सता रहा था। राहुल और वह बचपन से साथ पढ़े थे। अब दोनों बेकार थे। दोनों को नौकरी की सख़्त ज़रूरत थी। वे न तो बाग़ान के मालिक थे न क़ालीनफ़रोश ताज़िर, दस्तकारी उन्हें आती नहीं थी, बस अपने पुरखों की तरह उनके पल्ले नौकरी करना आया था, मगर इस हंगामे-भरे माहौल में नौकरी थी कहाँ?

बीहड़ बर्फ़ीले रास्ते से गुज़रने के बाद अब तिरछी ढलान थी, जहाँ चनार और

पाइन के पेड़ों की रोक जगह-जगह उगी हुई थी। आसमान से बातें करते तनावर दरख़्तों को छूते, पकड़ते जब वह नन्हे आबशार के पास पहुँचा तो वहाँ किसी को औंधे बदन पड़ा देखा। डर के मारे उसके सारे बदन में झुरझुरी दौड़ी और वह रास्ता काटकर जाने लगा, मगर जब नंगी पीठ पर बाल बिखरे देखे तो वह ठिठककर खड़ा हो गया और पेड़ के पीछे छुपकर धुँधलके में आँखें फाड़-फाड़ उसे देखने लगा। तभी पैर की आहट हुई और पत्तों पर पदचाप की आवाज़ सुनाई पड़ी। रहमान के माथे पर पसीना छलक आया और उसे लगा कि बन्दूक़ की तनी नाल उसकी तरफ़ उठी हुई है। वह दम साधकर पेड़ के पीछे तने से चिपक गया।

'यह तो राहुल है!' रहमान ने संतोष की साँस ली और माथे से पसीना पोंछा।

राहुल चुल्लू से पानी उस लड़की के आधे चेहरे पर छिड़क रहा था। पत्तों की खड़खड़ाहट सुनकर वह झपटकर खड़ा हुआ और भागने को ही था कि रहमान उसके क़रीब पहुँचकर बोला, "राहुल, मैं रहमान···"

"ओह!···मैं डर गया कि···."

"डर तो मैं भी रहा हूँ, चलो यहाँ से···"

"इसको छोड़कर?"

"ज़िंदा है?"

"शायद बेहोश।"

"कौन है?"

"पता नहीं।"

"यहाँ ठहरना ठीक है?"

"घरवाले आगे चल रहे हैं। मैं ज़रूरत पूरी करने के लिए रुका तो इस पर नज़र पड़ी और···"

"यह दुलाई इसे उढ़ा दूँ?"

"हाँ, कल रात रास्ते में एक लड़की हमें भागती हुई नज़र आई थी। उसके पीछे भारी जूतों की आवाज़ें भी, चाहकर भी हम कुछ न कर सके, स्वयं डरकर दुबक गए, साथ में बहन जो थी।"

"शायद···"

"होश आ गया।"

लड़की ने आँखें खोलीं। उन्हें अपने ऊपर झुका देखकर चीख़ मारी, फिर घबराकर बदन के नंगेपन को महसूस कर घबराई, फिर दुलाई अपने हाथों से पकड़ी और उठकर भागने की तैयारी करने लगी।

"बहन, हम तुम्हारी कुछ मदद कर सकते हैं?"

हमदर्दी-भरा स्वर सुन वह लड़की चौंकी और भयभीत नज़रों से उन्हें घूरने लगी।

दोनों चुपचाप पेड़ के तने से पीठ लगाए बैठे रहे। उनके झुके सर पर नज़र डालती हुई वह लड़की कराहती हुई धीरे से उठी और दलाई से उसने अपने को लपेटा, फिर पेड़ की आड़ में जाकर शायद फटे कपड़ों से किसी तरह बदन ढका हो। दोनों कुछ समझ नहीं सके मगर जब वह घुटनों में मुँह छुपाकर बैठ गई तो उसकी सिसकियाँ उन्हें सुनाई पड़ीं।

"बहन, यहाँ ठहरना ख़तरनाक है···बुरा न समझो तो मेरा परिवार आगे चल रहा है, तेज़ चलें तो उन तक जल्द पहुँच सकते हैं। फिर कोई ख़तरा नहीं होगा।"

पेड़ के उधर ख़ामोशी छाई रही, फिर कराहने की आवाज़ आई जैसे वह खड़ा होना चाह रही हो मगर बदन में दम न हो। दोनों ने चाहा, लपककर मदद करें, फिर कुछ सोचकर ठहर गए।

"तुम्हारा नाम क्या है?"

"किस मोहल्ले की हो?"

"तुम्हारे बाबा का नाम क्या है?"

हर सवाल पर ख़ामोशी छाई रही। फिर राहुल और रहमान के मन में भी कई तरह के प्रश्न उठ रहे थे कि इसे साथ ले जाना भी ठीक है या नहीं? हो सकता है, यह खुद भी हमारे साथ न जाना पसंद करे और अपने घर लौटना चाहे, मगर जब यह कुछ बोले तब ही तो आगे कुछ किया जा सकता है।

"गूजर है?"

"शायद पंडित।"

"मुसलमान भी हो सकती है?"

"मगर यह तय है कि कश्मीरी है।"

दोनों फिर चुपचाप बैठ गए और इंतज़ार करने लगे कि वह कुछ कहे, कुछ बोले, मगर उधर सन्नाटा रहा। राहुल को घरवालों की भी चिंता सता रही थी कि माँ, बहन और बाबा परेशान हो रहे होंगे। छोटे भाई को भी बुख़ार चढ़ा था।

"कुछ बोलो, साथ चलना है तो चलो बहन, यहाँ यूँ पड़े रहना हम सबके लिए ख़तरनाक है।"

"घर जाना है तो वह कहो, हम पहुँचा देंगे।"

थोड़ी देर ख़ामोशी छाई रही, फिर आँसू पोंछती वह लड़की सर झुकाए, शर्म से ज़मीन पर धँसी-धँसी, छोटे-छोटे क़दम रखती सामने आन खड़ी हुई। रहमान और राहुल की बेचैन नज़रें उसके चेहरे को देखने के लिए बेक़रार-सी एकसाथ उठीं मगर बालों और दुलाई की ओट में मुँह छुपा था।

"मैं राहुल हूँ, यह रहमान, हम दोनों बचपन के दोस्त हैं···अगर तुम हिंदू हुईं तो हमारी बहन, अगर मुसलमान हो तो रहमान के रिश्ते से हमारी बहन ही लगीं···यदि उचित समझो तो कुछ अपने बारे में कहो ताकि···"

"मैं एक औरत हूँ और औरत की अस्मत तो हिंदू-मुसलमान नहीं होती जो···।"

लड़की की टूटी मगर नफ़रत में डूबी थकी आवाज़ उभरी।

राहुल और रहमान चौंक पड़े। दोनों ही हिंदू-मुसलमान के घेरे को तोड़ पास-पास खड़े थे, मगर यह तीसरा···यह तीसरा मोर्चा···

"हिंदू और मुसलमान तो सिर्फ़ वह मर्द होते हैं जो अपने मज़हब के उन्माद में औरत की आबरू लूटकर अपना धर्म निभाते हैं···मैं कौन हूँ···मेरा नाम, मेरा मज़हब क्या है? मेरा मोहल्ला, मेरा पता क्या है? बताऊँ आपको कि मैं दो बच्चों की माँ हूँ और बच्चों का बाप साल-भर से लापता है?"

"बहन, हमें माफ़ करना···हमने तो···" रहमान शर्मिंदा-सा हकलाया।

"आख़िर वह थे कौन?" राहुल ने उत्तेजित हो पूछा।

"पता नहीं उनका मज़हब क्या था। वर्दी में सब एक-से लगते हैं। पहले उन्होंने मेरे शौहर का पता जानना चाहा···मुझे ख़ुद कहाँ पता था?···मेरे इंकार पर उन्होंने भूखे चूहे मेरी शलवार में डाल दिए···मेरे दोनों बच्चों को इतना पीटा कि वह दम तोड़ गए, फिर···फिर मुझे···मैं डर से सुन्न हो गई थी···मेरे चारों तरफ़ अँधेरा था···मेरे अंदर भी अँधेरा छा गया और···"

वह जवान औरत तने से सर टकराकर रो पड़ी। रहमान और राहुल ने अजीब शर्मिंदगी-भरी बेबसी से एक-दूसरे को देखा, जैसे कह रहे हों, धर्म का तंग दायरा ही घुटन का अहसास नहीं दे रहा है बल्कि सियासत की बढ़ती सत्ता में इंसानियत खड़ी विलाप कर रही है। दोनों की नज़रें झुक गईं।

"तुम दोनों जाओ भाई···। मैं माँ हूँ। मुझे बच्चों को दफ़नाना है···पत्नी हूँ···मुझे अपने शौहर का इंतज़ार करना होगा···औरत हूँ इसलिए ज़ुल्म के ख़िलाफ़ मुझे ज़िंदा रहना है···मुझे भागना या मुँह छुपाना नहीं है···मुझे अभी ज़िंदा रहना है।"

उस औरत ने अपने को सँभाला और दोनों की तरफ़ एक गहरी नज़र डाली, फिर धीरे-धीरे करके वह आगे बढ़ी। रहमान और राहुल ने एक-दूसरे को देखा जैसे औरत की वापसी में उन्हें एक छुपा पैग़ाम मिला हो और एकाएक उनको अपना वायदा याद आ गया। राहुल ने रहमान के कंधे को थपका। रहमान ने गर्दन धीरे से हिलाई और वापस मुड़ गया।

अपमान का अहसास चेहरों को नहीं, पूरी घाटी को कालिमा में डुबो गया था। उस कालिमा को चीरती एक औरत की काया, उसके कुछ दूर पर एक मर्द की छाया और बहुत बाद एक परिवार के क़दमों की आवाज़ अँधेरे में डोल रही थी। यह सब क्षितिज की ओर बढ़ रहे थे।

मिस्टर ब्राउनी

"हलो मिस्टर ब्राउनी! यू वाण्ट किटि कैट?" गली में कारों के बीच प्लास्टिक फुटबॉल खेलते बच्चे एकाएक भूरेलाल को देखकर रुक गए और रोज़ की तरह चिल्लाए। भूरेलाल ने एक मुस्कराहट दिल-ही-दिल में कुढ़ने के बावजूद बच्चों की तरफ़ फेंकी और आगे बढ़ गए। रात के नौ बज रहे थे, मगर सूरज अभी भी चमक रहा था। यह तजुर्बा भी उन्हें नया-नया जब पहली बार लंदन आने पर हुआ था तो वह कई रात बिस्तर पर करवटें बदलते रहे। ग्यारह से बारह बजे, मगर नींद कहाँ आँखों में? वह तो घुप अँधेरे की आदी थीं। फिर किसी ने बताया, आँखों पर पट्टी बाँधकर लेटा कर। ज़ोर पड़ने पर नींद ख़ुद ही आ जाएगी।

कश्मीरी होटल में आज भीड़ कम थी। भूरेलाल कोनेवाली मेज़ पर जाकर बैठ गए। अभी वह ठीक से अपने को सँभाल भी नहीं पाए थे कि पीछे से एक शरारत-भरी आवाज़ आई, "बैठो मियाँ! खाओ-पियो। अभी तो कश्मीर तुम्हारा है…।"

"देखिए साहिबान, मैं आप लोगों से कई बार गुज़ारिश कर चुका हूँ और मजबूर होकर यह तख़्तियाँ बड़े-बड़े हरुफ़ में लिखकर टाँग भी दी हैं कि यहाँ सियासी बातें करना मना है।" काउंटर पर खड़े रेस्तराँ के मालिक ख़ुशीजान ने बीच-बचाव के अंदाज़ में कहा।

"भाईजान! मैंने तो किसी से कुछ कहा नहीं?" पठानी सूट पहने व्यक्ति ने ताज्जुब से कहा।

"देखिए, यहाँ न हम हिंदुस्तानी हैं न पाकिस्तानी, मैं कश्मीर से हूँ ज़रूर, मगर अब स्कॉटिश बन गया हूँ। सेकंड सिटीज़न। यहाँ हूँ तो क्या? इज़्ज़त से कमा-खा तो रहा हूँ। मेहरबानी करके मुझे कमाने-खाने दीजिए।" ख़ुशीजान ने उनके आगे हाथ जोड़ते हुए कहा।

"यह तो जनाब, वही बात हुई कि यहाँ आकर मुँह चलाइए मगर ज़बान बंद रखिए। यह भी कोई बात हुई?" दूसरा पठानी सूटवाला चिढ़कर बोला।

"जो भी बोलें आप आज़ाद हैं, मगर सियासी बातों की यहाँ मनाही है।" ख़ुशीजान ने फ़ैसला सुनाया।

"वाह, क्या ख़ूब! पैसा देकर हम खाते हैं जनाब! अपनी मर्ज़ी के मुताबिक़ बात भी करेंगे। हमारी ज़बान पर रोक लगानेवाले आप कौन हैं?" गुस्से से भरे वह दोनों पाकिस्तानी बिना बिल अदा किए रेस्तराँ से निकल गए।

"खुदारा शुक्र!" कहता हुआ खुशीजान बैरे की जगह खुद उनकी जूठी प्यालियाँ उठाने लगा। गुस्से से बड़बड़ा तो धीरे-धीरे रहा था मगर सफ़ेद झाग होंठों के दोनों किनारों पर जमा होने लगा था।

"यह पाकिस्तानी पता नहीं क्यों हमेशा हमसे बात-बेबात लड़ने को तैयार रहते हैं। पिछले कई वर्षों से मैं यह बात देखता आ रहा हूँ।" भूरेलाल ने कुछ थके अंदाज़ से कहा।

"हज़ार बार समझाया कि कश्मीर का मसला ऊपरवाले जानें, हम अपने वतन से दूर चार पैसे कमाने निकले हैं। पिछली बार हाथापाई में फ़र्नीचर अलग टूटा, ऊपर से पुलिस में नाम अलग चला गया। हमें सियासत से क्या लेना-देना! सियासत हमारी माँ है, बाप है, हमको रोटी, कपड़ा, मकान देती है? अरे भाई, सियासत हमें नहीं चाहिए। हमें सिर्फ़ चार पैसे चाहिए और दिल का सुकून।" खुशीजान सीने पर हाथ रखकर बोला।

"वह तो है, मगर इनकी तो जैसे पेट की रोटी ही नहीं पचती जब तक यह अपनी तारीफ़ और हमारी बुराई नहीं कर लेते हैं।" भूरेलाल ने उकताकर कहा।

"वेलकम, वेलकम!…" इकट्ठा पाँच-छः स्कॉटिश ग्राहकों को देखकर खुशीजान की तनी भवें झुक गईं। मुस्कराकर उसने उनका स्वागत किया और चार टेबल के उस अपने छोटे से रेस्तराँ पर नज़रें डालीं। अब सारी कुर्सियाँ भर गई थीं। इंडियन करी-राइस खाने के शौक़ीन स्कॉटिश इस रेस्तराँ में ख़ूब आते हैं। खुशीजान ने उनकी पसंद का सितार का कैसिट लगा दिया और पीछे की तरफ़ मुँह करके पुकारा, "रहमान…।"

भूरेलाल चाय के पैसे अदा करके प्रिंसिस स्ट्रीट की तरफ़ बढ़े। बाग़ में फूलों की घड़ी देखते हुए अधेड़ होने को आए हैं, मगर आज भी उमड़ती भीड़ में अपने को रोक नहीं पाते हैं, उसी जोश से भरे फिर घड़ी के बीच से चिड़िया के निकलने का इंतज़ार करने बूढ़ों, बच्चों, मर्दों और औरतों के साथ खड़े हो जाते हैं।

'बाग़ फूलों से भरे हैं, कोने जवान जोड़ों से। बहार आती है। दीवानगी अपने साथ ले आती है। हर आदमी मौसम की, धूप की बातें करने लगता है।' सोचते हुए भूरेलाल पैंट की जेब में हाथ डाले विंडो शॉपिंग करते हुए दुकानों से सटे-सटे गुज़रने लगे। बियर की महक जवान लड़के-लड़कियों के मुँह से निकलकर फ़िज़ा में फैल रही थी। दुकानों के कोनों में एक-दूसरे से चिपके जोड़े नज़र नहीं आते हैं। इस रोशनी में उनके अड्डे बदल गए हैं वरना तो जाड़े में पुलिस हर अँधेरे कोने में चीख़ती नज़र आती थी—ब्रेक इट…ब्रेक इट…। क्रिसमस के बाद यह कैसी सेल का तूफ़ान? दामों के काग़ज़ी बिल्ले पढ़ते हुए भूरेलाल वुलवर्थ से आगे बढ़े और सड़क पार करने के लिए ज़ेब्रा क्रॉसिंग की तरफ़ मुड़े। अभी वह आधे ही रास्ते में थे कि उनके कान गर्म हो उठे। सारे बदन का ख़ून चेहरे पर जमा हो गया और दिमाग़ की नसें चटखने लगीं।

"यू आर इस्टिल हियर?" फुसफुसाती बुढ़िया सामान से भरे दोनों थैले हाथों में उठाए आगे बढ़ गई।

'अभी संतोष होती और जो उसको बताता तो वह फ़ौरन कहती, तेरा वहम है।

यही जवाब अशोक और रघुवीर देते हैं कि हमें तो कोई नहीं मिलती बुढ़िया…।'

'चलता हूँ परवीन सिंह के घर, आज उसे बताता हूँ, फिर देखता हूँ, वह क्या कहता है।' सोचते हुए भूरेलाल साउथ एण्ड की तरफ़ मुड़े। शनिवार है। ख़ूब जमकर छुट्टी मनाई जा रही है। शराब की बोतलें टूट रही हैं। बियर कैन बिखर रहे हैं। सबसे बचते-बचाते वह सीढ़ी पर चढ़ने लगे। घंटी बजाई। अंदर कुछ खटर-पटर हुई, फिर दरवाज़ा खुला।

"ओ भूरेलाल, अपना यार, आओ जी आओ…आज इधर कैसे भूल पड़े?" कहते हुए परवीन सिंह ने बाज़ू पकड़कर भूरेलाल को अंदर खींचा और कंधे पर हाथ मार, उसे लिपटाते हुए अंदर लाया। परवीन की घरवाली रोटी सेंक रही थी और बच्चे लाइन से बैठे खाना खा रहे थे।

"यह पहले काट दे।" कहते हुए परवीन ने पलंग के नीचे फैली प्याज़ों में से दो प्याज़ उठाकर घरवाली की तरफ़ उछालीं।

"आओ, मेरे यार! हो जाए कुछ दिल की बात। यह तो आजकल बोतल में हाथ लगाने नहीं देती है। तुम्हीं सोचो, हमारा यहाँ क्या है? यह वर्दी ब्रिटिश सरकार की है, उन्हीं की बस का मैं ड्राइवर ठहरा और हर महीने जो तनख़्वाह मिलती है वह भी पाउंड में। साले उन्हीं का रुपया और अब उन्हीं की बनाई शराब पीने में हरज कैसा? जो है वह सब ब्रिटिश सरकार का है, यह बात तेरी भाभी की समझ में नहीं आती है।" गिलास भरते हुए परवीन बोला।

टी॰वी॰ पर एकाएक कुत्ते-बिल्ली के खाने का इश्तहार आने लगा है। उनके लिए बाज़ार में आए नए कुरकुरे बिस्कुट का आजकल बहुत शोर है। बार-बार 'किटि कैट' सुनकर जश्न मनाते भूरेलाल इस वक़्त मुस्कराना भूल गए और ग़म की एक बदली उनके दिल पर छा गई। उनके मोहल्ले में उनका असली नाम कोई नहीं जानता है। सब उन्हें ब्राउनी यानी ब्लैक और व्हाइट के बीच में एक नई पहचान जो हिंदुस्तानी की है, बल्कि कहना चाहिए एशियाई है, उसी से जानते हैं। इस रंग के अलावा भी इनसे हमारा क्या संबंध बना रह जाता है? परवीन ठीक कहता है, सबकुछ इनका है। पिछले दो सौ साल से यहाँ रहने के बाद भी आज हमारा कुछ नहीं है। सबकुछ इनका है। बंधुआ मज़दूर आख़िर आज भी बँधुआ मज़दूर ही रहा…। भूरेलाल उदासी के कुएँ में झाँकने लगे।

"क्या सोच रहे हो भाई साहब?" कहते हुए परवीन ने शराब का बड़ा-सा घूँट भरा।

"अब यहाँ अच्छा नहीं लगता परवीन! कभी-कभी लौटने की बात मन में उठने लगती है।" भूरेलाल ने प्याज़ का छल्ला मुँह में डाला और धीरे-धीरे उसको दाँतों से चबाया।

"लौटना? कहाँ?" परवीन को झटका लगा।

"अपने देश, अपने गाँव···" भूरेलाल ने काँपती आवाज़ से कहा।

"वहाँ अब तुम्हारे लिए क्या है? जो रह रहे हैं वही नरक भोग रहे हैं। बेकारी, महँगाई, असुरक्षा···। यहाँ भी वह सब है, मगर कुछ है जिसके भरोसे हम टिके हुए हैं। कुछ है ज़रूर जो वहाँ नहीं है···कुछ···।"

"कुछ? मगर क्या?" भूरेलाल ने बेचैनी से आँखें ज़रूर फड़काईं, जैसे बात को उड़कर समझना चाह रहे हों।

"पता नहीं।" परवीन पर उदासी छा रही थी।

"फिर भी?" भूरेलाल ने टहोका दिया।

"फिर भी क्या? पता होता तो मैं खुद से बार-बार क्यों पूछता?" परवीन ने बेबसी से कहा।

दोनों दोस्त ख़ामोशी से पीते रहे। जो जाम ख़ुशी से उठा था, अब आँसुओं का प्याला बन गया था। बच्चे एक-एक करके खाना खाकर जाने लगे। परवीन की घरवाली ने दो प्लेटें सजाकर इन्हें भी आवाज़ दी और फिर गर्म रोटी में घी लगाने लगी।

'यूरेशियन शॉप' में मेला लगा है। 'हलाल मीट' के अलावा यहाँ दूसरे आकर्षण भी हैं। हरी साग-सब्ज़ियाँ, बाजरे और मक्के का आटा, सो सारे विदेशी खाने का सामान लेने यहाँ पंक्तिबद्ध खड़े रहते हैं।

"हाँ, लाल साहब, आपको क्या चाहिए?" पाकिस्तानी दुकानदार ने भूरेलाल की तरफ़ देखते हुए कहा!

"किटि कैट प्लीज़!" एक जवान लड़की कुत्ते की ज़ंजीर पकड़े ठीक भूरेलाल के सामने आन खड़ी हुई। उसके सुनहरे गुच्छेदार बाल सीने पर झूल रहे थे। भूरेलाल के माथे पर पसीना छलका। कान की लवें गर्म हो गईं।

"इनके मतलब की तो बस यही एक-दो चीज़ें हैं इस दुकान में, बाक़ी तो हम आपकी ख़िदमत में रहते हैं हुज़ूर!" हाशिम ने भूरेलाल की सूची के अनुसार सामान थैले में भरते हुए कहा।

"हाँ।" भारी आवाज़ से भूरेलाल ने गर्दन हिलाई और दुकान से बाहर निकल आए।

उनके निकलते ही हँसते और चुइंगम चबाते अरब लड़के दुकान में घुसे। तेज़ सेंट की महक से दुकान भर उठी।

'सब मस्त हैं। सब ख़ुश हैं। मुझे ही कुछ होता जा रहा है। मैं शायद चीज़ों को कुछ ज़्यादा ही पढ़ने लगा हूँ, वरना तो यहाँ सब ब्राउनी हैं। चाहे वह इज़िप्ट का डॉक्टर हो या यह पेट्रोडॉलर में नहाते अरब लड़के या फिर हाशिम, जो पाकिस्तानी होकर बिज़नेस कर रहा है या फिर ख़ुशीजान कश्मीरी, जिसने यहाँ होटल खोल रखा है और स्कॉटिश औरत से ब्याह रचा लिया है। उसके होटल को सब कश्मीरी होटल कहते

हैं, न कि ब्राउनी होटल। फिर मैं अपनी पहचान की इस सुई पर क्यों अटक गया हूँ? कहते हैं तो कहते रहें।' अपने को दिलासा देते थैला उठाए वह फुटपाथ पर भारी क़दमों से चलते रहे।

जाड़ा आया और गुज़र गया। भूरेलाल ओवरकोट, मफ़लर, हैट और फुल बूट में नज़र आने लगे। मौसम ने उनकी छवि ऐसी बदली कि गली के शरीर लड़के उन्हें चिढ़ाना तो दूर पहचानना भूल गए थे। नाक और मुँह से भाप के बादल उड़ाते भूरेलाल के कान पूरे रास्ते उस वाक्य के इंतज़ार में खड़े रहते जब तक कि वह गली पार करके बस स्टैंड पर चढ़ न जाते, 'मिस्टर ब्राउनी, यू वांट, किटि कैट?'

रिवारी से संतोष लौट आई थी। इसलिए नहीं कि उसको भूरेलाल की याद बहुत सताई थी, बल्कि इसलिए लौटी थी कि उसके छठा महीना लग चुका था और स्कॉटलैंड में होनेवाली औलाद को अपने-आप ब्रिटिश पासपोर्ट मिल जाएगा। एक शाम गुस्से में भरी संतोष यह बात कह गई थी कि यदि उस पर दोनों तरफ़ से ज़ोर न डाला जाता और ज़बर्दस्ती हवाई जहाज़ पर न बिठाया जाता तो वह फिरंगियों की इस धरती पर कभी न लौटती, जहाँ एक तरफ़ लाज-शर्म की कमी है तो दूसरी तरफ़ हरदम दब-दबकर, डर-डरकर जीना पड़ता है। न किसी से अपनी भाषा में बोल सको, न अपनी तरह उठ-बैठ सको।

भूरेलाल जब तक लंदन के साउथ हॉल में थे, खुश थे, मगर जब से एडिनबरा आए हैं तब से अपने को अकेला महसूस करते हैं। यहाँ न कोई मोहल्ला है अपना, न कोई समाज, सारे इंडियन दूर-दूर अपनी सुविधा के अनुसार मकान लेकर रहते हैं। मिलना या तो इंडियन एसोसियेशन के किसी जलसे में होता है या फिर किसी 'इंडियन मूवी शो' में। सब व्यस्त हैं। इससे अच्छा तो ग्लासगो शहर है। टूटे-बिखरे भूरेलाल गुस्से से भुनभुनाते सोचने लगे।

'अगर मैं लौट जाता हूँ तो वहाँ करूँगा भी क्या? नौकरी मिलेगी नहीं। मिली तो यहाँ की कमाई का चौथा हिस्सा हाथ लगेगा। खेती होने से रही और बिज़नेस जमाने का न शौक़ है और न इतनी पूँजी है, तो फिर वह क्या करें? किधर जाएँ? बाहर निकलो तो दुख। घर में रहो तो दुख। सारी औरतें क्या संतोष की तरह होती हैं? नासमझ, कर्कशा?' सोचते हुए वह उठे और घर से बाहर चल दिए।

अभी भूरेलाल ने गली आधी ही पार की थी कि लड़कों की खिलखिलाहट के साथ उनको वही जुमला सुनाई पड़ा, "मिस्टर ब्राउनी! यू वांट किटि कैट?" हमेशा मुस्कराकर टाल जानेवाले भूरेलाल आज तैश में आ गए और गुर्राहट-भरी आवाज़ से दहाड़े, "शटअप!"

पीली रोशनी में डूबी ख़ामोश गली 'शटअप' से गूँज उठी। पास से गुज़रते हुए दो अधेड़ व्यक्तियों ने मुड़कर भूरेलाल को देखा और एक ने हँसकर कहा, "हीज़ क्रेज़ी।"

जाड़ा गुज़र गया था। बर्फ़ पिघल गई थी। भूरेलाल एक अदद लड़के के पिता बन गए थे। संतोष घर लौटने को व्याकुल थी। भूरेलाल अब किसी क़ीमत पर संतोष की दूरी सहन नहीं कर सकते थे, क्योंकि उसकी गोद में उनका अपने दिल का टुकड़ा मौजूद था। उनकी सोच बदलने लगी थी और अब वह चाहते थे कि अगला और अगले से अगला बच्चा यहीं हो और संतोष बाक़ी औरतों की तरह उनके इस घर को अपना घर और स्कॉटलैंड को अपना देश समझ ले। जब हम यहाँ के नागरिक ठहरे तो फिर दिल लगना या न लगना कैसा? ब्याह के समय उनका स्वयं कौन-सा दिल हिंदुस्तान में लगा था। हर चीज़ बिखरी, उबली, फैली-सी लगी थी। न कोई क़ानून, न कोई सुरक्षा। व्यवस्था के नाम पर रिश्वत। उन्हें लंदन बहुत याद आया था। वे छुट्टी रहने पर भी सप्ताह-भर पहले लौट गए थे।

"मुझे यहाँ नहीं रहना है।" एक दिन संतोष ने पति को पुत्र-प्रेम में डूबा देखकर फिर वही अपना पुराना राग अलापा।

"क्यों नहीं रहना है?" भूरेलाल की भवें तनीं।

"वह अपना देश है। अपनी मातृभूमि। अपने सगे-संबंधी हैं वहाँ। यहाँ बैठकर पराये देश में हमें क्या करना है?" संतोष बोतल में दूध उड़ेलते हुए बोली।

"वहाँ कुछ होता तो क्या मैं सारे दुख झेलकर यहाँ आता?" भूरेलाल ने जवाब दिया। उन्हें सगे-संबंधियों का व्यवहार, बेकारी, ग़रीबी, बेचारगी याद आने लगी। "यहाँ के धन से ही तो खेत छूटे, गिरवी गहने घर वापस आए। बहन की डोली उठी और पिता का इलाज हुआ और अब···मैं फिर वहाँ लौट जाऊँ? उसी दुख में डूबने के लिए, जिससे मैं भागकर यहाँ आया था?" भूरेलाल बेचैन हो उठे।

"मैं यहाँ रुकनेवाली नहीं हूँ। भाई को लिख चुकी हूँ। इससे पहले कि यह हमें निकालें हमको इज़्ज़त से अपने देश लौट जाना चाहिए।" संतोष ने उसी स्वर में कहा।

भूरेलाल का दिमाग़ गर्म हो उठा। यह आराम छोड़कर उस नरक में जाने की सोच रही है, जहाँ भाई-भाई की जान का दुश्मन हो रहा है। जहाँ रोटी के चलते इंसान इंसान का गला काट देता है। मातृभूमि का प्रेम क्या मेरे दिल में नहीं है? क्या मैं लौटना नहीं चाहता? मगर सुबह-शाम यही एक रट तो नहीं लगाता। घर बैठकर रोटी तोड़नेवाले और रोटी कमानेवाले में यही फ़र्क़ है। यह आज इसको समझाए देता हूँ।

भूरेलाल का उठा हाथ अभी संतोष के गाल पर पड़ता इससे पहले ही नर्स खुले दरवाज़े को खटखटाते हुए कमरे में दाख़िल हुई।

"क्रुएल!" घृणापूर्ण आश्चर्य से कहती हुई नर्स उलटे क़दम वापस लौट गई।

भूरेलाल अकबकाकर अपने उठे हाथ की तरफ़ देखने लगे। संतोष की आँखों में रुके आँसू एकाएक गाल पर बह निकले। पराई औरत ने उसके घर का वह चेहरा देख लिया था जो इससे पहले कभी स्वयं उसने नहीं देखा था। कैसा तिरस्कार था उसकी नज़रों में उसके पति के लिए। यह सब कैसे घट गया?

भूरेलाल मन-ही-मन अपने को कोस रहे थे कि उनका हाथ उठा कैसे, जबकि

वह चाय-बिस्कुट के इंतज़ाम के लिए ही यहाँ बैठे थे कि जब तक नर्स उनका बेटा देखेगी तब तक वह इंडियन टी बनाकर उसको पिलाएँगे ताकि वह हिंदुस्तानी मेहमानदारी से प्रभावित होकर जाए। बेटे के चलते पहली बार कोई अंग्रेज़ औरत, वह भी संतोष की भाषा में अंग्रेज़ मेम, आ रही थी, फिर···?

क्रुएल···क्रुएल की प्रतिध्वनियाँ बेसमेंट के उस इकलौते घरनुमा कमरे में गूँजने लगीं। भूरेलाल के लिए साँस लेना मुश्किल हो गया था।

एक तरफ़ स्कॉटिश नेता ग्रेट ब्रिटेन से स्कॉटलैंड को अलग करने का नारा दे रहे थे, दूसरी तरफ़ ग्रेट ब्रिटेन सिर्फ़ अंग्रेज़ों का है, यह भावना अंग्रेज़ नेताओं द्वारा पनप रही थी जिसके चलते ब्रिटिश पासपोर्ट होल्डरों की मुसीबत आ गई थी। बर्मिंघम, डरहम, मानचेस्टर इत्यादि में विदेशियों का रहना मुश्किल हो गया था। उस वक़्त भूरेलाल साउथ हॉल में थे। वहाँ जो हंगामे हुए उससे घबराकर वह स्कॉटलैंड की तरफ़ भागे थे। मन ऐसा डरा-डरा रहता कि रात को नींद भी मुश्किल से आती। पुराने दोस्त परवीन सिंह ने काफ़ी सहारा दिया था। नौकरी भी उसी की कोशिश से मिली थी। अंग्रेज़ों की तरह स्कॉटिश उन्हें नकचढ़े नहीं लगे थे, तो भी साउथ हॉल का अपना माहौल उन्हें एडिनबरा में बहुत याद आता। उस तूफ़ान को गुज़रे सात-आठ वर्ष हो गए हैं मगर आज भी वह दहशत उनको ख़ौफ़जदा बना देती है और सड़क पर चलते हुए डर लगने लगता है।

भूरेलाल सारी रात माईन में बेचैन रहे कि वह कौन हैं? यह दुनिया क्या है? यह सब क्या घट रहा है? कल क्या होनेवाला है? क्या यह संसार में सिर्फ़ सत्ता के संतुलन का प्रश्न है? कल के छोटे-छोटे गुलाम देश अब सर उठा रहे हैं। वे गुलामी की ज़ंजीरें तोड़ना चाह रहे हैं और उनके इसी संघर्ष के चलते महान् शक्तियाँ एक आंतरिक पीड़ा से तड़प रही हैं। इस संघर्ष में वे किसकी तरफ़ हैं? महान् शक्तियों की तरफ़ या बग़ावत पर आमादा इंसानी ताक़तों की तरफ़?

घर लौटते हुए भूरेलाल पूरी तरह टूटे हुए थे इस ख़याल से कि वह एक मामूली आदमी हैं, जिसका कोई महत्त्व नहीं है, चाहे वह किसी भी तरफ़ रहे। उसे तो सिर्फ़ पेट समझा जाता है। इंटर पास आदमी कर भी क्या सकता है? सिवाय रोटी कमाने और ज़िंदगी चलाने के?

"गुड मॉर्निंग, मिस्टर ब्राउनी! हाऊ आर यू···?" गली में घुसते ही उनका स्वागत हुआ। बिजली के खंभे से टिका एक जवान होता लड़का खड़ा था। आज उसने 'किटि कैट' खाने को नहीं पूछा बल्कि पास से जब भूरेलाल गुज़रे तो उसने फुसफुसाकर कहा, "मिस्टर ब्राउनी, डू यू हैव त्रा पेंस?" भूरेलाल का आगे बढ़ा क़दम सुस्त पड़ा और पीछे

से तीन पेंस माँगने का अनुरोध-भरा स्वर फिर उभरा, "मिस्टर ब्राउनी! डू यू हैव त्रा पेंस प्लीज़?"

भूरेलाल ने जेब में हाथ डाला और एक शिलिंग का सिक्का निकालकर लड़के के हाथ पर रखा।

"थैंक्स मिस्टर ब्राउनी, मैनी थैंक्स!" लड़का चहका और भूरेलाल मुस्कराकर आगे बढ़ गए। उनके झुके कंधे सीधे हुए और पहली बार उन्होंने सर उठाकर गली को पार किया और बड़े विश्वास से घर में दाख़िल हुए।

इधर चंद महीनों में भूरेलाल की जेब एक-एक शिलिंग के हिसाब से रोज़ ख़ाली होने लगी थी, मगर उनके दिल में एक अहसास भी जाग रहा था कि यह लड़के इतने बुरे नहीं हैं। बेचारे महँगाई, बेकारी से स्वयं परेशान हैं। क्या करें? आख़िर मेरी तरह यह भी तो मज़दूर वर्ग से हैं। फ़र्क़ सिर्फ़ इतना है कि यह गोरे लेबरल हैं और मैं भूरा मज़दूर हूँ। मगर फ़ौरन दूसरा विचार उन्हें दबोचने लगता कि जिस देश का सूरज कभी डूबा न हो, आज वहाँ के जवानों को अपने पुराने, गुलाम के आगे हाथ फैलाने की ज़रूरत पड़ गई?

ऊपर से भूरेलाल बहुत मगन रहने लगे थे। उनके मन की गिरह धीरे-धीरे खुलने लगी थी। इधर ड्यूटी जाने से पहले वह बेटे और संतोष को लेकर शाम को मैलविल टैरेस के पासवाले पार्क में जाते। या मैडोज़ में बल खाई पतली सड़क पर फूलों से भरे वृक्षों की छाया में दूर तक टहलने निकल जाते। घास पर लोटते जोड़ों को देखकर संतोष मुँह फेर लेती और भूरेलाल देश लौटने और न लौटने के ऊहापोह में डूबे अपने को धकेलते पैदल चलते जाते थे।

घर लौटते हुए कभी-कभी उनको पब से निकलते शराबी मिल जाते और उनके बेटे के काले बाल देखकर बार-बार गार्ज़स बीटिज की रट लगाते हुए 'हाफ़ कराउन' थमा देते थे। मोहल्ले के छोटे बच्चे भी काले बालों को देखकर खुश होते। कोई जोश में आकर गोद में भी उठा लेता था और प्यार में 'लिटिल डैविल' कहता। एक बच्चे ने इंगलिस्तान की धरती पर पैदा होकर उनके और यहाँ के लोगों के बीच पुल का काम किया था। उनका रिश्ता यहाँ के माहौल से बन रहा था। मिस्टर ब्राउनी जैसे उनका असली नाम समझा जाने लगा था। संतोष ने भी उस दिन से अपने हथियार अनमने ढंग से डाल दिए थे, जब से दिल्ली में होते हंगामे ने उसको अंदर से हिला दिया था। दिल्ली के बाद हत्याओं का घेरा शहर-दर-शहर फैल गया था। औरत का परिवार अंत में पति और बच्चों तक सिमट जाता है। वही हाल बेटे के जन्म के बाद संतोष का हुआ। घरवालों के लिए चिंतित होकर भी उसने भिवानी लौटने की ज़िद लगभग छोड़ दी थी। अब वह चीज़ें ख़रीदने और गृहस्थी सँजोने में लग गई थी।

समय तेज़ी से गुज़र रहा था। मोहल्ले के जवान होते लड़के अब पूरी तरह जवान होकर कामधंधे में लग गए थे। गली में भूरेलाल का स्वागत करने और त्रा पेंस माँगनेवाली आवाज़ें लगभग समाप्त हो गई थीं। वह कब आते हैं और कब जाते हैं, उन्हें किसी तरह की मदद की ज़रूरत है या नहीं, या फिर वह यहाँ रहते भी हैं या नहीं, इस बात की परवाह न पड़ोसियों को थी और न यह बात मोहल्लेवालों के लिए कोई महत्त्व रखती थी। चूँकि वह यहाँ की सफ़ेद मिट्टी से नहीं बने थे, इसलिए वह किसी के मामा, चाचा, बेटे, मुँहबोले भाई ही सही, नहीं बन पाए थे। भूरेलाल अपनी सीमा पहचानते थे कि इन सफ़ेद चमड़ीवालों के साथ कोई मानवीय रिश्ता नहीं जी सकते हैं तो भी गली में दाख़िल होते ही 'हलो, मिस्टर ब्राउनी, यू वांट किटि कैट?' की कमी बुरी तरह खलती थी।

भूरेलाल को पूरे दिन, कभी-कभी तो कई दिन माईन में बिना किसी से बात करे गुज़र जाता। यस, नो, थैंक्यू के अलावा वहाँ बात करने का कोई आधार उनके पास नहीं था। उनके लिए संबोधन का यह सम्मानजनक अभिनंदन न सही तो भी संवाद का एक सेतु तो था। यही सब सोचते हुए भूरेलाल घर में दाख़िल हुए। मुन्ना सो रहा था। संतोष का चेहरा थका और उदास था। बर्तन धोते हुए उसने सर उठाकर आँखों-ही-आँखों में पूछा, "आ गए?"

"बाज़ार से कुछ लाना तो नहीं है?" जूते उतारने से पहले भूरेलाल ने पूछा।

"नहीं।" पपड़ी पड़े होंठों के बीच एक नन्ही आवाज़ निकली।

जूते उतारते, कपड़े बदलते हुए भूरेलाल सोच रहे थे कि संतोष भी घर में अकेले रहते-रहते कम बोलने की आदी होती जा रही है। हम दोनों के बीच बात करने को जैसे कुछ बचा ही नहीं है। जो विषय हैं उन पर इतनी बातें हो चुकी हैं कि अब उसमें कोई नयापन नहीं रह गया है। गृहस्थी के झंझट, मान-मनुहार, शिकवा-शिकायत कुछ भी नहीं बचा है। कम-से-कम पहले संतोष झगड़ती तो थी, मगर अब एक सुख-संतोष से भरा सन्नाटा घर में गहराता जा रहा है। अपने चारों तरफ़ फैली ख़ामोशी से भूरेलाल का दिल घबराने लगा था।

इधर लड़की के जन्म के बाद भूरेलाल गम्भीरता से एडिनबरा छोड़ने की बात सोचने लगे। जमा रुपयों का हिसाब और लौटने के बाद भारत में व्यापार शुरू करने का जुगाड़—इसी उधेड़बुन में वह रात-दिन डूबे रहते। उधर संतोष दोनों बच्चों में व्यस्त जीवन जीने की अभ्यस्त होती जा रही थी। उसको इस बात में ज़रा भी रुचि नहीं रह गई थी कि उसके आसपास क्या घट रहा है और जिस धरती पर वह अपनी गृहस्थी की बुनियाद डाल चुकी है वहाँ से उसको निकाल देने के लिए ब्रिटिश सरकार एड़ी-चोटी का ज़ोर लगाए हुए है।

जब-जब तनाव बढ़ता, भूरेलाल का ब्लडप्रेशर भी साथ-साथ बढ़ता। इस जगह

को छोड़ना जितना वह आसान समझ रहे थे, छोड़ने का इरादा करने के बाद व्यावहारिक रूप से सामान बाँधना उन्हें बहुत मुश्किल नज़र आ रहा था। तो भी वह न जाने का फ़ैसला भी नहीं कर पा रहे थे, क्योंकि हर रोज़ छाती सियासी काली घटाएँ उन्हें बेचैन कर देतीं कि बारिश से पहले वह एक ऐसा ठिकाना ढूँढ़ लें, जहाँ वह भीगने से बच सकें। इस दुविधा में पड़े भूरेलाल अब पहलेवाले मस्त भूरेलाल नहीं रह गए थे। अब वह एक अदद लड़की के बाप बन गए थे।

संतोष के भाई के पत्र इधर लगातार मिल रहे थे जिनमें उन दोनों के भाग्यवान होने की बात के साथ यह लिखना वह नहीं भूलता था कि गाँव में ज़िंदगी दिन-ब-दिन कठिन होती जा रही है। मौत का ख़ौफ़ हर रात डरावने सपने देखते हुए गुज़र जाता है। ऊपर से महँगाई, बेकारी और···पत्र पढ़कर हर बार भूरेलाल उदास मुस्कान के साथ सोचते : 'दूर के ढोल सुहावने लगते हैं। यहाँ आकर रहें तो पता चले कि हम क्या झेल रहे हैं। कम-से-कम वह ग़रीबी व बेकारी के बाद किसी से हँस-बोल तो सकते हैं, दोस्ती और दुश्मनी कर सकते हैं, मगर हम यहाँ सिर्फ़···।'

संतोष घर से आए ख़त को बार-बार पढ़ती। कभी छुपकर रोती, कभी चुप उदास नज़र आती। फिर दो-तीन दिन के बाद बहुत दार्शनिक अंदाज़ से कहती, "तुम जो भी कहो मगर यहाँ रहने से वहाँ हमारा रोब तो उन पर जमा है। फिर यह रहन-सहन, यह सुख-सुविधा वहाँ कहाँ मिलती? चीज़ें ऐसी ख़ालिस कि बिना खाए ही वज़न कहाँ-से-कहाँ पहुँच रहा है। वहाँ मिलावट होगी। बच्चे दूध-दही के लिए तरस जाएँगे। गालों की लाली ख़त्म हो जाएगी। मुझे तो अब वहाँ लौटकर जाने के विचार से ही भय महसूस होता है।" इतना कहकर वह बड़ी मीठी इत्मीनान से भरी हँसी हँसती, जैसे वह किसी बड़ी मुसीबत में फँसने से साफ़ बच गई है।

कुछ दिनों से भूरेलाल ने मिलना-मिलाना बहुत कम कर दिया है। जिधर जाओ वही सियासत की बात करता है। अब अपने निजी दुख-सुख की चर्चा की जगह वह पूछता है कि अख़बार पढ़ा? फलाँ नेता आज फलाँ देश गया है। उनके हँसने-मुस्कराने में अर्थ तलाश करते हुए हमने अपनी छोटी-छोटी ख़ुशियों का गला घोंटना शुरू कर दिया है। आख़िर ग़लती किसकी है? हमारी या उनकी या इस व्यवस्था की जो मानवीय दृष्टिकोण से ख़ाली होती जा रही है?

"यू आर इस्टिल हियर?" बुढ़िया थैला उठाए उनके पास से गुज़र गई।

"यस! आई एम इस्टिल हियर?" भूरेलाल ने चौंककर जैसे अपने से सवाल किया।

भूरेलाल जब घर पहुँचे तो संतोष को रोते पाया। पास रखा ख़त उठाकर पढ़ने लगे। अपनों ने अपनों की हत्या का बीड़ा उठा रखा है। उन्होंने संतोष के भाई के सारे कुटुंब को भूनकर रख दिया है। जबकि दोनों एक-दूसरे के लिए अनजान थे। भूरेलाल सर से पैर तक पसीने से डूब गए।

कहाँ जाएँ वह भागकर? मौसम तो संसार के हर शहर का ख़राब हो रहा है। वह तो न अब घर के रहे न घाट के। किधर जाएँ···कहाँ पनाह लें···? सियासी घटाओं के काले बादल तो हर देश पर लहरा रहे हैं। भूरेलाल ने संतोष के कंधे पर हाथ रखा।

संतोष को धीरज बँधाकर गर्म दूध पिलाकर बिस्तर पर लिटाकर भूरेलाल बेटे के साथ बाहर निकले ताकि छोटी-मोटी ख़रीदारी कर लाएँ। इस बीच शायद बेहाल संतोष को नींद आ जाए।

"हलो मिस्टर ब्राउनी, हाउ आर यू?" एक जवान अंग्रेज़ मर्द ने उन्हें देखकर दूसरी तरफ़ से हाँक लगाई। भूरेलाल ने चौंककर देखा, सामने त्रा पेंस माँगनेवाला लड़का सूट पहने खड़ा था। छुट्टियों में घर आया लगता है, सोचकर भूरेलाल आगे बढ़े। वह जवान भी इनकी तरफ़ आया। भूरेलाल का मन उसे लिपटाने को चाहा, जैसे उनका कोई अपना जवान हो गया हो। बढ़ा हाथ कंधे तक जाकर रुक गया। उनके प्यार से भरे स्पर्श का अँग्रेज़ नौजवान ने हाथ मिलाकर बड़े जोश से जवाब दिया और बेटे का गाल थपथपाते हुए कहा, "मास्टर ब्राउनी। स्पेशली फॉर यू डार्लिंग!"

जेब से चॉकलेट निकालकर बेटे के हाथ में दी और बोला, "सो, हाऊ इज़ द लाइफ़ मिस्टर ब्राउनी?"

"नॉट बैड!" अरसे बाद भूरेलाल गुनगुनाए। तंग ख़ामोश गली उदासी झाड़कर उन्हें हँसती महसूस हुई।

"दैट सिट! ओ॰के॰ मिस्टर ब्राउनी!" वह जवान हँसता हुआ आगे बढ़ गया।

बहार की सुबह धूप खिली थी और तंग गली में बच्चे प्लास्टिक फुटबॉल खेलने में मस्त थे। एकाएक उनके कानों में एक आवाज़ टकराई :

"मास्टर ब्राउनी···कैच···कैच!"

भूरेलाल चौंके, फिर उनके कान लाल हुए। लगा, चेहरे पर गर्म ख़ून दौड़ रहा है। त्रा पेंस माँगनेवाला लड़का जाते-जाते संवाद का एक बीज बो गया है, तभी यह लड़के···भूरेलाल ने सोचा, लंबी साँस खींची और सोचने लगे कि अब यहाँ से जाना कहाँ? फ़िलहाल यही हमारा घर है और यही पहचान हमारा रिश्ता, फिर उससे भागना क्या? वैसे भी मौसम तो हर देश का बदल रहा है। बारिश कहीं भी किसी समय किसी नाम से हो सकती है, फिर···अभी इतना ही सोच पाए थे कि गली में आवाज़ गूँजी :

"मास्टर ब्राउनी···मास्टर ब्राउनी···कैच···कैच!"

लाल फुटबॉल नीले आसमान की तरफ़ उचका और कारों की क़तारों के बीच खड़े दो नन्हे हाथों के बीच आकर अटक गया।

अपनी कोख

जब घर के दरवाज़े से दूल्हा-दुल्हन को लेकर फूल सजी कार बाहर निकली तो रोती हुई माँ के आँसू एकाएक थम गए। मन में उल्लास की एक लहर-सी उठी कि सबकुछ कायदे से निपट गया। पिता ने गहरी साँस भरी और चश्मे के शीशे को रूमाल से साफ़ किया। पास खड़ी बुआ ने मुँह पर छलक आया पसीना और बहते आँसुओं को साड़ी के पल्लू से पोंछा और धीरे से मन-ही-मन कहा, 'आगे-की-आगे देखी जाएगी।'

साधना ने पिछले पन्द्रह दिनों से घर में तूफान मचा रखा था। सबको डर था कि वह मेहँदी भी लगवाएगी या नहीं। घूँघट काढ़ना, नथ पहनना तो दूर की बात थी, मगर माँझे के दिन से रीढ़ की हड्डी जैसे टूट गई थी साधना की। जींस उसने उतार फेंकी और पीली सलवार-जम्पर पहन, सर पर पीली चुन्नी का पल्लू डाल लिया। हर काम चुपचाप सर झुकाकर कर रही थी। जैसे अपने आप से समझौता कर लिया हो कि अब शादी का विरोध करना बेकार है। लड़की पैदा हुई है, तो ब्याही तो जाएगी। चाहे उसके अरमान आगे पढ़ने के हों, नौकरी करने के हों या फिर अकेले जीने के हों।

ससुराल पहुँच साधना यंत्रचालित-सी हर रस्म को निभाती चली गई। उसका उत्साह जैसे मर गया था। चेहरे पर फीकी मुस्कान के साथ वह सबका स्वागत कर, सर झुका, पैर पूजकर नाश्ता-पानी लेने चली जाती थी। उसकी यह अदा ससुरालवालों की नज़र में उसके सीधेपन की निशानी थी। चर्चा चारों तरफ़ फैल गई थी कि बहू पढ़ी-लिखी है, मगर संस्कारवाली है। अपनी प्रशंसा सुनकर साधना को ऐसा लग रहा था जैसे कोई उसके जलते ज़ख़्म पर नमक छिड़क रहा हो। उसको क़ैदी बनाने की जो यह साज़िश चल रही थी इसका अहसास उसको शिद्दत से हो रहा था। उसने मन-ही-मन ठान लिया कि कूटनीति की ऐसी चाल चलेगी कि उसकी पढ़ाई ससुराल में भी जारी रह सके। अपनी इसी उधेड़बुन में पड़ी वह ख़ामोश और विनम्र बनी रही ताकि सबके तेवर समझ ले।

ससुराल से घर लौटी तो उसने मुँह फुला रखा था। माँ, बुआ, मौसी और पिता को यही दिखाया जैसे उसका गुस्सा अभी शांत नहीं हुआ है। माँ ने उसकी ठोढ़ी उठाकर उसके माथे का चुंबन ले कहा, "नज़र न लगे, कैसा नमक उतरा है चेहरे पर, मेरी दुलारी इकलौती पर।"

"हाँ। पूरी गुजरिया-सी लग रही है।" बुआ हँसी।

"मैं पिघलनेवाली नहीं हूँ···यह सब कहकर मेरे डंक मत तोड़िए।" साधना रूठे स्वर में बोली।

"मेरी मधुमक्खी, यह आक्रोश किसलिए? पति अच्छा मिला, घर खाता-पीता। अब और क्या चाहिए?" मासी माँ ठट्ठा मारकर हँस पड़ी।

"मुझे एम॰ ए॰ फाइनल में टॉप करना था, टॉप···।" साधना ने आँखें तरेरकर कहा।

"तो अब कर लेना।" बुआ ने राह सुझाई।

"वह तो मैं करूँगी।" रूठी साधना कुछ सोचकर एकाएक मुस्करा पड़ी। बुआ ने उसके चेहरे की बलाएँ ले उसको छाती से चिपकाया।

"अब यह तुनकमिज़ाजी छोड़ दे बेटी। पिता और पति के घर में बहुत फ़र्क़ होता है।" माँ ने उदास स्वर में कहा।

"ठीक है माँ···।" साधना ने बात ख़त्म करने की गर्ज़ से कहा और उठकर कमरे की तरफ़ बढ़ी, जहाँ अटैची रखी हुई थी। गुनगुनाती हुई वह कपड़े निकालने लगी। उसको पूरा यक़ीन था कि उसकी पढ़ाई जारी रहेगी। ससुरालवाले उसकी मुट्ठी में हैं, उसकी इच्छा की क़दर ज़रूर करेंगे।

साधना आई॰पी॰एस॰ अफ़सर बनना चाहती थी। पुलिस की नौकरी उसका बचपन का सपना था। डंडा घुमाना, सीटी बजाकर चलते को रोकना, चालान काटना, थाने में मुजरिम की पिटाई, हवालात में उन्हें बंद करना, भ्रष्टाचार का भाँडा फोड़ना, अत्याचारियों को पकड़ना, हत्यारों का पीछा करते गोली खाना और फिर एक दिन जनता की सेवा करते मर जाना। इतनी रूमानियत थी इस नौकरी में कि उसका दिल जल्द-से-जल्द वर्दी पहनने को चाहता था। थोड़ी बड़ी हुई तो भ्रम टूटा कि पुलिस स्वयं भी शरीक है हर कांड में। यह जानकर उसका सपना तो नहीं टूटा परंतु उसने प्रण किया कि वह ऐसी भ्रष्ट पुलिस नहीं बनेगी। वह हर शहर का नक़्शा बदलकर रख देगी। कुछ वर्षों बाद जब उसे कुछ और ख़बरें पढ़ने को मिलीं तो उसका ख़ून उबलने लगा कि वह एक दिन इन सारे बलात्कारियों को पकड़वाकर रहेगी, मगर उसका यह सपना उस समय चूर-चूर हो गया, जब संदीप के घरवालों ने उसे बुआ की लड़की के विवाह में देख पसंद कर लिया। वह लाख सर पटकती रही मगर उसकी किसी ने नहीं सुनी। सब यही कहते रहे कि लड़का सुंदर है। बड़ी तनख़्वाहवाला है, घर में सब ठीक हैं, फिर एक परीक्षा के चलते शादी टाली क्यों जाए?

शादी के बाद साधना को किताबी दुनिया से निकलना पड़ा। घर-गृहस्थी, व्यवहार, सदाचार, सत्कार सभी कुछ निभाने में चौबीस घंटे सुबह से रात तक इस तरह चुक जाते कि वह किताब तो दूर, अख़बार भी खोलकर नहीं देख पाती थी। जब समय मिलता तो नींद जकड़ लेती। थकान से उसका जोड़-जोड़ यूँ ही टूटा रहता था। कुछ ऊब से, कुछ शिष्टाचार निभाने के चक्कर में वह तारीफ़ों के चक्रव्यूह में पहले दिन से ही फँस चुकी थी। अब उससे निकलना इतना आसान नहीं था। पड़ोसिनें भी नई बहू को देखने जब-तब चली आती थीं। उसने एक-दो बार संदीप से कहा भी

तो उसने बड़ी सहजता से जवाब दे दिया कि तुम्हें परीक्षा में बैठने से रोकता कौन है?

जब घर से किताब मँगवाकर वह इम्तिहान की तैयारी में लग गई तो पता चला कि वह गर्भवती है। इस ख़बर से वह इतनी भयभीत-सी हो उठी कि उसको अपना सारा जीवन अंधकारमय-सा लगने लगा। घर में ख़ुशी की लहर दौड़ गई और उसी के साथ उसके सिरहाने से उसकी किताबें हटाकर अलमारी में बंद कर दी गईं। उसका आहत मन इस परिवर्तन से तालमेल नहीं बिठा पा रहा था। जिस सपने को उसने बाईस साल से स्वेटर की तरह बुना हो उसको वह कैसे उधेड़ डाले? घर, बच्चे, पति का सपना उसने कभी नहीं देखा था, मगर मन में प्रेम की चाह ज़रूर थी। यह ख़्वाहिश रूमानी कविता, फ़िल्म, कहानी देख-पढ़कर और अच्छे मौसम में और बढ़ जाती थी कि कोई उससे प्यार करे और वह उसके सम्मोहन में डूब जाए, मगर यह इच्छा कभी उसके अध्ययन पर हावी नहीं हुई। वह कठिन समय में भी पढ़ाई के लिए अपने को साध लेती थी। उसी साधना के बस में अब कुछ नहीं रह गया था। वह परेशान थी, सख़्त परेशान। दोनों घरों में मुबारकबाद का आदान-प्रदान चल रहा था। मिठाइयाँ, फल भेजे जा रहे थे। इधर कई दिनों से संदीप और साधना के संबंधों के बीच तनाव आ गया था। बात मामूली थी। टाली भी जा सकती थी। साधना ने अपने गर्भवती होने की ख़बर देने के कुछ पल बाद ही अपनी परेशानी कह दी थी कि वह अभी यह बच्चा नहीं चाहती है। वह एम॰ ए॰ के बाद कंपीटीशन के इम्तिहान में बैठना चाहती है। ख़ुशी से दमकता संदीप का चेहरा बुझ गया था। साधना की आँखों से आँसू गिरने लगे थे। कुछ देर दोनों चुप रहे फिर संदीप ने साफ़ कह दिया था :

"ऐसा मुमकिन नहीं है।"

"क्यों?"

"इसलिए कि बच्चा मैं भी चाहता हूँ और यह बच्चा तुम्हारा अकेले का नहीं है।"

"मानती हूँ मगर मेरा पूरा साल ख़राब हो जाएगा।" साधना संदीप से विनती-भरे स्वर में बोली।

"और एक जीव की जान चली जाएगी वह?" आश्चर्यमिश्रित क्रोध से बोला संदीप।

"संदीप, तुम सोचो ज़रा···बच्चे के साथ पढ़ना मुश्किल होगा।" साधना ने तर्क दिया।

"मैं आसान बना दूँगा। घर की ज़िम्मेदारी से मुक्त करा दूँगा। माँ सब सँभाल लेंगी। आख़िर परीक्षा में अभी दो माह हैं। अच्छी तैयारी हो जाएगी।" संदीप नरम पड़ गया साधना की लाल पानी से भरी आँखें देखकर।

"ठीक है।" प्यार-भरे लहजे को सुनकर साधना चुप हो गई, मगर दिल में एक ग्रंथि और बन गई कि ज़रा-सी बात उसकी न मायकेवालों ने रखी न ससुरालवालों ने।

वह है क्या, इंसान है या पालतू जानवर जिसको प्यार तो सब करते हैं, मगर बाँधे ज़ंजीर में रखना चाहते हैं। आख़िर क्यों?

साधना का मन संदीप की इस हठ से टूट गया। सारे दिन उसका जी मिचलाता रहता था। ऐसी हालत में उसका किताब खोलना मुश्किल हो गया था। घूमने-फिरने पर भी पाबंदी लग गई थी। कई बार वह गुस्से में आई और कई बार फूट-फूटकर रोयी। उसको एक ही बात परेशान कर रही थी कि वह दूसरों का सपना पूरा करने में अपने को तबाह कर रही है। यही सब साल-भर बाद होता, तो क्या बिगड़ जाता। वह अपने को तब तक इस बदलाव के लिए तैयार तो कर लेती। उसके इस बर्ताव को देखकर संदीप ने माँ से सिर्फ़ इतना कहा कि साधना की तबीयत ठीक नहीं है। उनको संदेह था, मगर साधना ने यह कहकर बात टाल दी थी कि बाहर खाने से पेट में दर्द हो गया था, जिसके कारण उल्टी हो गई है।

संदीप की दी ख़बर से बात फैल गई वरना साधना ने चुपचाप एबॉर्शन कराने की ठान ली थी। उसके अंदर विद्रोह उभरने लगा था। उस विद्रोह के विस्फोट से पहले ही गाना बजाना, गोद भरवाई और ताबीज़ गले में पड़ने लगे और सास का प्यार दुगना बढ़ गया। उसको प्यार से पिंजरे में बंद कर दिया गया। कभी-कभी तोते की तरह उसका चीख़ने को दिल चाहता और पंख फड़फड़ाकर उड़ जाने का, मगर पिंजरे की तीलियों के सख़्त होने का अहसास उसको किचकिचाहट से भर देता था। डॉक्टर ने उसका बढ़ा ब्लडप्रेशर नापकर चिंता दिखाई तो उसकी सेवा पहले से ज़्यादा बढ़ गई। बारीक ताने-बानों से बना संबंधों का यह जाल उसको बड़ा अर्थपूर्ण लगने लगा था, जिसमें कई तरह की पर्तें थीं और यह सारी पर्तें एक ऐसे तहख़ाने का निर्माण करती थीं जहाँ से किसी भी इंसान का पूरी तरह निकलना दुश्वार था।

माह पर माह गुज़र रहे थे। विद्रोह बदन में होते बदलाव के कारण कहीं दबता चला जा रहा था। उसको स्वयं यह चिंता सताने लगी थी कि बच्चा तंदुरुस्त पैदा हो। उसका ध्यान 'मदर केयर' की पुस्तकों को पढ़ने में लगा रहता। उसका यह जुड़ाव देख संदीप एक बार फिर उसकी ओर आकर्षित हो गया और उनके बीच का तनाव लगभग समाप्त-सा हो गया। हर तरफ़ से बस एक ही बात सुनने को मिलती कि बेटा होगा। उसके मन की भी तमन्ना थी कि उसको छोटा संदीप मिले। उसने जो भी शॉपिंग की थी वह सब लड़कोंवाली की थी। गुलाबी की जगह नीला रंग, फ्रॉक की जगह बाबा सूट। दिमाग़ में कई लड़कों के नाम छाँट लिए थे जैसे संजय, समीर, सुरेश आदि-आदि।

नौ माह कब गुज़र गए पता ही न चला। लेबर रूम में लेटी वह किसी माँ की तरह बेटे की ठीक-ठाक पैदाइश के लिए चिंतित थी। शाम तक वह दर्द से तड़पती रही और जब नीम बेहोशी में बच्चे के रोने की आवाज़ सुनी तो किसी को कहते सुना, लो मुबारक हो, लक्ष्मी हुई है। पहले उसका दिल बुझा फिर एकाएक ख़ुशी से भर उठा कि वह माँ बन गई है, एक बेटी की माँ। उसका मन किया कि वह कहे, मुझे उस चन्द्रमुखी का चेहरा दिखा दो जो दुनिया की सबसे हसीन लड़की है। उसकी अपनी

बनाई हुई, उसकी अपनी रचना, अपनी कृति···मगर कमज़ोरी ने उसको बोलने नहीं दिया और वह नींद में डूब गई।

जब आँख खुलीं तो अपने पास सबको बैठा देखा। उसको लेकर सभी चिंतित लग रहे थे। उसने उठने की कोशिश की तो उठा नहीं गया। उसने बायीं तरफ़ रखे पालने की तरफ़ देखा जहाँ लाल मुँह और काले बालोंवाली गुड़िया आँख बंद करे सो रही थी। उसको देखकर उसके चेहरे पर मुस्कान फैल गई। अजीब-सा विश्वास पूरे बदन में समा गया। ननद ने जब उसका सिर सहला उसको मुबारकबाद दी तो उसको बहुत अच्छा लगा। कुछ वैसा ही जैसे रिज़ल्टवाले दिन लगता था। जब-जब संदीप ने उसकी तरफ़ ताका तो उसको लगा जैसे ख़ुशी का अनार उसके अंदर छूटा, जो कह रहा हो, यह सिर्फ़ तुम्हारी है। तुम्हारी अपनी, तुम्हारे बदन का हिस्सा, तुम्हारा दूसरा रूप।

माँ, पापा, बुआ, मौसी सभी बारी-बारी से उसको दुलार-प्यार देकर चले गए थे। सास ने भी पींडी और गोंद बना ज़बर्दस्ती हल्दी का हलवा खिला-खिला उसको वात्सल्य से सराबोर कर दिया था। इन सारे जश्नों में छठी से चिल्ले तक एक दिन भी अपने फाइनल इम्तिहान का ख़्याल नहीं सताया। वह दर्द और बेचैनी का हिस्सा किसी गोकुल झील की तरह उसके व्यक्तित्व की नदी से टूटकर अलग हो गया था। रात-दिन वह बेटी में डूबी, उसी के प्यार में बहती रहती।

साधना के पैर हर औरत की तरह ज़मीन पर अपनी जड़ें जमा चुके थे। वह एक फलदार दरख़्त बन गई थी। जिसका ख़्याल माली खाद-पानी डालकर पहले से ज्यादा करने लगता है और राहगीर भी उसको शुभ संकेत समझकर उसकी छाँव में सुस्ताने में अपने को धन्य मानते हैं। अपनी इस ज़िम्मेदारी को साधना ने निभाया भी बड़ी मुस्तैदी से और उसका रस भी लिया। वह अपने अधूरे सपने को अपनी बेटी में साकार करने की सोचने लगी। मन-ही-मन जाने कितनी दूर की बातें सोचती एक पूरी ज़िंदगी तय कर लेती। उसे सरिता पुलिस कमिश्नर बनी पूरे समाज को बदलने में लगी हुई नज़र आती और हर जगह अपनी तरक्की के पीछे माँ का हाथ बताती। उसके टी॰वी॰, रेडियो और समाचारपत्रों में दिए इंटरव्यू को पढ़ सुनकर लोग गद्गद हो उठते थे कि आज की हर कामयाब लड़की के पीछे उसकी माँ का हाथ होता है, माँ भी कैसी, साधना जैसी। साधना के दिन-रात अपने सपनों और बेटी को परवान चढ़ाते रहे। वह सपने से निकलती और बेटी की दुनिया में दाख़िल हो जाती। बेटी की दुनिया से निकलती और सपने की रूह पहन लेती। कभी-कभी वह यह भी नहीं सोच पाती कि वह सपने में है या सपना उसमें है।

अभी सरिता छह माह की ही थी साधना फिर गर्भवती हो गई। उसको माँ बनने का सम्मान मिल चुका था। सो इस बार वह टूटी नहीं, बल्कि उसको पिछले सारे तामझाम के फिर दोहराए जाने के ख़याल से ही ख़ुशी का अहसास जागने लगा। सास ने फिर पोते की रट लगाई। संदीप सिर्फ़ दो बच्चों की इच्छा रखता था सो कई बार बात घुमाकर वह कह चुका था कि जो भी हो बच्चे घर में दो ही अच्छे लगते हैं, चाहे लड़की हो

या फिर लड़के। माँ को इन संदेशों से कोई फ़र्क़ नहीं पड़ता था न ही साधना को, जिसके मन में लड़के की तमन्ना मचल रही थी और क्यों न मचलती, आख़िर माँ होने के नाते उसको भी बेटा पैदा करना अच्छा लगता। सो दोनों औरतें मन-ही-मन में लड़के होने का जाप करने लगीं। जब बेचैनी हद से बढ़ी तो सास ने बहू से कह दिया कि वह क्यों न पता लगवा ले क्लीनिक जाकर कि आख़िर कोख में है क्या? साधना की जिज्ञासा को जैसे पंख लग गए और संदीप के मना करने के बावजूद सास-बहू एक दोपहर क्लीनिक पहुँच गईं।

जितनी ख़ुश दोनों गई थीं, उतनी ही थकी उदास लौटीं। सास का तो जैसे दिमाग़ ही फिर गया था। निराशा ने उनको बौरा-सा दिया, घर पहुँचते-पहुँचते उन्होंने फ़ैसला ले लिया कि यह बच्चा बहू को गिरा देना चाहिए। लड़कियों की फ़ौज तो बनानी नहीं है। संदीप की कमर ही टूट जाएगी। उन्होंने सोच तो लिया था, मगर बहू से किस मुँह से कहें? कई दिन इसी उधेड़बुन में गुज़र गए। बात-बात पर वह चिड़चिड़ाने लगी थी। सरिता खेलते हुए जब दादी की साड़ी पकड़कर उठने का प्रयत्न करती तो वह उसकी इस अदा पर पहले की तरह निहाल नहीं होती थीं, बल्कि उनको अपनी तमन्ना के टूटने का अहसास गहरा होता और वह अनजाने में साड़ी झटक आगे बढ़ जातीं। एक दिन इसी हरकत से सरिता, जो खड़ा होना सीख रही थी औंधे मुँह गिर गई और उसका होंठ फट गया जिससे ख़ून बहने लगा। उसके रोने की आवाज़ सुनकर दादी पलटी और उसकी हालत देख परेशान हो उठीं। मुँह पोंछकर उसको छाती से लिपटा जी भर कर रोयीं।

"क्या हुआ मम्मी?" उनकी यह दशा देख कमरे से दौड़ी हुई आई साधना ठिठक गई।

"कुछ नहीं।" सिर के हिलाने से सास ने जवाब दिया, मगर रोना बंद नहीं हुआ।

"कुछ बताइए तो आख़िर आप इस तरह क्यों रो रही हैं?" साधना ने बेटी को गोद में लेते हुए कहा।

"पोते की लालसा इतनी मन में छा गई कि…" इतना कहते-कहते सास रुक गई। आँखें फिर भर आईं।

"तो मम्मी इसमें बुरा क्या है। हम इंसान हैं तो इच्छा तो करेंगे ही…इसमें इतना परेशान क्यों हो रही हैं आप?" साधना कुछ चकराई-सी बोली।

"मुझे दूसरी पोती नहीं चाहिए बहू।" इतना कहकर उन्होंने लंबी साँस ली और पल्लू से मुँह पोंछा।

"मगर अब हम कर ही क्या सकते हैं?"

"कर सकते हैं…"

"कर सकते हैं…मतलब?"

"हम दोनों कर सकते हैं, यदि तुम चाहो तो…।"

"यानी कि…"

"हाँ।"

"नहीं मम्मी···नहीं।"

अवाक खड़ी साधना सास के चेहरे को ताकने लगी जिस पर आशा-निराशा के भाव आ-जा रहे थे और आँखों में विनती थी। उसने घबराकर आँखें नीची कर लीं और तेज़ी से सरिता को सीने से लिपटाए अपने कमरे की तरफ़ भागी। उसका सारा वजूद काँप रहा था। उसने भी एक दिन ऐसा ही सोचा था। मगर अब···यह नामुमकिन है। मेरी लड़कियाँ सिर्फ़ औलादें नहीं, मेरा सपना होंगी। चाहती तो मैं भी बेटा हूँ, मगर लड़की की हत्या की क़ीमत पर नहीं···हरगिज़ नहीं।

घर का माहौल बदल गया। साधना के इनकार ने सास व बहू के रिश्ते की मिठास में गहरी खटास डाल दी। इस बात का रंज साधना को भी था। सारा दिन जिसके साथ हँसते-खेलते गुज़रता हो वह बोलना ही छोड़ दे, ऊपर से बात-बात पर ग़लतियाँ निकाले, आने-जानेवालों के सामने कटाक्ष करे। जब स्थिति असहनीय हो गई, तो साधना ने समर्पण करने में ही घर का सुख देखा और एक दिन उसने दोपहर में सास से कहा।

"मम्मी, मैं आपका दुख समझती हूँ मगर···मैं भी लड़के की माँ बनना चाहती हूँ। आपका अरमान मेरा भी अरमान था।" इतना कहकर साधना रुक गई। सास ने बोलने की जगह साड़ी का पल्लू मुँह में डाल लिया। साधना कुछ देर खड़ी रही फिर कुछ सोचकर पलंग पर बैठ गई।

"आपको वचन देती हूँ कि तीसरा गर्भ मैं गिरा दूँगी अगर···आप मेरा विश्वास कीजिए।" साधना का गला रुँध गया, इसके बावजूद कि गृह रणक्षेत्र की यह केवल कूटनीतिज्ञ चाल भर थी, तो भी मसला अहसास से जुड़ा था। औरत के बदन से जुड़ा था। उसकी रचना और सृष्टि से जुड़ा था।

साधना कमरे में रुकी नहीं और तेज़ी से उठकर बाहर निकल गई। सास पल भर सकते में वैसे ही पड़ी रहीं फिर उनकी चेतना लौटी कि बहू क्या कहकर गई है। संदीप दो के बाद तीसरा बच्चा पैदा नहीं करेगा, मगर बहू ने तो वचन दिया है। उनका मन करुणा से भर उठा, साधना के लिए उनके मन में ममता उमड़ी। इस बार उसका ज़रा भी ध्यान जो उन्होंने रखा हो। बच्ची और घर वही पूरे एक माह से सँभाल रही है। ऊपर से ताने और कड़वाहट को भी उसने सहन किया। मेरा माथा फिर गया था। आज से ही मैं उसके आराम का ध्यान रखूँगी, आख़िर दो लड़कियाँ होंगी कोई बारह थोड़े ही, जो संख्या बढ़ जाएगी। अब तीसरी औलाद तो लड़का ही होगी। यह सब सोचकर वह ख़ुशी-ख़ुशी अपने कोप भवन से बाहर निकलीं।

घर का माहौल पहले जैसा हो गया। मगर साधना का मन स्थिर कहाँ था? जैसे-जैसे दिन क़रीब आ रहे थे संदीप का इसरार किसी एक के ऑपरेशन के लिए बढ़ रहा था। एहतियात के बावजूद दूसरा बच्चा इतनी जल्दी हो गया जिसके लिए दोनों तैयार नहीं

थे, मगर इस बार किसी किस्म की लापरवाही संदीप को मंजूर नहीं थी। साधना की सुस्ती देखकर संदीप ने अपनी बात दोहरानी बंद कर दी। साधना ने भी दबे शब्दों में कह दिया था कि उसको तीसरा बच्चा कतई नहीं चाहिए, उस पर संदीप पूरा विश्वास रखे। बात आई गई हो गई और दूसरी बेटी का जन्म हो गया।

घर में पहली जैसी ख़ुशी नहीं मनी। माँ की ख़ामोशी देख संदीप को बहुत ताज्जुब हुआ कि आख़िर पोते की जगह फिर पोती देखकर माँ दुखी क्यों नहीं हुई। उसको ताज्जुब के साथ ख़ुशी भी हुई कि माँ ने कोई भावनात्मक बखेड़ा नहीं खड़ा किया, वरना उसको झेलना काफ़ी कष्टकर होता। दूसरी बेटी की पैदाइश में पहले जैसा जश्न नहीं मना तो क्या, साधना का विश्वास और बढ़ गया था। उसके दो बाज़ू, दो आँखें और उग आई थीं। आधी दर्जन हथेलियाँ समय के आकाश को साधने में अपनी महत्त्वपूर्ण भूमिका निभाएँगी। इस बीच साधना ने दूसरा सपना भी बुन लिया कि उसकी बेटी, नन्ही-मुन्नी जान बड़ी होकर आई.ए.एस. बनेगी और गाँव का नक़्शा बदलेगी, जहाँ बेकारी, सूखा और ग़रीबी ने हमला बोल रखा है।

कभी-कभी इंसान जिस चीज़ के प्रति सचेत होता है, उसी में वह चूक भी जाता है। संदीप के सारे चाहने के बावजूद छह-सात माह के बाद साधना तीसरी बार गर्भवती हो गई। वह सन्न रह गया। कहे तो क्या कहे? उसकी उलझन साधना ने यह कहकर सुलझा दी कि अब उसके शरीर में इतनी ताक़त नहीं है कि वह तीसरे को जन्म दे इसलिए अगले हफ़्ते तक जाकर एबॉर्शन करवा लेगी। इतनी सहजता से फ़ैसला सुनाया गया था कि संदीप साधना का चेहरा देखता रह गया। इसमें कोई संदेह न था कि इस वाक्य ने उसको कई तरह की उलझनों से मुक्त कराकर इस फ़ैसले पर पहुँचा दिया कि वह अब ख़ामोशी से एक गहरा और समझदारी का क़दम उठा सकता है।

दोपहर की धूप आँगन में छिटक आई थी। सास पोती को गोद में लिटाए उसका दुलार कर रही थी। पास ही सरिता बैठी खेल रही थी। साधना ने पास जाकर धीरे से कहा।

"मम्मी, मैं क्लीनिक होकर आती हूँ।"

"क्या?" सास के चेहरे पर ख़ुशी उभरी, मगर दूसरे ही लम्हे ठहर गई।

"जी।" साधना ने नज़रें झुकाईं।

"मैं चलूँ?"

"इन्हें कौन सँभालेगा?"

"हाँ, मैं तो भूल गई···जाओ, ध्यान से जाना।" बहुत प्यार से सास ने कहा और हाथ जोड़कर आसमान की ओर ताका।

साधना के मन में उथल-पुथल मची थी। एक तरफ़ उसका दिल कर रहा था कि सीधे एबॉर्शन करवा ले। दूसरी तरफ़ जिज्ञासा थी कि इस बार उसकी रचना की बुनियाद का नाम और जात क्या है, इसको जान ले? इसी दुविधा में वह क्लीनिक पहुँची।

वहाँ आज काफ़ी भीड़ थी। कुछ औरतें दुखी थीं। कुछ तानों से बेहाल थीं। सास ने लड़की का नाम सुनकर वहीं खरी-खोटी दबी ज़बान में सुनाना शुरू कर दिया। उसकी बारी आई। उसका नतीजा देख नर्स खिलखिलाकर हँस पड़ी।

"क्या हुआ?"

"मिठाई बाँटिए, लड़का है।"

"लड़का?" साधना का सारा बदन रोमांचित हो उठा। मन नाच उठा। वह भी खिलखिला उठी।

"इस बार आपकी सास तो आपकी आरती उतारेंगी...है न?"

"हाँ।" साधना ने खिले मुख से कहा।

रास्ते भर साधना चिंता में डूबी रही। यह लड़का यदि पैदा हुआ तो मेरी दोनों लड़कियों को निगल जाएगा। उसके आगे सास बेटियों से बर्ताव ठीक नहीं रखेंगी और क्या पता संदीप भी बेटा पाकर बदल जाए? घर का बदला स्वरूप क्या होगा? क्या करूँ मैं? सास को यह ख़ुशख़बरी दूँ? संदीप को दिया वचन निभाऊँ कि...क्या करूँ?

अपने से लड़ती साधना जब घर पहुँची तो बुरी तरह टूट चुकी थी। सास की उम्मीद से भरी आँखें देखकर वह काँप उठी। उसका उतरा चेहरा देखकर सास भाँप गई कि इस बार भी लड़की ही है, मगर फिर भी सुनना तो वह बहू के मुँह से चाहती थीं तो पूछ बैठीं।

"क्या हुआ बहू?"

"क्या बताऊँ मम्मी?" व्याकुल-सी साधना सास से लिपटकर रोने लगी। सास की आँखें भी भर आईं। साधना की पीठ पर प्यार से थपकी देती रहीं, ताकि उसके मन का गुबार आँसुओं के रास्ते निकल आए।

सास-बहू के बीच वचन की डोरी उसी विश्वास पर क़ायम रही जिस पर थी। सास को चूँकि असलियत का पता नहीं था। इसलिए वह हर तरह का रख-रखाव और मनुहार बहू पोतियों का करती रही, मगर साधना जिसको सच का पता था, वह अंगारों पर लोटती रही। संदीप से वह अपने गर्भधारण की बात छुपा नहीं सकती थी, मगर बेटे की बात को वह पी जाना चाहती थी। किसी फ़ैसले पर पहुँचने से पहले वह संदीप को अपने क्लीनिक जाने की बात नहीं बता पाई। किसी को अपने मन की उलझन बताकर वह करती भी क्या? जो सुनता वह कह उठता।

"लड़का! कितनी भाग्यशाली हो तुम।"

"एबॉर्शन? वह भी लड़के का? घोर पाप है।"

"लड़के को जन्म देने से सात जन्म सुधर जाते हैं। तू बौरा गई है क्या जो उसको गिरवाएगी?"

"बुढ़ापे में दामाद नहीं आएँगे तुम्हारी नैया पार लगवाने, बुढ़ापे की लाठी लड़का होता है।"

"यह तुम्हारा ही अंश है इसको पाल लो, अपने को निर्बल मत बनने देना। डटकर

लड़कियों के शोषण के विरोध में मोर्चा लेना।"

"यदि···यदि हमेशा की तरह उसके विद्रोह के बावजूद हर चीज़ जड़ बनी रही तो···तो···?"

इस तनाव में साधना सख़्त बीमार पड़ गई। जो भेद वह छुपाए थी, डॉक्टर ने खोल दिया कि वह न केवल गर्भवती है, बल्कि हाई ब्लडप्रेशर से पीड़ित भी है। संदीप सख़्त शर्मिंदा हो उठा। यहाँ भी एक मूक अनुबंध था कि तीसरा बच्चा नहीं चाहिए। जो है उसी का लालन-पालन बेहतर ढंग से करना है। इसलिए इस विषय पर कोई चर्चा नहीं हुई। सबकुछ पहले से तय था। संदीप का इरादा व्यवहार में बदल गया और उसने अपने को एक दिन मुक्त कर लिया। बस अब साधना को आख़िरी बार दर्द की डगर से गुज़रना पड़ेगा। साधना, पति और सास के चेहरे पर लिखा सबकुछ पढ़ रही थी और एक बेहद गहरी यातना से गुज़र रही थी। उसकी इच्छा एक बार फिर मर जाएगी कि वह बेटे को पाकर भी उसको जन्म नहीं दे पाई और अगर उसको जन्म देती है तो फिर उन सपनों का क्या होगा, जो उसने अपनी बेटियों के लिए देखे थे? मन का संताप वार्तालाप में बदल जाता था।

"कितने पौधे धरती में जड़ पकड़ लेते हैं और लहलहा उठते हैं। कुछ सूख जाते हैं। खेती को अनाज में बदलने के लिए कुछ तो कुर्बानी देनी पड़ती है। कभी माल की, कभी जान की, कभी इच्छा की···?"

"क्या मैं अपनी इस इच्छा की क़ुर्बानी दे दूँ···इच्छाएँ तो बनती बिगड़ती लहरें हैं उनका वजूद ही क्या, मगर तालाब का, नदी का, समुद्र का, यहाँ तक कि कुएँ तक का एक यथार्थ है और यथार्थ ही जीवन है। मुझे इच्छापूर्ति के भँवर से निकलना होगा और यही मेरी परीक्षा होगी, यही मेरी साधना होगी, यही मेरा यथार्थ होगा।"

साधना अपने को मन-मस्तिष्क के ऊहापोह से निकालने में कामयाब हो गई और संवेदना एक बिन्दु पर जाकर अटक गई कि लड़के-लड़कियों में भेद करनेवाला यह समाज तब तक बलवान बना रहेगा जब तक नारी उसके इशारे पर चलती रहेगी। कोख उसकी है, वह चाहे तो बच्चा पैदा करे और न चाहे तो न पैदा करे। चयनकर्ता वही है, अगर वह मर्दों को पैदा करना बंद कर दे तो इस समाज का क्या होगा, जिसके ठेकेदार अपनी ही जननी के विरोध में हत्याओं का क़ाफ़िला बना रहे हैं? क़ानून तो वह बनाते हैं, पारित औरतों पर करते हैं और हम औरतें भी उसकी भागीदार बन अपना मानसिक संतुलन खो संज्ञा शून्य बन जाती हैं और अपने ही विरोध में खड़ी हो जाती हैं। नहीं, साधना अपने विरोध में खड़ी नहीं होगी। यह जीवन उसका है, इस जीवन को वह अपनी इच्छा से आकार देगी। वह अपनी ज़मीन ही नहीं, अपने आसमान को भी खुद नापेगी। यही तो उसके एक स्वतंत्र स्त्री होने की पहचान है। वह इस पहचान को बरकरार रखेगी और पूरी दुनिया को दिखाएगी।

एबॉर्शन का दिन तय हो गया। सास दोनों पोतियों के संग घर में रह गई और संदीप साधना को लेकर चला गया। सब अपनी जगह ख़ामोश थे। अपनी-अपनी तरह

से समस्या को देख रहे थे। दोनों मासूम बच्चियाँ इस पूरी लड़ाई में, जो ख़ामोश हवा की तरह बह रही थीं, उसमें भाई से वंचित की जानेवाली थीं, जिनको इसका तनिक भी आभास नहीं था कि वह विद्रोह जो उनकी माँ कर रही है, दरअसल उन्हीं की सुरक्षा के लिए है। पता नहीं, समय के दबाव में किया माँ का बलिदान कल कितना सार्थक हो और यह दोनों बहनें सबकुछ जानकर उसको उचित समझें और माँ के इस क़दम को पूरे मन से स्वीकार कर पाएँ? भविष्य के आसमान पर लटका यह सवाल आनेवाले समय में ही जवाब पा सकेगा।

हर क़दम, हर मोड़ पर हज़ार कोण, हज़ार सवाल हैं, जो ज़िंदगी के पेचीदा होने का सबूत हैं, मगर इनको पेचीदा बनाया किसने? इनको सुलझाने का काम भी वही कर सकता है तो फिर इंसान इतना भटक क्यों रहा है कि अपनी-अपनी तरह से समस्या को सुलझा रहा है। क्या कोई सामूहिक प्रयास किया जा सकता है इन जड़ मान्यताओं के विरोध में? या फिर इन निजी प्रयासों का सामूहिक प्रयत्नों से दूर-दूर तक कोई नाता नहीं है। ये कैसे सवाल हैं, जिन्होंने आदमी की सीधी-सादी ज़िंदगी को दुष्चक्र के हवाले कर दिया है?

जब तक साधना ऑपरेशन थियेटर में रही, सत्य से अनभिज्ञ बाहर खड़ा संदीप सोच में डूबा रहा। वह साधना से कहना चाहता था कि अब तुम्हें कष्ट से फिर कभी गुज़रना नहीं पड़ेगा, मैंने वह कर्तव्य निभा लिया। उधर बेड पर पड़ी साधना भावना के तूफ़ान में तैरती सदा के लिए अपने को मुक्त करा बैठी ताकि कोई दूसरी हत्या अब उसके द्वारा अंजाम न पा सके। उसका प्रण है कि यह राज सिर्फ़ उस तक रहेगा। एक ख़ामोश विद्रोह के रूप में। मगर सवाल है कि बार-बार पैदा होता है। आख़िर यह कैसा विद्रोह है, जो किसी और को नष्ट करने के बजाए खुद साधना की बलि ले रहा है?

साधना जब शारीरिक, मानसिक और भावनात्मक रूप से टूटी हुई घर पहुँची तो सास ने दोनों बाँहें फैलाकर उसको छाती से लिपटाया और एक ख़ामोश सिसकी के साथ धीरे-से कहा कि उदास न हो, भगवान ने चाहा तो तुम्हारी गोद जल्द ही भरेगी और इस बार कुल का उजियारा लड़का ही होगा। साधना ने धीरे से गर्दन हिलाई और छोटी बेटी के पास जाकर बैठ गई। उसको गोद में उठाकर उसके नन्हे गाल पर अपना गाल सटा दिया। सरिता ने माँ के गले में बाँहें डालकर उसका मुँह चूमा। साधना को लगा कि उसके बदन में फैली कमज़ोरी धीरे-धीरे छँट रही है। वह पलंग पर लेट गई। दाहिने, बाएँ दोनों बेटियों को भरकर अपनी आँखें बंद कर लीं। उन दोनों सपनों को दोहराने के लिए जो उसने इनके लिए बुन रखे थे।

चार बहनें शीशमहल की

कार्तिक पूर्णिमा के नहान के चलते दुकान पर आज कुछ ज़्यादा ही भीड़ थी। भर-भर हाथ चूड़ियाँ पहनने बूढ़ी-जवान, ग़रीब-अमीर औरतें, लड़कियाँ नाली, नाबदान पार करती उमड़ी चली आ रही थीं। सफ़ेद चाँदनी पर हरी, लाल, पीली, नीली, आसमानी, ऊदी, गुलाबी चूड़ियों के डिब्बे खुले पड़े थे। लच्छों के ढेर जमा थे तो भी उतावली नज़रें कुछ और ढूँढ़ने को बेचैन थीं।

सुहाग स्टोर की चूड़ियाँ पूरे शहर में मशहूर हैं। दूर-दूर से औरतें यहाँ आती हैं। इस वक़्त भी हँसी, बातें, मोलभाव और चूड़ियों की खनक से छोटी-सी दुकान भरी हुई है मगर मालिक क़रीम के चेहरे पर परेशानी की एक हल्की परत जमी है। यही हाल उसके बेटे शरीफ़ का है। इतनी बिक्री से ख़ुश होने की जगह उसको भी उदासी घेरे है। बात ज़रा-सी है। बहू पेट से है और उसकी हालत नाज़ुक है। बाप-बेटे की जान उसी में अटकी है। सुबह से दोपहर हो गई है मगर खाना तो दूर, चाय की एक बूँद हल्क से नीचे नहीं उतरी है।

"भैया जी, कुमकुमे लगाने को कहा था," ख़ीजा ज़नाना स्वर उभरा।

"लगाता हूँ," झेंपकर शरीफ़ ने कुमकुमे का लच्छा निकाला और सुनहरी लहरिया के बीच में दो-दो डालने लगा।

"क्या बात है, इस बार चूड़ियाँ वही पुरानीवाली दिखा रहे हो करीम मियाँ?" सफ़ेद साड़ी पहने औरत ने बैठते हुए कहा।

"अरे जनाब, कल ही फ़िरोज़ाबाद से नया माल लेकर लौटा हूँ···यह बाँके, कामदानी मुरमुरी और अब देखें···अपना बनाके देखो, चंदा की चाँदनी, ख़ुशियों की बारात···" शरीफ़ ने उठकर खानों से डिब्बे निकाले और एक-एक डिज़ाइन खोलकर सामने रखने लगा।

"कहाँ छुपाकर रखी थीं?" बूढ़ी औरत ने बेकरार सूनी कलाइयों के संग चूड़ियाँ उठा-उठाकर देखनी शुरू कर दीं।

"आप तो जानती हैं···ऐसा माल मैं सबके लिए नहीं खोलता। इसके लिए क़दरदान चाहिए। ऐसी लाजवाब डिज़ाइन आपको पूरे मार्केट में नहीं मिलेगी···बारीक चूड़ियाँ, सच्चा काम और सूफ़ियाना दिलकश रंग···बहार के फूल हैं।"

"ग़ज़ब है···यह सारे बाँध दें।" उस बूढ़ी औरत ने डिब्बे सरकाए।

"बेटियों के घर भेज रही होंगी?" शरीफ़ ने मुसकराकर डिब्बों को बाँधते हुए कहा।

"कल सुबह मैं ख़ुद जा रही हूँ। यही तो एक सौग़ात है अपने शहर की, वरना

विलायत में क्या नहीं मिलता…यह रुपये सँभालें।" सौ-सौ के दस नोट पर्स से गिनते हुए बोली। ड्राइवर ने डिब्बे उठाए और शरीफ़ ने नमस्ते में दोनों हाथ जोड़ दिए।

"लाल रंग में कोई चूड़ी दिखाओ।" आइसक्रीम खाती एक औरत ने खुरदुरे स्वर में कहा।

"शो-केस में सब लगी हैं।" शरीफ़ फ्रेंच इत्र की सुगंध से अभी पूरी तरह निकल नहीं पाया था कि इस आवाज़ से चौंक पड़ा।

"ये कितने की है?"

"चौबीस रुपये दर्जन…नया डिज़ाइन 'डिस्को' अभी-अभी आया है।"

"काँच की चूड़ियों में भी लूट मची है…? कुछ कम करो…छूट तो देनी पड़ेगी।" आइसक्रीम की ख़ाली डंडी फेंकती हुई वह बोली।

"सुहाग की चीज़ का मोलभाव नहीं करते, इसीलिए दुकान पर लिख दिया है–'एक दाम'।" करीम ने नागवारी से कहा।

"अब्बा! पंसारी काकी दो सौ का उधार कर गई है।" करीम ने धीरे से कहा और पास रखी कापी पर नोट कर लिया।

"दाम तो ठीक-ठाक है मगर…" कहती हुई वह औरत पीछे मुड़ी और सड़क पर फेरीवाले से चाट खाती सहेलियों को हाथ के इशारे से बुलाया।

"किस रंग की निकालूँ…लाल के अलावा इस डिज़ाइन में बैंगनी, गुलाबी, नारंगी भी हैं…यह डिज़ाइन रात के अँधेरे में देखते बनती है।" करीम ने दो उँगलियों के बीच चूड़ी फँसाकर दिखाया।

"हम कुँवारे हैं, सुहाग की कोई समस्या नहीं, बीस रुपये दर्जन दो तो पहनें।"

"चलो, हाथ दो…कितनी…छह पहनाऊँ?" करीम ने हाथ बढ़ा नाप का अंदाज़ा लिया। सड़क पार कर आधा दर्जन औरतें हँसती, इठलाती ख़ाली होती बेंचों पर आ बैठ गईं।

"मैं तो लाल पहन रही हूँ।"

"इस डिज़ाइन की मैं नारंगी पहनूँगी।" दूसरी चहकी।

अभी करीम ने चूड़ी पहनाना शुरू किया था कि सामने सड़क से मोटर साइकिल गुज़री, जिसमें अकरम बंदूक़ पकड़े राजू उर्फ़ काले बंब के साथ बैठा था। उसके चेहरे का रंग बदला और बदन के रोंगटे खड़े हो गए। उसने कनखियों से शरीफ़ को देखा जो लच्छा खोल चूड़ियाँ निकाल रहा था।

"भैया जी, आज आपको क्या हो गया है, हरी करैली के साथ लाल शहाना लगा रहे हो?" एक जवान औरत खिलखिला पड़ी।

"कस्टमर की तरफ़ ध्यान दो, शरीफ।" करीम ने बेटे से कहा।

शरीफ़ जब हरी-हरी चूड़ियाँ उस औरत के गोरे-गोरे हाथों में पहना रहा था तो उसका ज़हन फिर भटक गया। आँखों सामने लाल शहाना चूड़ियों से भरे रेशमा के साँवले-संदली हाथ उभरे। दुल्हन बनी रेशमा बेटी की छठी के दिन गोद में बच्ची लिए

शरमाई-सी बैठी थी। चारों तरफ़ से मुबारक़ सलामत की झड़ी लग गई थी। नाते-रिश्तेदारों और पुराने ग्राहकों ने उसका घर गुलज़ार बना दिया था। चूड़ीवालों के घर सुहागिन पैदा हुई है इस ख़ुशी में शांति हिजड़े ने नाच-नाचकर सुबह कर दी थी, तमाशा देखनेवालों से जी भरकर नेग बटोरे थे। देगें चढ़ीं और ग्राहकों के बीच उस रात की चर्चा महीनों चली थी। शरीफ़ के चेहरे पर यादों की मुसकान फैल गई। उसने अधमुँदी आँखों से हरी चूड़ी के दाम गिने।

"बेटवा, प्लास्टिक की दिखाते···यह निगोड़ी रोज़ गिरती है और रोज़ नई पहनने की हठ करती है।" बूढ़ी विधवा लाठी टेकती आन बैठी।

"ये देखो माई।" शरीफ ने शो-केस में लगी प्लास्टिक की चूड़ियाँ और कड़े निकाले।

"सुनो भैया, अनार के रंग की दो दर्जन ढाई इंची देना।" एक मर्द की आवाज़ गूँजी।

"दादी यह छन-छन नहीं बोलती···हमें अच्छी नहीं लगती।" लड़की ठुनकी।

"इधर दिखाओ न, कब से बैठे हैं···।"

"वही आसमानीवाली चाहिए।"

"गंगा नहाने चलोगी न? फिर सुबह पुकार लेंगे। अभी मुझे देर लगेगी···भैया, ज़रा जल्दी करो।"

यह सारा शोर शरीफ़ के कान तक नहीं पहुँच रहा था। वहाँ तो एक बात गूँज रही थी कि बात को पुरानी होते कितनी देर लगती है। दस महीने बाद रेशमा फिर गर्भवती थी। इस बार सबको यक़ीन था कि लड़का होगा क्योंकि 'हम दो हमारे दो' का पोस्टर बड़े विश्वास से यह बात कहता है। करीमन ने पोते के लिए कुरता-पायजामा, टोपी-वास्केट सिल ली थी। उस पर सलमा-सितारे का काम भी कर लिया था। जोश में महतरानी, नाइन और दाई से बड़े-बड़े वायदे कर लिए थे। यह सब देख-सुन रेशमा को भी यक़ीन हो चला था कि इस बार उसे लड़का होगा।

आधी रात को जब रेशमा के दर्द उठा तो जैसे सारा मोहल्ला जाग उठा। करीमन ने संदूक़ खोल पोते का सिला कामदार जोड़ा, नेग के रुपये और ज़च्चा-बच्चा के ऊपर से निछावरवाली रेज़गारी का ढेर निकाल चौकी पर सजा दिया। उधर कमरे में नाइन और दाई सुर में सुर मिलाकर गा रही थीं, "चाँदी के कँगना पहनवाय देव ललना।"

आँगन में करीमन की जेठानी मुहल्ला और पड़ोस की चार-पाँच औरतें जुट आई थीं और धीमी आवाज़ में, सोहर गाते हुए पींडा बना रही थीं। करीमन मारे बेचैनी के कभी अंदर कमरे में,कभी दालान में आ-जा रही थी। कभी बहू के सर पर हाथ फेरती, कभी ममताभरी थपकियाँ तो कभी दाई से पूछती, "इतनी देर क्यों लग रही है? सब ठीक तो है? डॉक्टर बुलाने की तो ज़रूरत नहीं है?"

शुक्र तारे के डूबते ही बच्चे के रोने की आवाज़ के साथ बधाई की झड़ी लग गई। मगर यह देखकर हँसती, इतराती करीमन को साँप सूँघ गया कि दाई के हाथों

में लड़के की जगह नंग-धड़ंग लड़की थी। करीमन का चेहरा देख सोहर गाती औरतें ठिठक गईं। नवजाद का रोना बंद होते ही करीमन की रुकी रुलाई फूट पड़ी।

"लक्ष्मी हुई है कम्मो···भगवान ने चाहा तो अगली बार लड़का हो जाएगा, दिल छोटा मत कर।" सुंदर गैसवाले की पत्नी रानी ने कहा।

"अपने को सँभाल गुइयाँ···बहू सुनेगी तो क्या सोचेगी?" बनारसी पानवाले की विधवा बहन सुमिता ने करीमन को गले लगाया।

"जब पहली लड़की हुई तो लड़कियों का कितना गुनगान किया था कि वह बरकत होती है···पैग़म्बर के घर भी लड़की हुई थी। फिर आज दिल छोटा क्यों कर रही है री?" मिश्रा पंडिताइन पींडी के चिकने हाथ धोते हुए बोली।

"तूने पंडिताइन, नामकरणवाले दिन जुड़वाँ बेटों का नाम लव-कुश रखते हुए बेटों का क्या कम गुन गाया था कि आज मुझे समझा रही है।" करीमन ने आँसू पोंछे।

"लड़का हमारे लिए ज़रूरी है क्योंकि पिता का अंतिम संस्कार वही करता है। मगर तेरे यहाँ तो ऐसा कोई बंधन नहीं···चल मुँह मीठा कर और सबका करवा।" मिश्रा पंडिताइन ने थाली उठाई।

"इसमें तेरे-मेरे की बात नहीं। बस, पोते के अरमान की बात है।" करीमन ने हठ-भरी आवाज़ से एक ठंडी साँस भरी।

अंदर सोहर में पड़ी रेशमा यह सब सुनकर सकते में आ गई। उसको नई पैदा लड़की से एकाएक अजीब नफ़रत-सी होने लगी। उसे लगा कि एक ख़ुशहाल माहौल को इस लड़की ने आकर ख़राब कर दिया है। महल्का ने जब मुबारकबाद देते हुए नवजाद का माथा चूमा तो रेशमा को बड़ा अटपटा-सा लगा। उसने ताज्जुब से बड़ी सास का चेहरा ताका।

"दिल लगा है तो एक बार घर की ख़ैरियत लेकर आ जाओ।" करीम ने बेटे से कहा।

"शायद वहाँ कुछ ज़रूरत भी हो।" शरीफ़ इतना कहकर उठने ही वाला था कि सामने से हिजड़ों की टोली ताली बजाती, साड़ी उठाती, मटकती दुकान पर आकर बैठ गई। शरीफ़ उठकर फिर बैठ गया।

"करीम भाई, परसों हमारे घर शादी है, आप लोग ज़रूर आइएगा।" कार्ड देती हुई एक बुर्क़ापोश औरत आगे बढ़ गई।

"इस बार तुम्हारे घर पर मैं सारी रात नाचूँगी, वायदा रहा। अभी तो झटपट चंदा की चाँदनी पहना दो। मुई काँच की चूड़ियाँ टिकती कहाँ हैं, आशिकों के दिल की तरह चिटख जाती हैं।" शकीला हिजड़ा अपनी अँगूठियाँ उतारते हुए बोला।

"काले रंग की चूड़ी है?" स्कूली लड़की ने शरीफ़ से पूछा।

"बैठिए···दिखाता हूँ।"

"सब कितनी सुंदर-सुंदर हैं…यह…नहीं यह…कौन-सी पहनूँ? अच्छा, यह पहनाइए।" लड़की ने हाथ बढ़ाया।

"चाचा, भाभी के लड़की हुई है।" करीम के बड़े भाई अब्दुल का दस-बारह साल का लड़का नदीम सामने खड़ा था।

"लड़की!" शरीफ़ के अंदर कुछ टूटा। हाथ बहका। घर में एक बार फिर तनाव। उसने घबराकर बाप को देखा।

"ओह, सँभालकर।" लड़की के हाथ में टूटी चूड़ी का काँच चुभ गया। ख़ून की नन्ही बूँद छलकी।

"बहू तो ठीक है न?" करीम ने नदीम से पूछा।

सड़क की चहल-पहल कम होने लगी थी। दुकानें भी एक के बाद दूसरी बंद होने लगी थीं। करीम ने दुकान बंद करते हुए फिर अकरम को मोटर साइकिल पर गुज़रते देखा। शरीफ़ की नज़र भी सड़क पर थी। उसने धीरे से कहा :

"अब्बा, यह लोग किस फेरे में पड़े हैं?"

"डर तो मुझे भी लगता है जब हथियार इनके हाथों में देखता हूँ। भला चूड़िहारों का इससे क्या वास्ता?" करीम ने धीरे से कहा।

बाप-बेटे दोनों ने सड़क पार की और करीम ने कादिर हलवाई से पाँच किलो मोतीचूर के लड्डू बँधवाए और दोनों गली में मुड़ गए। बाप-बेटे को पता था, घर में सियापा पड़ा होगा। घर का दरवाज़ा खोल जब दोनों आँगन में आए तो देखा कि करीम का बड़ा भाई अब्दुल दालान में बिछे पलंग पर लेटा है और करीमन का मुँह सूजा है। दोनों आगे बढ़े और करीम ने मिठाई का झाबा करीमन को थमाया।

"क्यों बे शरीफ़! तेरी बीवी कैसी छोकरी है रे, जो हर बार मादा जनती है। आख़िर करीम को सुहाग स्टोर का वारिस कब देगी?" अब्दुल ने तल्खी से पूछा।

"मुँह मीठा करो भाई। यह वक़्त ऐसी बातों का नहीं है।" फिर करीमन की तरफ़ मुड़कर बोला, "घर में ख़ुशी हुई है, तुम दादी बनी हो। टोकरा लेकर काहे खड़ी हो, मिठाई दो सबको।" करीम ने इतना कह हाथ-मुँह धोया।

"हमारी तो शर्त है करीमन से कि जब बहू बेटा देगी तो मैं मुँह मीठा करूँगा।" कहकर अब्दुल ने टोकरी परे हटा दी।

बात आई-गई हो सकती थी मगर वह अटक गई, इस तरह जैसे तलवार बदन को चीरती धड़ के आर-पार हो जाए। बहू का दिल भी बड़े ससुर के फेंके तीर से दो फाँक हो गया। कहाँ तो लड़कियों के साथ हँस रही थी कि एकदम से फफककर रो पड़ी।

"न बहू…इस तरह नहीं रोते। सोहर में हो, आँख पर बुरा असर पड़ेगा।"

"मेरे बस में होता तो···"

"इन मर्दों को शिकार खेलने की लत है। बचपन में गुलेल से बटेर, गौरैया मारते हैं, जवान होकर तानों के पत्थर मार-मार औरत का दिल-बदन घायल करते हैं। इनकी बात का बुरा मानना क्या? इनकी ज़बान पर ख़ुदा के अलावा कोई लगाम नहीं लगा सकता है।" महल्का ने बहू को गले लगाकर कहा और कमरे से बाहर निकली।

दाएँ-बाएँ बैठी बड़ी, मँझली गद्दे पर लेटी बहन के छोटे-छोटे हाथ-पैर देखकर कहाँ तो ख़ुश हो रही थीं, माँ को रोता देख मुँह बिसोरने लगीं। उनका यह हाल देख रेशमा ने आँसू पोंछ लिए और फ़ीकी मुसकान से बोली, "इसका नाम क्या रखोगी?"

"छोटी।" दोनों एक साथ ताली बजाकर बोलीं।

दादी के पुकारने पर दोनों भागती आईं, मगर अब्दुल को देख वहीं दीवार से चिपक खड़ी हो गईं। अपनी तरफ़ दोनों को घूरता देख अब्दुल अपने को रोक नहीं पाया और प्यार से पास बुलाया। दोनों ने इनकार में सर हिलाया।

"बुरी बात···बड़े दादा हैं।" शरीफ़ ने उन्हें ठेला।

"बड़े दादा गंदे···" कहती दोनों शरीफ़ के पैरों से लिपट गईं।

"मैं अंदर से कुछ कहने आई थी, कह न सकी। इन मासूम बच्चियों ने सबकुछ कह दिया।" महल्का ने मिठाई का झाबा उठाया।

"क्या कहने आई थी?" अब्दुल बोला।

"आपने ठीक बात नहीं की···बहू बाँझ नहीं है। उसने तीन-तीन औलादें इस घर को दी हैं।" लड्डू उठाकर उसने मियाँ के हाथ में रखा।

"मगर मेरी तरह तीन-तीन लड़के नहीं।" अब्दुल ने घमंड से पत्नी को ताका।

"दो बंदूक़धारी···एक बीमार! काश! एक बेटी भी ख़ुदा दे देता तो···" महल्का का गला रुँध गया।

"क्यों नाशुकरापना करती हो···लड़के की बात कुछ और है···अच्छा करीम, चलते हैं।" अब्दुल बेटों की चर्चा नहीं करना चाहता था। करीम भी क्या कहता कि रोज़ बाज़ार से गुज़रते अकील और अकरम को देख उसका दिल कितना घबराता है।

"क्यों री पंडिताइन! कान में तेल डालकर बैठी हो क्या? यहाँ घर में ख़ुशी है और तुम सन्नाटा खींचे हो?" महल्का ने आँगन की दीवार के पास जा पड़ोस में हाँक लगाई।

"अब तुमने शुभ समाचार दिया तो हम पहुँचते हैं।" उधर से पंडिताइन की आवाज़ आई।

आँगन में सुमित्रा, रानी, पंडिताइन, उसकी बहू और महल्का ढोलक लेकर बैठ गईं। करीमन को भी उठना पड़ा। गाने में आवाज़ मिलाती हुई करीमन मन-ही-मन सोच रही थी कि मेरे मन से पोते की आस मरते दम तक नहीं जाएगी, दुनिया चाहे जो कहे।

करीमन पोते की चाह में टुटके, चिल्ले और दुआ-ताबीज़ में ख़ासे पैसे फूँकने लगी थी। ऐसा नहीं था कि उसे पोतियों पर प्यार नहीं आता था मगर जब उन्हें आँगन-दालान में हुमकता, खेलता देखती तो लगता, काश! यह लड़के होते। उसकी हालत महल्का से छुपी नहीं थी। उसने एक दिन बातों-ही-बातों में कह दिया :

"इस आँगन में सदा लड़के घुटनों चले हैं, मगर अब यह रंगीन फ्रॉक पहने उछलती-कूदती लड़कियाँ कैसी अच्छी लगती हैं करीमन!" महल्का कलेजे से लगा उन्हें चटचट प्यार करती।

"भाभी, तुम बिगाड़ दोगी लड़कियों को लाड़-दुलार करके।" करीमन एक दिन झुँझलाकर बोल पड़ी।

"अपने लड़कों की तरह? डरो नहीं यह नहीं बिगड़ेंगी।" महल्का ऊपर से मुसकरा कर बोली, मगर उसके दिल में गहरी चोट लगी थी। उस दिन उसने क़सम खाई कि इन लड़कियों से वह दूर ही रहेगी वरना इस घर में रोज़ लड़ाई होगी।

करीमन के अंदर की झुँझलाहट मर्दों के दुकान पर जाने के बाद निकलती। बात-बे-बात पोतियों को झिड़कती दादी के तानों का मतलब तो बड़ी, मँझली नहीं समझ पाती थीं मगर इतना जान लेती थीं कि दादी अम्मी को बुरा-भला कह रही हैं। वे दोनों कम नहीं थीं। दादी के डाँटने पर वह हाय-तौबा मचातीं कि रेशमा कानों पर हाथ रख लेती। पैर पटक-पटककर ज़मीन पर लोटतीं, चीख़-चीख़कर रोतीं, अंत में करीमन को नाक रगड़नी पड़ती। या तो बाज़ार से मँगाकर उनकी पसंद की कोई चीज़ देती या फिर बक्सा खोल काँटा, किलिप या कोई रंगीन कपड़ा, तब जाकर जान छूटती।

"लड़कियाँ हैं या आफत की परकाला!" अकेले में करीमन सर पर दोहत्थड़ मारती और कान पकड़कर क़समें खाती कि अब इन बलाओं की तरफ़ आँख उठाकर नहीं देखेगी।

जैसे-जैसे लड़कियाँ बढ़ रही थीं, उनमें दादी के ख़िलाफ़ एक मोर्चा बन रहा था। जब कभी करीमन प्यार-दुलार के मूड में आ उन्हें बुलाती, उस वक़्त वे तीनों जीभ निकाल उन्हें चिढ़ातीं या फिर ठेंगा दिखा भाग जातीं। उनकी अपनी दुनिया थी, अपने खेल थे। अकेले में एक-दूसरे के गले में बाँहें डाल गातीं : काली माई दियासलाई, भागो बच्चो दादी आई। फिर एक-दूसरे को गुदगुदाकर कहतीं, "बड़े दादा बड़े दादा, तेरी टोपी में आटा।" फिर हँसी से लोट जातीं और भागकर महल्का के पास जातीं और कहतीं :

"बड़ी दद्दा, बहुत भूख लगी है। हलवा बना दो···दादी ने खाना नहीं दिया है।"

"दद्दा तुम सब पर वारी जाए, अभी बनाती हूँ···" कहती महल्का बेसन भूनने लगती और फिर तीनों नदीम के कंधे पर सवार उसे घोड़ा बनातीं या फिर उसके बालों को जमाकर पोनीटेल बना किलिप लगा कहतीं, "चाचा हमारी तरह हो गए।"

उनकी इन शरारतों से रेशमा कुढ़ती थी। कभी-कभी परेशान हो उन्हें दुकान पर भेज देती थी। मगर वहाँ कब तक चूड़ियों से खेलतीं। ग्राहकों की गोद में घूमतीं, बाज़ार का चक्कर लगातीं। एक दिन जब दादी-पोतियों में खींचातानी चल रही थी तो रेशमा

बोल पड़ी, "इनका नाम स्कूल में लिखवा दें तभी सुधरेंगी।"

"अम्मी, दादी का लिखवा दो।" बड़ी ने झट कहा।

"सुन लिया जवाब! वहाँ जाकर यह टीचरों के कान कुतरेंगी।" दादी रेशमा की मुसकराहट देख चिढ़ जाती।

करीमन की बहन के लड़के की शादी में लखनऊ से सबका बुलावा था मगर दीवाली के क़रीब होने के कारण मर्दों में से कोई जा नहीं सकता था। रेशमा और लड़कियों का सफ़र मुश्किल था। तय पाया, करीमन अकेली चली जाए। सामान बँध गया तो तीनों लड़कियाँ दादी के साथ जाने की ज़िद करने लगीं। बड़ी मुश्किल से उन्हें रेशमा ने समझाया।

लखनऊ में बहन के घर पूरा कुनबा चूड़िहारों का जमा था। सबके दुःख-सुख खुले। उसी में करीमन के घर पोता न होने की बात चली और करीमन को अपनी हेठी लगी। कई औरतें मतलबपरस्त थीं। फिर सुहाग स्टोर की कमाई का उन्हें पता था सो करीमन का कान भरना शुरू हो गया। एक ने तो साफ़ कह दिया :

"नई कोख कभी-कभी किस्मत बदल डालती है।"

"शरीफ़ कोई कुँवारा नहीं, तीन लड़कियों का बाप है।" करीमन जवाब देती।

"तो फिर क्या हुआ! औलाद तो जवानी की निशानी है...यहाँ तो क़ब्र के मुर्दों के लिए लड़कियों की कमी नहीं, शरीफ़ की भली चलाई!"

"क्यों किसी का घर बर्बाद कर रही हो! अपनी लड़कियों के लिए लड़के यूँ ढूँढ़े जाते हैं कहीं?"

"अपने यहाँ चार शादियों की इजाज़त है मर्दों को...लड़का होगा तो घर आबाद होगा। इसमें घर की बर्बादी कैसी?"

रात करीमन जब लेटी तो औरतों की बातें दिमाग़ में चक्कर काट रही थीं। आँख लगी तो ख़्वाब में देखा कि घर के दरवाज़े पर शहनाई बज रही है और शरीफ़ दूल्हा बना घोड़े पर सवार है और पीछे पालकी में दुल्हन है। तीनों लड़कियाँ दरवाज़े पर खड़ी उसे घूर रही हैं। तभी पालकी का परदा हटा—दुल्हन गोलमटोल-सा बच्चा लेकर उतरकर कहती है, 'पोता मुबारक हो।' वह झपटकर आगे बढ़ती है, तभी उसे किसी चीज़ से ठोकर लगती है, वह गिर जाती है। देखती है, वह रेशमा की लाश है। तीनों लड़कियाँ चीखकर रोती हैं—हाय, दादी ने मेरी माँ को मार डाला।

"न-न, मैंने कुछ नहीं किया।" कहती हुई करीमन नींद से जाग उठी और बिलख-बिलखकर रोने लगी। जब ज़रा दिल सँभला तो उसने शुक्र अदा किया कि यह ख़्वाब था।

सुबह होते-होते करीमन को जाड़ा लगकर बुख़ार चढ़ गया। बुख़ार की तेज़ी में

सपना टुकड़ों में दिखता और लड़कियों की हाय-तौबा से वह चौंककर आँखें खोल देती। तीसरे दिन जब बुख़ार उतरा, जी सँभला तो करीमन को सिर्फ़ यही एक बात याद रह गई कि उसे मौला ने ख़्वाब में पोते की बशारत दी है। अब उसे शरीफ़ की दूसरी शादी कर देनी चाहिए। सच है, नई लड़की नई क़िस्मत के दरवाज़े शरीफ़ के लिए खोलेगी।

लखनऊ से 'पोते' का सपना लेकर जब करीमन चली तो रेलगाड़ी की खिड़की से भागते पेड़, खेत, खलिहान, नदी देख सोच रही थी कि वह अपनी ख़्वाहिश उस घर में कैसे पूरी करेगी। एक के बाद एक बड़ी अड़चनें हैं। पहला शरीफ़, फिर करीम और फिर महल्का···लेकिन जब मज़हब में इस बात की मनाही नहीं है तो मुझे कोई नहीं रोक सकता है। जो शरीयत है, हक़ है, ज़रूरत है उससे कौन मुकर सकता है?

घर में सबको करीमन बदली लगी। पोतियों पर सदके जाती, बहू पर निछावर और मियाँ, बेटे से मीठा बोलती। सबके मन में आया कि बेकार करीमन को बुरा समझते थे, आख़िर वह भी इंसान है। वह भी कुछ-न-कुछ अरमान रखेगी। करीमन जब पोतियों को गोद में बिठा दूध-जलेबी खिलाती तो मन-ही-मन कहती, 'एक दिन इसी तरह पोते को गोद में लेकर बैठूँगी। तुम्हारी माँ तो देने से रही, मुझे ही चारा ढूँढ़ना पड़ेगा।'

बशीर चूड़ीवाले के घर 'ख़तना' था। करीम ने कहा था कि वह थोड़ी देर के लिए आ जाएगा, मगर जब तीन बज गए तो करीमन तीनों लड़कियों का हाथ पकड़ घर से निकली। गली में बड़ी सजावट थी। घर पहुँच करीमन ने मुबारकबाद दी।

"तुम्हारे घर भी यह दिन जल्द आए।" बशीर की दादी ने कहा।

"हमारी क़िस्मत में 'ख़तना' कहाँ! हमारे यहाँ तो गाजे-बाजे के साथ बारात आएगी और फ़तेह का बिगुल बजाती डोली उठा ले जाएगी।" करीमन ने मन-ही-मन चँदवा तान देख कहा। अंदर की कुढ़न चेहरे पर झलक आई थी।

"करीमन, तुम्हारा जी तो अच्छा है?" पुत्तन की ख़ाला ने नाक पर उँगली रख बड़ी अदा से पूछा।

"जी निगोड़े को क्या होना है?" हँसी करीमन।

"तो फिर जाओ, सँभालो पानदान।" कहती पुत्तन की ख़ाला ने पानदान आगे सरकाया।

तीनों लड़कियाँ गरारा, दुपट्टा पहने बड़े सलीक़े से दादी के पास बैठी टुकुर-टुकुर दोनों की बातें सुन रही थीं। उनके सर पर पुत्तन की ख़ाला ने प्यार से हाथ फेरा।

"इब्बन कितने साल की है?" करीमन ने पत्ते पर चूने की चमची घुमाई।

"वही शब्बन की हमउम्र है।"

"शादी कहीं ठहरी?"

"ना कहीं, आख़िर किससे ठहरे? लड़कों का हाल बुरा है। अपने बाप के पेशे से उन्हें नफ़रत है, अपनी पसंद की नौकरी उन्हें कभी मिलती नहीं, ऊपर से फ़िल्में

देख बंब, बंदूक़ रखने का शौक़! बहन, कमानेवाले लड़के तो आँखों में सुरमा लगने को भी नहीं मिलते आजकल।"

"ए, हटो, तुम्हारी आदत नहीं गई बात बढ़ा-चढ़ाकर कहने की।" करीमन हँस पड़ी।

"शरीफ़ जैसे बेटे की माँ हो न, तभी हँस रही हो वरना माँएँ आजकल बेटों को कोसने लगी हैं, कोई लड़की नहीं देता शादी के लिए। अब तुम्हारी बात अलग है, तुम एक माँगो तो चार मिलेंगी।"

"तो फिर ढूँढ़ो···" फुसफुसाकर कहा करीमन ने।

"क्या कह रही हो?" तौबा करती पुत्तन की ख़ाला ने गाल पीट लड़कियों को देखा। मन-ही-मन बोली, 'मैंने तो बात-की-बात कही थी। यह भला क्या सुन रही हूँ।'

"जाओ बाहर खेलो।" करीमन ने बड़ी की पीठ पर प्यार से हाथ फेरा।

"अच्छा दादी।" लड़कियाँ ख़ुश-ख़ुश भागीं।

"दाई से पेट क्या छुपाना, मुझे पोता चाहिए।"

"तीन लड़कियों पर बेटा होता है, ज़रा इंतज़ार करो, इतनी उजलत ठीक नहीं।"

"बहू की सेहत गिर चुकी है। मुझे अब रुपये में चवन्नी भर तो दूर, टका भर उम्मीद नहीं है।"

"बताती हूँ फिर···" कहती पुत्तन की ख़ाला दूसरी तरफ़ चली गई जहाँ औरतों का घेरा था।

रात खाने के बाद करीमन ने बेटे को पास बुलाया और सर पर हाथ फेरकर बोली, "देखो, तुम हमारे अकेले घर के चिराग़ हो। अब हम जो कहें उसका बुरा न मानना, ज़रा ध्यान से मेरी बात पर ग़ौर करना। रेशमा की सेहत ठीक नहीं है, उसे आराम की ज़रूरत है।"

"यह तो है अम्माँ।"

"मेरी मानो तो दूसरी शादी कर लो बेटा, लड़कियाँ भी पल जाएँगी और तुम्हारी गृहस्थी भी सँभल जाएगी।"

"दूसरी शादी···! यह कैसे हो सकता है अम्माँ?"

"हो सकता है···ख़ुदा रसूल के हुकम से होगा। मर्दों को चार शादियों की इजाज़त है। फिर ऐसा क्या है जो नहीं हो सकता?" करीमन ने आवाज़ दबाई।

"बस अम्मा, बस!" झुँझलाया परेशान शरीफ़ पास से उठकर चला गया।

जो बात प्यार से शुरू हुई थी, अंत तक आते-आते बंदूक़ की गोली बन शरीफ़ के दिल पर माँ ने दाग दी थी।

करीमन को बेटे का इस तरह उठ जाना अखरा, मगर दूसरे पल ही उसके चेहरे पर एक गहरी मुसकराहट उभरी जैसे कह रही हो कि औरत में बड़ी कशिश होती है,

ख़ासकर नई-नवेली के लिए। शुरू में बड़े-बड़े मजनू भी इनकार करते हैं, मगर कुछ दिनों बाद दूसरी के पैर धो-धो पीते हैं। करीमन भी ज़िंदा रही तो यह भी करके दिखा देगी।

तीनों बहनें एक बिस्तर पर एक-दूसरे से लिपटी सो रही थीं। रेशमा का जी आज कुछ अच्छा था। नहाई थी। अपने को हल्का महसूस कर रही थी। चेहरे पर ताज़गी थी। शरीफ़ जब कमरे में आया तो वह लंबे-लंबे बालों में तेल लगा रही थी। शरीफ़ को देख उसकी आँखें भर आईं।

"तुम्हें मेरे प्यार पर भरोसा नहीं है क्या? अम्माँ जो दिल में आए कहें मगर मैं एक बेटे की ख़ातिर तीन बेटियों के लिए सौतेली माँ लाकर यह घर जहन्नुम नहीं बना सकता हूँ।"

"समझने की कोशिश कीजिए। आप शादी न करें मगर अम्माँ की यह ख़्वाहिश मुझे हर पल कमज़ोर बनाती है। मैं इज़्ज़त से जीना चाहती हूँ, रोज़-रोज़ के यह ताने मुझे जहन्नुम की तरह जलाते हैं।"

"अजीब मुसीबत में मेरी जान है। शादी करता हूँ तो चैन खोता हूँ, चौथे बच्चे का ख़तरा मोल लेता हूँ तो तुम्हें खोता हूँ।"

"मेरी मौत तो हर हालत में लाज़मी है। दूसरी शादी तुमने की तो सह नहीं पाऊँगी। दम तोड़ दूँगी। चौथे बच्चे का ख़तरा मोल लेती हूँ और ख़ुदा को जो मुझ पर रहम आया और लड़का हुआ तो मरकर भी जी लूँगी अपने बेटे की शक्ल में...रोज़-रोज़ मरने से अच्छा है तुम्हें वारिस देकर मरूँ।"

"यह तुम्हारी सोच ग़लत है रेशमा।" शरीफ़ की आँखें भर आईं।

"लड़कियों को उनका भाई मिल जाएगा। उनकी मिट्टी जो रोज़ इस घर में पलीद होती है वह नहीं होगी। मुझे भी इज़्ज़त के साथ मौत मिलेगी।"

"तुम चाहती क्या हो रेशमा? हम माँ-बाप हैं। दूसरे की मर्ज़ी से औलाद पैदा करें? नहीं चाहिए मुझे लड़का।"

शरीफ़ सर पर हाथ रखे लेटा सोच रहा था कि यह क़ुदरत का कैसा खेल है कि आदम की औलाद को आदम की शक्ल में पाने की एक औरत की तमन्ना को पूरी करने के लिए दूसरी औरत मजबूर है?

घर में पक रही इस खिचड़ी से बेनयाज़ करीम फ़िरोज़ाबाद में बाज़ार-बाज़ार, गली-गली भटककर बढ़िया-से-बढ़िया डिज़ाइन की चूड़ियाँ देख रहा था। वह औरत की पसंद-नापसंद जानता था। इसीलिए उसकी दुकान पर मेला लगा रहता था। यह मेहनत दूसरे दुकानदार नहीं करते थे। उनके लिए सूफ़ियाना और चटख रंगों में सच्चे और झूठे काम से कोई

फ़र्क़ नहीं था। चूड़ी तो आख़िर काँच है, आज पहनी कल टूटी, उसमें काम नहीं दाम देखना चाहिए और यहीं वे करीम से मात खा जाते थे।

करीम जब माल लेकर घर लौटा तो पता चला नदीम की तबीयत ज़्यादा ख़राब है। शरीफ़ उसे डॉक्टर को दिखाने ले गया है। आज मिलाद-उन-नवी है। बाज़ार में चौराहे और सड़कों पर विभिन्न व्यापारियों द्वारा शानदार दरवाज़ों और रंगीन बल्बों की झाड़ सजाई जा रही थी। दुकान खुलते-खुलते औरतों की भीड़ जमा होने लगी। लचका गोटे के कपड़ों के साथ मेहँदी, मिठाई के पैकेट लिए औरतें बुरक़े से हाथ निकाल अपनी पसंद की चूड़ियाँ देख रही थीं। जो जल्दी में थीं वह बार-बार शरीफ़ को पूछ रही थीं, करीम को भी शरीफ़ का बेचैनी से इंतज़ार था।

शरीफ़ जब डॉक्टर के यहाँ से नदीम को लेकर लौटा तो दोनों बड़े भाई अकील और अकरम पराँठे और अंडे का नाश्ता कर रहे थे। सलाम-दुआ के बाद शरीफ़ को कुछ देर वहाँ ठहरना पड़ा। कभी-कभी तो दोनों घर लौटते थे।

"क्यों बे शरीफ़, दुकान कैसी चल रही है?" अकील ने हाथ धोते हुए पूछा।

"आपकी या मेरी?" शरीफ़ ने अनजान बन पूछा।

"हमें तो औरतों को चूड़ी पहनाने का कोई शौक़ नहीं है इसलिए घर भी नहीं बसाया है। तुम कहो, तुम्हारा कारोबार कैसा चल रहा है?" अकरम हँसा।

"ठीक-ठाक चल रहा है…भाई, हमें तो आपकी फ़िक्र लगी रहती है। वह लोग ठीक-ठाक नहीं हैं। उन लोगों के साथ उठना-बैठना छोड़ दे।"

"उसका मज़ा कुछ और है। तू घोंचू यह बात नहीं समझ सकता है। तू तो बस बच्चे पैदा कर, गृहस्थी जमा, माँ-बाप की सेवा कर, हमसे यह मामूली ज़िंदगी नहीं जी जाती। जो नशा हथियार पकड़ने, दूसरे पर रोब गाँठने और एक ही झटके में हज़ारों कमाने का है वह चंद रुपल्ली की चूड़ियाँ बेचने में नहीं है।" अकील ने सीने पर हाथ मारा।

"अंजाम इसका अच्छा नहीं होगा भाई…मैं बहुत दिनों से आपसे कहना चाह रहा था। ख़ैर, आप बड़े हैं, जैसा मुनासिब समझें।" इतना कहकर शरीफ़ घर से बाहर निकल आया।

यह ख़बर किसी से छुपी नहीं रह सकी कि रेशमा के पैर फिर से भारी हैं। करीमन उसका ख़्याल करने लगी। आस फिर बँध गई थी। घर में रौनक़-सी आ गई थी। शरीफ़ भी दिल ही दिल में बेटे की दुआ माँगता, ताकि सिलसिला कहीं जाकर ख़त्म हो मगर ख़ुदा को कुछ और मंज़ूर था। चौथा बच्चा भी 'लड़की' हुई। इस बार रेशमा और शरीफ़ को अफ़सोस तो हुआ मगर दोनों को जैसे चैन आ गया कि अब वह अपनी क़िस्मत किसी दूसरे के कहने पर बदल नहीं सकते हैं। यही चारों लड़कियाँ उनके जिगर का टुकड़ा हैं।

करीमन अपनी हारी बाज़ी को जीत में बदलने की कोशिश में फिर से लग गई। उसकी बातें सुनकर रेशमा को अब बुरा नहीं लगता बल्कि अपनी लड़कियों के लिए मोहब्बत और बढ़ती। उधर शरीफ़ ने भी घर के इस महाभारत का अंत सोच लिया था। उसने रेशमा को हिम्मत बँधाते हुए कहा था :

"हौसला रखो⋯मैं फ़िरोज़शाही मस्जिद के मौलवी साहब से मिला था। बिना किसी माकूल वजह के दूसरी शादी की इजाज़त नहीं है। फिर बिना बीवी की रज़ामंदी लिए शौहर को दूसरे निकाह का हक भी नहीं है। जब मैं ख़िलाफ़ हूँ दूसरी शादी के तो दुनिया की कोई ताक़त हमें अलग नहीं कर सकती। अम्माँ चाहे जो करें⋯ताना-तिशना, गंडा, ताबीज़, चिल्ला, फतवा⋯मैं बहाने ढूँढ़नेवाला मर्द नहीं हूँ। जो है उसका शुक्र अदा करता हूँ⋯तुम अपनी सेहत देखो, लड़कियों की परवरिश पर ध्यान दो। मैं कारोबार देखता हूँ, हरदम चिंता, तनाव से अब्बा का हाथ कई साल से ठीक से बटा नहीं पा रहा हूँ!"

दुकान से लड़कियाँ टूटी चूड़ी लाकर मोमबत्ती से उसे पिघला ज़ंजीरों का हार बनातीं। उन्हें दरवाज़े-खिड़की पर टाँगतीं और चौथी बेटी गुड़िया दीवारों पर चूड़ियों की तरह-तरह की डिज़ाइन रंगीन चाक से खींचती जिसे देखकर करीमन चिल्लाती, "स्कूल में यही सिखाया जाता है कि सारे घर में चंगीटे खींचकर कर्ज़ा बढ़वाओ? तुम लड़कियाँ हमारे बेटे को जीने दोगी या नहीं?"

"अम्माँ! अब नहीं सुनना है तुम्हारा कोसना और ताना⋯अगर पोते का बुख़ार तुम्हारे दिमाग़ से नहीं उतरा तो मैं घर छोड़कर चला जाऊँगा और जोगी बन दर-दर भटकूँगा।"

सर पीटते करीमन के हाथ थम गए। बेटे का तेज़ लहजा सुन उसे अपने चारों तरफ़ अँधेरा खिंचा दिखा। वह बेटे की क़ीमत पर पोता नहीं पाना चाहती थी। उसने गालों पर थप्पड़ मार फ़ौरन कहा, "ऐसी बात अब न निकालना मुँह से, मेरी एक ही औलाद है बेटा। तू फले-फूले यही मेरी दुआ है। तू चला गया तो यह घर, यह दुनिया मेरे किस काम की?"

घंटे, दिन, महीने, साल बड़ी तेज़ी से गुज़र रहे थे। चारों बहनें पढ़ने में तेज़ और शक्ल-सूरत की प्यारी निकली थीं। उनके साथ करीमन का रिश्ता पहले जैसा कड़वाहटवाला नहीं रह गया था तो भी उसके दिल पर एक सुस्त निराशा पैर जमाकर बैठ गई थी। उसकी वजह भी थी। उसे पता चला कि चौथी लड़की के बाद शरीफ़ ने ऑपरेशन करवा लिया है। वह जिगर थामकर बैठ गई। इस बीच पुत्तन की ख़ाला ने कई लड़कियों का नाम बताया, पैग़ाम भिजवाया मगर करीमन चुप रही। आख़िर कहती भी क्या?

रात को खाने के बाद जब चारों पोतियाँ करीम की चारपाई पर चढ़ उसके हाथ-पैर दबातीं, मज़े-मज़े की बातें कर रही होतीं तो अकेला बैठा अब्दुल जलकर पूछता, "लड़कियों की क़हीं से बात आई?" फिर बीमार बेटे नदीम को देखकर आह भरता, "लड़कियों

का मामला बड़ा नाज़ुक होता है। यह तो तेरा कलेजा है जो चार-चार पछत्ता की ज़िम्मेदारी उठाए है।"

"ज़रा बड़े दादा को वह गाना सुनाओ जो मँझली ने बनाया है।" हँसता हुआ करीम उसकी बात अनसुनी कर कहता और लड़कियाँ शुरू हो जातीं। एक-दूसरे के गले में बाँहें डाल झूमतीं और गातीं—

शीशों से बना यह घर अपना
चाँद-सी अम्मी, सूरज-से अब्बा
दिन जैसे दादा, रात जैसी दादी
यह है हम चारों बहनों की कहानी
टिम टिम··टिम टिम··टिम टिम··

शबरात आनेवाली थी। सूजी, घी, चने की दाल, मेवे ख़रीदकर करीमन सामान से लदी-फँदी घर में घुसी। वह लड़कियों के लिए अनार, फुलझड़ी, मेहताब और राकेट लेना नहीं भूली थी। रेशमा पुड़ियों को खोलती सामान देखती डिब्बों में भर रही थी। तभी करीमन ने झोले से गड्डो का पैकेट निकाल छोटी को थमाते हुए कहा कि वह नदीम को दे आए।

छोटी अपने हिस्से की आतिशबाज़ी दालान के दर पर रख उछलती-कूदती महल्का के घर की तरफ़ गई और कमरे में जाकर उसने पुकारा, "बड़ी ददुदा··नदीम चचा··देखो मैं क्या लाई हूँ।" कमरे में कोई नहीं था। वह भागती हुई दूसरे कमरे की तरफ़ बढ़ी तो पीछे उसे किसी ने दबोच लिया। बारह-तेरह साल की नाज़ुक-सी लड़की मर्दाने हाथ की जकड़न में तड़फड़ाने लगी। सीने में दर्द की तेज़ लहर से बेकरार हो उसने अपने दाँत हाथों पर गाड़ दिए। गिरफ़्त ढीली हुई। वह तड़पकर पीछे मुड़ी तो धक से रह गई। आँसुओं से भरी आँखें फटी की फटी रह गईं। रुँधे गले से सिर्फ़ इतना निकला, "नदीम चचा, आप?"

आँगन में करीमन बकरी के सिर पर गरम करके कड़वा तेल मल रही थी। कल रात बकरी आँगन में छूट गई थी और ओस के कारण सुबह से छींक रही थी। एकाएक छोटी भागती आई और बकरी की रस्सी में उलझकर गिर गई, खूँटा सर पर लगा और वह बेहोश हो गई। माँ, दादी, बहनें घबराकर छोटी के क़रीब पहुँचीं और उसे उठाकर चारपाई पर लिटाया। माथा ख़ून उगल रहा था। कड़वे तेल में कपड़ा भिगो करीमन ने सर पर रखा।

नदीम जब तक मँझली को रोकता, वह चंगुल से निकल चुकी थी। इस डर से कि अब सबको पता चल जाएगा वह घबराया और मुड़ा तो जम-सा गया। सामने माँ को खड़ा पाया।

"वह··वह···" नदीम भय से हकलाया।

"काश! धरती फट जाती और मैं समा जाती उसमें··कम-से-कम यह दिन तो न देखती। लड़कियाँ अपने घर में भी महफ़ूज़ नहीं हैं, न बाप-दादा से, न चचा-भतीजे

से...अरे कमबख़्त, तूने उसे गोदी खिलाया है।" महल्का ने ग़म में डूब अपमानित स्वर में कहा और अपना कान पकड़ गालों पर तौबा के थप्पड़ ज़ोर-ज़ोर से मारे।

कई दिनों तक दोनों बहनें इस घटना से उबर न सकीं। कभी लगता, माँ-दादी को बताएँ मगर शरम से ज़बान न खुलती। छोटी के दिल में मर्दों से ऐसा डर बैठ गया था कि बाप-दादा के सामने पड़ने से घबराने लगी थी। हफ़्ता गुज़र गया था, छोटी स्कूल नहीं गई थी। बड़ी साये की तरह उसके साथ लगी रहती। माथे की चोट पर पपड़ी जमने लगी थी।

गल्ले की कोठरी में जहाँ लड़कियों के खेल का सामान--टूटी चूड़ियाँ, शमा, टेलीफ़ोन, बर्तन, गुड़िया रखी थीं वहीं एक दिन आधी रात को चारों बहनें दबे पैर कमरे से निकल जमा हुईं, यह इनकी मीटिंग की जगह थी। बड़ी कई दिनों से छोटी बहनों से कुछ कहना चाहती थी मगर अम्मी की तबीयत ख़राब होने से कमरा अकेला मिलता न था। दालान में दादी बैठी होतीं। छोटी और गुड़िया की आँखें नींद से बोझिल हो रही थीं। बड़ी ने बत्ती जलाई। देसी घी के डिब्बे, चावल, गेहूँ के बोरे पर चारों बैठ गईं।

"देखो, अब हम बड़े हो रहे हैं। हमको अपनी हिफ़ाज़त ख़ुद करनी है। एक-दूसरे को कभी भी अकेला नहीं छोड़ना है, ख़ास तौर से जब घर में दादी और अम्माँ न हों और बड़ी दद्दा के घर कभी कोई नहीं जाएगा, न चाचा से बात करेगा। समझी न?"

"क्यों अप्पी?" गुड़िया ने पूछा।

"अभी सिर्फ़ इतना, बाक़ी फिर बताऊँगी।" कहकर बड़ी ने बत्ती बुझाई और चारों दबे पाँव निकलीं।

"चोर...चोर !" खटर-पटर से करीमन की जो आँख खुली तो कोठरी की बत्ती को जलते-बुझते देख चीख़ पड़ी। करीम और शरीफ़ बाहर के कमरे से लाठी उठाए भागे-भागे "कहाँ है...कहाँ है ?" कहते आए तो देखा, दालान की रोशनी में चारों एक-दूसरे का हाथ पकड़े ठिठकी खड़ी थीं।

"लुकिया शैतानिन, तुम लोग इतनी रात गए यहाँ क्या कर रही थीं?" करीमन ने कमर पर हाथ रख आँखें तरेरीं।

"मीटिंग।" होंठ भींच बड़ी ने कहा और छोटी ने बाप-दादा को छुंगलिया दिखाई और कमरे से एक-एक करके ग़ायब हो गईं। बाप-बेटे ने करीमन को देख गर्दन हिलाई। करीमन दालान की बत्ती बुझाते हुए बड़बड़ाई, "इन बिल्लियों के मारे रात को सोना भी दुश्वार है मेरा।"

बड़ी को बोर्ड की परीक्षा देनी थी। बाक़ी बहनें भी नौवीं, आठवीं, सातवीं में पहुँच गई थीं। उम्र से ज़्यादा उनकी अक्ल थी। किताब से ज़्यादा उनको दुनिया की समझ थी। हालात ने बचपन से उन्हें असुरक्षा की जो भावना दी थी उसने उन चारों में एक विचित्र क़िस्म का विश्वास जगाया था। करीमन और रेशमा के न रहने पर लड़कियाँ

घर में न रुकतीं और बचपन के दिनों की तरह दुकान पहुँच जातीं और बाबा, दादा का फैला सामान सलीके से समेट खानों में रखतीं। नए-नए मैच मिला कस्टमरों को खुश करतीं। फिर दादा की मँगाई चाट का पत्तल पकड़ ख़ूब मन से चाट खातीं। गरम-गरम रसगुल्ले निगलतीं और फिर एक-दूसरे का हाथ पकड़ सड़क पार कर गली में मुड़ जातीं।

इधर कई दिनों से चूड़ी बाज़ार में तनाव था। कई दुकानें पी०सी०ओ० और फ़ोटो कॉपी की नई खुली थीं, जिनके मालिक मुनासिब लोग नहीं थे। इससे बेचैनी-भरी सनसनी पुराने दुकानदारों में फैल गई थी, क्योंकि उनकी दुकानें औरतों की ज़रूरतों के सामानों से भरी होतीं और वही ख़रीदारी करने निकलती थीं। यह तो सबको पता था कि स्थानीय नेताओं ने नगर महापालिका के सभासद के पदों के चुनाव में छटे हुए गुंडों और बदमाशों को उम्मीदवार बनाकर सिर्फ़ इसलिए खड़ा किया है कि वह मनचाही ज़मीन, दुकान, घर, काग़ज़ों की हेरा-फेरी के बाद हथिया सकें। इन दुकानों पर दिनभर दनदनाती मोटर साइकिलें आकर रुकतीं और अजीब व ग़रीब चाल-ढालवाले लोग उतरते और घंटों बैठे सड़क-बाज़ार औरतों को घूरते रहते थे, जिसके कारण औरतों ने निकलना कम कर दिया और उनकी बिक्री में कमी आने लगी थी।

एम०एल०ए० का चुनाव जीतने के बाद जुगनू शाह ने सबसे पहले अब्बासी रंडी की खँडहर होती लंबी-चौड़ी कोठी पर दाँत जमाए, जिस पर बहुत दिनों से राजू पंजा गाड़े बैठा था। काग़ज़ की हेरा-फेरी, धमकी, गुंडागर्दी के बाद कल रात दोनों पार्टियों का एकाएक नखास कोने पर आमना-सामना हो गया। जमकर गोलियाँ चलीं। लाशें गिरीं और दुकानों में आग लगा दी गई। पुलिस ने मौक़ा-ए-वारदात पर पहुँचकर कुछ लोगों को हिरासत में लिया, लाशों को शिनाख़्त के लिए भेज स्टेशन रोड पर कर्फ़्यू लगा दिया।

बलवा हुए अभी चंद घंटे ही गुज़रे थे कि बाज़ार में लगी आग पी०सी०ओ० के साथ अन्य सामानों से भरी बंद दुकानों को एक-एक करके निगलने लगी। जब तक दमकल पहुँचता तब तक अन्य दुकानों के साथ करीम की दुकान 'सुहाग स्टोर' का लकड़ी का ढाँचा जलकर राख हो चुका था। पिघली रंगीन चूड़ियों का शीशा किसी डेल्टा की तरह शाखों में बँट गले मिल रहा था। सुहागिनों की हाथों की चूड़ियाँ उजड़ चुकी थीं। पूरा बाज़ार दूर से काली सड़क में तब्दील हो चुका था। कर्फ़्यू खुलने के बाद जब करीम दुकान देखने गया तो उसके पैर उखड़ गए थे। पूरे पचास साल आँखों के सामने जले पड़े थे। उसके बाप रहीम बिसाती ने यह दुकान चूड़ी के झाबे की शक्ल में शुरू की थी। सारे-सारे दिन करीम और अब्दुल दौड़कर घरों में चूड़ियों की डिज़ाइन दिखाते, नाप लेते, धूप, जाड़ा, बरसात नंगे पैर फिरते रहते थे। आज उसी बाप की मेहनत, उसकी खुद की लगन और बेटे शरीफ़ की लड़कियों का भविष्य झुलस चुका था। अब एक बार फिर सबकुछ ज़ीरो से शुरू करना था।

सुबह जब सारा घर एक टाँग पर नाच रहा था लड़कियाँ बस्ता ले स्कूल को भाग रही थीं, उस समय करीम हाथ-पैर नहीं हिला पा रहा था। डॉक्टर ने देखकर बताया, पूरे बदन को लकवा मार गया है। शरीफ़ तो दिल थामकर बैठ गया। घर में गड़ा रुपया इलाज में पानी की तरह बहने लगा। अब्दुल्ला की दुकान तो बच गई थी मगर अकील और अकरम अन्य बदमाशों के साथ पकड़ लिए गए थे और अब हवालात में बंद थे। उन पर क़त्ल, आगज़नी और फ़साद कराने के इल्ज़ाम थे।

शाम उमस-भरी थी। दोनों भाई आँगन में लेटे थे। चारों लड़कियाँ तख़्त पर बैठी होमवर्क कर रही थीं। करीमन मियाँ के पैरों में तेल मल रही थी। अब्दुल्ला ने भाई की हालत देखी और दिलासा-भरे स्वर में कहा, "करीम, तू फ़िक्र मत कर, तेरी दुकान की साख है, नाम है···उस साख के सहारे हम दोबारा बाज़ार में आ जाएँगे। इस बार साथ-साथ कारोबार शुरू करेंगे ताकि हमारा दुःख बँट जाए। लड़कियों की डोलियाँ इज़्ज़त से उठ जाएँगी और शरीफ़ को भाइयों का सहारा भी मिल जाएगा।"

बड़े दादा की बात सुन चारों लड़कियों के कान खड़े हो गए। उन्होंने अपने पुराने दुश्मन को घूरकर देखा, 'अच्छा, तो हमारी साख पर कब्ज़ा करने का इरादा बना रहे हैं ?' चारों ने एक-दूसरे को देखा और गर्दन हिलाई जैसे कह रही हों कि अब हम किसी क़िस्म की दस्तदराज़ी नहीं सहेंगे। देखते हैं कौन किसका सहारा बन किसकी डोली उठाता है।

रात को जब शरीफ़ सीने पर हाथ रख लेटा-लेटा छत को ताक रहा था, उस समय चारों बहनें बाप के पास जाकर बैठीं और बिना किसी भूमिका के शुरू हो गईं कि दुकान को इस बार कैसे सजाना चाहिए। बैंक से क़र्ज़ा लिया जा सकता है। फिर चारों पूछने लगीं, "अब्बू, क्या हम दुकान को सजाने में आपकी मदद कर सकती हैं ? क्या हम चूड़ियों की नई डिज़ाइन दे सकती हैं?" गुड़िया दौड़कर अपनी ड्राइंग कॉपी ले आई जो गुड और वेरी गुड से भरी थी। उसके बीच के पन्ने पर एक चूड़ी की बड़ी-सी दुकान का फ़ोटो था। उसे देख शरीफ़ हँस पड़ा।

"मैंने चूड़ियों का नाम रखा है--झंकार, धड़कन, ईद का चाँद, प्यार का मौसम, गंगा की लहरें, तारों का शहर, खनकती शहनाई, दीवाली की रात···," गुड़िया ने नाम के साथ मिलती-जुलती डिज़ाइनें भी दिखाईं।

"और अब्बू, ट्रेड मार्क होगा 'चार बहनें'।" बड़ी ने बाप के कंधे पर सिर टिकाया।

शरीफ़ लड़कियों के गाल थपथपाता, सर पर हाथ फेरता सोच रहा था : मैं क्यों उदास हूँ ? अब्बा तो सिर्फ़ तीन थे और मेरे पास चार लड़कियाँ हैं, हम पूरे पाँच लोग। पंजतन पाक की बरकत से होगा बेड़ा पार, लेकर बिस्मिल्लाह का नाम, कहता हुआ शरीफ़ उठा और ख़ुश-ख़ुश बाप के पास आकर बैठ गया। उनके सुन्न पड़े हाथ-पैर को सहलाता रहा। बेटे की घुटी-घुटी आह का अहसास करीम को था। वह कहना चाहता

था कि उसे लड़कियों की बड़ी ख़्वाहिश थी मगर ख़ुदा ने उसे एक ही बेटा दिया। अब चार पोतियाँ पाकर वह निहाल है। उसके दिल में अब्दुल्ला की तरह ज़हर नहीं भरा है मगर आज चाहने के बावजूद वह यह सब नहीं कह सकता था। बेबसी से बेटे का चेहरा ताक रहा था जिस पर हल्की मुसकान फैली थी।

"इसी दिन के लिए पोते की चाह थी।" करीमन के अंदर बैठा नाग शौहर की बीमारी और बेटे की परेशानी से बौखलाकर बाहर निकल आया था।

"वह क्या करता दादी?" बड़ी ने खाना निकालते हुए कहा।

"करता क्या, दौड़-धूप करता, दुकान को फिर से शुरू करने में मदद देता।" करीमन चिढ़ गई।

"यह काम तो कोई भी कर सकता है। बढ़ई, मज़दूर और नौकर···इसमें 'पोता' कहाँ से आ गया?" मँझली ने दस्तरख़ान बिछाया।

"तुम लोगों के साथ सर खपाना बेकार है।"

"दादी, पोता जो कहीं अपने चचा पर पड़ जाता तो फिर कैसे मदद करता अपने अब्बा की? तब तो उसे पुलिस पकड़ ले गई होती," छोटी ने कुछ सोचते हुए कहा।

"बालिश्त भर की लड़की मुझ बुढ़िया को ताना मार रही है।" करीमन तिलमिला उठी।

ईद से पहले नई दुकान बन गई थी। चारों लड़कियों की मेहनत झलक रही थी। दुकान का इश्तहार भी अख़बार में छप गया था। उम्मीद थी कि पहले दिन शानदार उद्घाटन के साथ ख़ूब भीड़ जमा होगी।

"तुम लोग अब दुकान पर बैठोगी?" कई दिनों से दबा ज्वालामुखी खदखद करता खौल उठा।

"फिर कौन बैठेगा? दादाजान की तबीयत ख़राब है। अब्बा अकेले पड़ गए हैं।" छोटी ने कार्ड छाँटते हुए कहा।

"मगर ऐसे मजबूर तो नहीं कि दुकान चला न पाएँ।" दादी ने दोहत्थड़ जाँघ पर मारी।

"दादी, जायदाद में लड़कियों का हिस्सा होता है न?" बड़ी ने भोलेपन से पूछा।

"क्यों नहीं, ख़ुदा रसूल की तरफ़ से होता है···मुझे ख़ुद मिला था।" दादी ने जवाब दिया।

"फिर उस हिस्से का क्या करना चाहिए?" मँझली ने आँखें मटकाईं।

"उसकी देखभाल करनी चाहिए।" करीमन ने लड़कियों को उनके बचकाना सवाल पर घूरा।

"दादी, आपने क्या किया था?" छोटी पैर हिलाते-हिलाते बोली।

"मुझे तो भई, नक़द मिला था। इसी दुकान में डाल दिया था।" करीमन के चेहरे

पर चमक आ गई।

"तो फिर हम भी तो वही करने की कोशिश कर रही हैं!" बड़ी ने तपाक से कहा।

"तुम लोग···" दादी ने अभी मुँह खोला ही था कि बड़ी बोल उठी, "दादी, हमारे अलावा तो मदद करनेवाले अकील चाचा और अकरम चाचा बचे हैं। वह दोनों कल बेल पर छूट चुके हैं, उन्हें दुकान सौंपी जा सकती है यदि आप चाहें।"

"मेरी तौबा! तेरे मुँह में ख़ाक। कुछ बाप की दुकान सँभाली है जो चलेंगे सुहाग स्टोर को सँभालने। जो मुँह में आता है बोल देती है।" सिटपिटाई-सी करीमन बोली।

"अम्माँ, आप इन लोगों को मुँह मत लगाया कीजिए।" रेशमा ने दिखावे का मरहम लगाया।

"मुँह लगाए मेरी जूती···इन पर इतनी रोक-टोक न लगाऊँ तो आसमान में थिलगिया लगाती फिरें।" करीमन तंग आकर बोली।

आधे आँगन में ज़िंदगी की चहल-पहल देख सूने घर में बैठी महल्का का दिल चाहता कि वह भी लड़कियों के जोश-खरोश में शामिल हो, मगर अब्दुल्ला ने यह कहकर उसे रोक दिया था कि वह गुनाह की हिस्सेदार न बने। लड़कियों के दीदे का पानी मर गया मगर करीमन और रेशमा को क्या हो गया है? करीम और शरीफ़ तो जोरू के गुलाम ठहरे, लेकिन मुझमें ग़ैरत बाक़ी है। महल्का को अब्दुल की बात की परवाह न थी मगर उसकी आँखें झुक गई थीं, चारों लड़कियों के सामने किस मुँह से उनके पास जाती? नदीम ज़िंदगी की आख़िरी साँसें ले रहा है। कई बार गुस्से में आकर क़सम खा चुकी है कि वह नदीम का दूध नहीं बख़्शेगी।

ईद का चाँद हँसिया की पतली धार की तरह आसमान के अँधेरे को छील रहा था। ज़मीन पर सुहाग स्टोर रंगीन कुमकुमों से जली दुकानों के बीच झिलमिला रहा था। सड़क पर कारों-रिक्शों की भीड़ थी। नए-पुराने ग्राहक मुबारकबाद देने आ रहे थे। औरतें, लड़कियाँ चूड़ियाँ पहन बूँदियों की परई लिए निकल रही थीं। अंदर गावतकियों के सहारे कुछ देर के लिए करीम को लाकर बिठा दिया था। उसके चेहरे को देखकर सबका ख़्याल था कि वह जल्द ही चलने-फिरने के लायक हो जाएगा।

नई दुकान में पैवंद लगा बुरका पहने एक बूढ़ी औरत दाख़िल हुई, "अरे लड़कियो, मुझ बूढ़ी को भी कुछ देखने दो, अपनी जवानी पर इतना न इतराओ, कभी मैं भी सीधी कमर और चिकने चेहरेवाली थी।"

"आइए···आइए दादी, आप हमारी बुज़ुर्ग हैं।" लड़कियाँ छट गईं।

"अय हय करीमन! यह तेरी दुकान को चार चाँद कैसे लग गए? मैं तो पहचान न पाती। पुत्तन लेकर आया कि चलो खाला, अल्लाह का करिश्मा दिखा कर लाता हूँ।"

"अच्छा हुआ आ गई···शरीफ़ तो बाज़ार-बाज़ार डोलकर अधमरा हो गया था। भट्ठियों

में सुबह-शाम जा-जाकर चूड़ियाँ देखना···आग की तपिश से रंग झौंसकर काला पड़ गया है। अगर बाप बीमार न पड़ते तो···काहे फ़िरोज़ाबाद के चक्कर लगाता।" करीमन दुखड़ा ले बैठी।

"दादी, आज चाँद रात है और हमारी दुकान पर चूड़ियाँ पहनना ज़रूरी है···फिर आप हमारी दादी की इकलौती सहेली बाक़ी बची हैं।" बड़ी ने तीनों को इशारा किया। फ़ौज ने मोर्चा सँभाल लिया।

"दादी, आपका हाथ तो बड़ा मुलायम है।" मँझली ने कहा।

"तो अब तुम लड़कियाँ यह काम करोगी?" पुत्तन की ख़ाला ने आँखें मिचमिचाईं।

"और नहीं तो क्या दादी···दरअसल, यह काम तो औरतों का ही है मगर हमारी दादी घर से बाहर निकली ही नहीं दादा की मदद को, वरना मर्दों से चूड़ी पहनना क्या अच्छा लगता है ?" मँझली ने स्वर में शक्कर का कंडाल उलट दिया।

"यह गुड़िया की डिज़ाइनें की हुई हैं···कौन-सी पहनिएगा?···मैं अब नहीं डरूँगी, बाहर निकलकर देखो, तुमने हमको समझा क्या है, आगे-आगे हम पीछे-पीछे तुम, हमें हाथ लगाकर देखो, अंजाम का ख़ुदा हाफ़िज़···बोलिए कौन-सी पहनिएगा ?" छोटी ने डिब्बे खोलते हुए प्यार का सागर छलकाते हुए कहा।

"बूढ़े मुँह मुहासे···" पुत्तन की ख़ाला शरमा गई।

"आप यह पहनें। दादी सेर तो पोती सवा सेर।" मँझली ने यह कहते हुए अपनी हँसी दबाई और धूप-छाँववाली गुलाबी ऊदी नीले रंग की चूड़ियाँ हाथों में डालने लगी। करीम की आँखों से हँसी झलक रही थी। करीमन पुत्तन की ख़ाला की इरा ख़ातिरदारी से जली जा रही थी। अलबत्ता रेशमा और करीम के चेहरों पर नई चमक थी। करीमन अपने को बड़ा अकेला-सा महसूस कर रही थी। टूटी चूड़ियों की चुभन उसे अपने सारे बदन में महसूस हो रही थी। उसे पहली बार लगा कि रिश्तों की हुकूमत तो उसके हाथ है, मगर दिलों पर राज, ताज सर पर नहीं।

"बूढ़ी घोड़ी लाल लगाम।" कहती हुई ख़ाला ने अपने झुर्रीवाले सूखे हाथों में पड़ी चूड़ियाँ खनकाईं फिर हँसकर करीमन के कान में फुसफुसाईं :

"यह वही पुरानी शैतान की ख़ालाएँ, कलमुँहियाँ, आसमानी बलाएँ, अल्लाहमारियाँ तुम्हारी पोतियाँ हैं न करीमन?"

"करमवालियाँ कहना काहे भूल गई?" दादी ने कुछ बुरा मानते हुए कहा। पुत्तन की ख़ाला से करीमन आज अपनी आँखें छुपा न पाई जिसमें पोतियों के लिए प्यार, गुरूर से मिली-जुली पशिमानी-भरी सुलाह तैर रही थी। चेहरे पर ऐसी दिलकश ममतामयी मुसकुराहट थी जिसको चार बहनों ने दादी के चेहरे पर पहले कभी नहीं देखा था।

शहर में अमन था मगर दुश्मनी की आग अभी ठंडी नहीं पड़ी थी। अब्बासी रंडी की कोठी में पुलिस का ताला पड़ चुका था। केस अदालत में पहुँच गया था। राजू और

जुगनू दोनों का दावा था कि यह कोठी उनको विरासत में मिली थी क्योंकि अब्बासी उनकी बुआ थीं। दोनों के पास 'विल' थी। जाली या सही मगर बात उलझ चुकी थी। नगरपालिका के सभासद कहीं पर पहुँचकर भी हार गए थे। अब दोनों बदमाशों को शहर में अपनी धाक की फ़िक्र थी। एक म्यान में दो तलवारें नहीं रह सकती थीं इसलिए दोनों तरफ़ ख़तरनाक मंसूबे बन रहे थे।

सब-इंस्पेक्टर त्रिपाठी ने ईदवाले दिन क़बाब खाते हुए अब्दुल को समझा दिया था कि दोनों भाई घर पर रहें। महीने-भर की बात है, सबकुछ शांत हो जाएगा वरना ज़मानत ज़ब्त हो जाएगी और जान के लाले अलग पड़ सकते हैं। अकील और अकरम को घर की चहारदीवारियाँ काटने को दौड़तीं। दुकान पर जाते तो कोई ग्राहक पास न फटकता। चूड़ीहारों ने दबी ज़बान से अब्दुल चूड़ीवाले की जगह अब्दुल बंदूक़वाले कहना शुरू कर दिया था। करीम के घर की ठंडी छाँव अब्दुल को कड़कती धूप में याद आती और अपनी बरबादी साफ़ नज़र आती। साफ़ बात तो यह थी कि अब्दुल को बेटों की मर्दानगी अब खलने लगी थी।

आसमान पर बादल घिरे थे। कड़वे तेल की कड़ाही में छोटी बेसन की फुलकियाँ तल रही थी। पूरा घर चाय के साथ मौसम का मज़ा ले रहा था। अकरम और अकील को अपनी तरफ़ आता देख चारों बहनें अंदर से होशियार हो गईं, लेकिन ऊपर से चचाओं के सामने गरम फुल्की और चाय रखी। इधर-उधर की बात करने के बाद अकील ने गला खँखारा, "छोटे अब्बा! आपसे तो कुछ छुपा है नहीं। हमारी जान ख़तरे में है। मौत हमें नहीं डराती मगर हम यह नहीं चाहते कि हमारे साथ आप लोग भी…"

सबके चलते मुँह रुक गए। निवाला हलक में अटक गया। करीमन के चेहरे पर हवाइयाँ उड़ने लगीं। करीम ने लेटे-लेटे अपनी पलकें झपकाईं। रेशमा का चेहरा डर से पीला पड़ गया। उसने घबराई नज़रों से चार जवान होती बेटियों को ताका।

"कुछ हथियार रखना चाहता हूँ आपकी तरफ़ ताकि ज़रूरत पड़ने पर लड़कियाँ अपनी 'दफ़ा' खुद कर सकें…हम आगे न भी जाना चाहें तो अब हम वापस नहीं लौट सकते हैं, छोटे अब्बा। हालात के शिकंजे में जकड़े जा चुके हैं। इससे निकलने की राह ज़रूर ढूँढ़ रहे हैं," अकरम ने लंबी साँस भरी।

उस रात किसी को नींद नहीं आई। करीमन के दिल में बार-बार हौल उठती कि अपाहिज शौहर घर में है, उसे ले वह कहाँ डोलती फिरे? करीम तो बेबसी से छत ताकता रहा, अकरम और अकील से कह नहीं सकता था कि तुम लोग दूसरा घर ले लो और हमको हमारे हाल पर छोड़ दो। उधर चारों लड़कियों के तेवरी पर बल थे। एक तरफ़ अपनी सुरक्षा, दूसरी तरफ़ सब घरवालों की हिफ़ाज़त का ध्यान, जिसमें तीनों चचा भी शामिल थे। करीमन तो इस ख़्याल से मरी जा रही थी कि चूड़ियों के झाबे के साथ बंदूक़ें भी रखी जाएँगी।

शरीफ़ ने सब-इंस्पेक्टर त्रिपाठी से कहकर रोज़ की दहाड़ी पर तो बंदूक़धारी तय कर लिए थे मगर लड़कियों ने यह कहकर साफ़ इनकार कर दिया कि अब्बू, इससे तो आग और भड़केगी और मोहल्ले और स्कूल में लोग वह सबकुछ जान लेंगे जो उन्हें नहीं जानना चाहिए। हमें अपनी हिफ़ाज़त खुद करने दीजिए।

ख़ुदा पर भरोसे के दिन थे। जिस घर में मेहनत के पसीने की बू के संग खनकती चूड़ियों की सदाएँ भरी रहती थीं वहाँ अब लूबान की गंध के संग क़ुरान की स्वर-लहरी गूँजती रहती थी। घर में जितना तनाव था, दुकान पर उतना ही 'हन' बरस रहा था, जिसका काफ़ी हिस्सा वकीलों को देने में जा रहा था। अब्दुल अकसर सोचता कि इनकी जान बच भी गई तो आगे क्या होगा? फिर एक फ़रेब, फिर एक जाल, फिर एक मोर्चा?

रात सन्नाटी थी। शाम से ही कुत्तों ने भौंकना शुरू कर दिया था। अनहोनी घटने का भय फ़िज़ा में अटका हुआ था। दोपहर से बारिश की झड़ी लगी हुई थी। चारों बिस्तर में घुसी उपन्यास, कहानी में डूबी हुई थीं कि तभी बिजली ज़ोर से कड़की और उन्हें महसूस हुआ आँगन में कोई कूदा है। एक नहीं कई साये उन्हें अपनी तरफ़ बढ़ते महसूस हुए। बड़ी ने पैरों की चादर फेंकी और बिस्तर से कूद पलंग के नीचे पड़ी बंदूक़ उठा ली।

तीनों बहनें जब तक हथियार उठातीं, उन्हें 'अगवा' करनेवाले जुगनू शाह के पहलवान कमरे में घुस आए थे। उनके चेहरे, उनके कसरती बदन और ऊँचे क़द को देख चारों की घिग्घी बँध गई थी। वह जानबूझकर निहत्थे भेजे गए थे कि मुर्गियों की तरह बग़ल में दबाकर वह चारों लड़कियों को पलक झपकते उठा लाएँगे। इसलिए काँपते हाथों में पकड़ी बंदूक़ को देखकर वे ठिठक गए। उन्हें इस दृश्य की क़तई उम्मीद नहीं थी। ख़ून बहाना उनका उद्देश्य बिलकुल नहीं था बल्कि अकरम और अकील के ज़रिए राजू उर्फ़ काला बंब के चेहरे पर सिर्फ़ कालिख पोतना भर था, ताकि पूरे शहर में उसकी बुज़दिली के चर्चे हों और वह बदनामी की मौत मर जाए और अकरम और अकील उसका साथ छोड़ बैठें।

"छोटी, पुलिस को फ़ोन करो।" बड़ी के सीने से एकाएक कड़कती आवाज़ उभरी जिसने तीनों को होश में ला दिया और उन्होंने पलंग के नीचे से अपनी-अपनी बंदूक़ें निकाल उन पर तान दीं। छोटी ने रोना बंद कर धीरे-धीरे क़दम बढ़ाए और फ़ोन का डायल घुमाया।

"फ़ोन मत कर लड़की···और तुम तीनों बंदूक़ें नीचे डाल दो।" एक बदमाश ने बड़ी सख़्ती से कहा।

"यह खेलनेवाली गुड़िया नहीं हैं, बंदूक़ें हैं···घोड़ा दबाना भी जानती हो?" दूसरा हँसा।

"तुम लोग पीछे हटो वरना··· ।" अभी बड़ी ने बात पूरी भी नहीं की थी कि तीसरे

बदमाश ने बंदूक़ लपककर खींची और बड़ी के सर पर एक झटके से उसका कुंदा मार दिया। वह बेहोश होकर बिस्तर पर गिर गई। फिर बाक़ी काँपती लड़कियों के हाथ से बंदूक़ें बदमाशों को छीनने में देर नहीं लगी। कबूतरियाँ बहेलियों से लड़ रही थीं। निहत्थी हो कभी दाँतों से काटतीं, कभी उनके चंगुल से निकलने को छटपटाती अपने तेज़ नाख़ूनों से उनके मुँह नोच रही थीं। तभी शोर सुन बाक़ी घरवाले जाग गए। अकरम और अकील भरी बंदूक़ें ले हवाई फायर करते लपके। तभी उन तीनों बदमाशों ने घबराकर अपने ऊपर झपटती लड़कियों पर दनादन गोलियाँ चला दीं और दरवाज़ा खोल भाग खड़े हुए। अकरम और अकील उनके पीछे दौड़े।

शीशमहल की चारों बहनें ख़ून में लथपथ बिस्तर पर साकित पड़ी थीं।टूटी चूड़ियों के हार, झालरें और कंदीलें, रंगीन चूड़ियों के लच्छे सजे के सजे रह गए। उनके बदन से टपकते ख़ून से पलंग के नीचे रखे चूड़ियों के झाबे भर गए थे। करीमन फटी आँखों से उनके चेहरे ताक रही थी। रेशमा पगलाई-सी बेटियों के बिखरे बाल माथे से हटा चेहरा चूम रही थी, महल्का बार-बार अपनी कोख पर घूँसे बरसा सर दीवार पर मार रही थी। नदीम ने घबराकर पिंजड़े का दरवाज़ा खोल सारी चिड़ियों को उड़ा दिया। सब-इंस्पेक्टर त्रिपाठी लाशों का पंचनामा बनाते हुए कई बार माथे का पसीना साफ़ कर चुका था।

चारों जनाज़ों को बराबर से दालान की ज़मीन पर लेटा देख बिस्तर पर पड़े मजबूर करीम को महसूस हो रहा था, जैसे चारों गले में बाँहें डाल झूम-झूमकर गा रही हों :

शीशे से बना यह घर अपना
चाँद-सी अम्मी सूरज-से अब्बा
दिन जैसे दादा, रात जैसी दादी
यह है हम चार बहनों की कहानी
टिम टिम··टिम टिम··टिम टिम

आँखों से टूटते तारों को पोंछते हुए शरीफ़ पुरसे में जमा होती भीड़ को ताक रहा था। आज न हिजड़े नाच के नेग माँग रहे थे, न देगों से सुगंध के बादल उठ रहे थे। उनकी तसल्ली से बौखलाया-सा शरीफ़ जैसे सबसे पूछना चाह रहा हो कि यह लड़ाई तो राजू और जुगनू शाह की थी। बात अब्बासी रंडी की कोठी की थी। फिर अकरम और अकील की जगह मेरी चारों बेटियाँ इस लड़ाई में कैसे शामिल हो गईं···आख़िर कैसे?

□□